世界之外，有妳存在

插畫✦白露
作者✦凝微、貓邏

目錄 ✦

章一　安秘書今天又加班了

小型會議室內。

「我們天陽經紀工作室是專門做YouTuber經紀業務的公司，幫忙找尋拍攝主題、後製、宣傳、接洽商業合作都屬於我們的服務範圍……」

白板前，一頭棕色短髮，容貌秀麗，身材宛如模特兒般高挑修長的安希音，對著坐在會議桌的兩位客人侃侃而談。小會議室內的兩位客人，一位是工作室想要簽約的美食主播，一位是陪她過來的男朋友。

「我們老闆『商天陽』本身也是YouTuber起家，從高中時期開始，他就在經營遊戲頻道，高中畢業時，他就成了遊戲主播的第一人，甚至紅到國外去，粉絲數高達三千多萬……」

「在他大二時，他不再專營遊戲頻道，而是開闢出美食、生活、旅遊等vlog，開始走向多元化發展。」

「二十一歲時，我們老闆在全世界的粉絲數達到八千萬人，年收入高達上億！」

「同年，老闆成立了天陽經紀工作室，開始提攜頻道有特色卻因為各種原因知名度不顯的主播。」

「現在四年過去，我們工作室已經簽了十幾位網紅，而為這群網紅服務的幕後人員也有將近二十位，雖然不是每位網紅都是大紅大賣，畢竟每個人的類型不同，但是他們的收入都比原先沒簽約工作室時還高出幾倍……」

「簽約以後，會有底薪保障嗎？」主播的男朋友問道。

「聽說商天陽很大方，錢應該會給不少吧？」

主播男友在心底暗暗盤算著。安希音看了美食主播的男朋友一眼，微笑著回道。

「我們的合約制度有兩種，一種是有基本底薪，但是主播的分成少；一種是沒有底薪，但是主播的分成多……」

「有底薪的合約是為了部分題材較冷、觀眾數較少的主播，給他們的生活保障。」

「佳佳是美食類主播，美食頻道向來相當熱門，觀眾基礎不差，在這種情況下，拿分成高的合約對佳佳比較有利，不過我也只是建議，一切的選擇還是要看佳佳的意願。」

「你們的抽成是抽多少？」主播男朋友又問。

「業界一般都是抽三到五成，我們老闆是想要跟主播們合作共贏，所以工作室只有抽三成。」

「三成啊？」主播的男友微微變了臉色，對這樣的抽成有些不滿。

「抽三成還算少？還不如我自己賺！」

主播男友在心底暗罵，覺得商天陽根本是沽名釣譽的無恥傢伙。

「業界都是這樣的標準。」安希音保持著微笑，敷衍回道。

當業界形成「行規」時，即使是商天陽這樣的主播第一人，也無力跟整個業界抗衡，他們工作室的主播當然有拿更少抽成的人，但那些都是工作室的機密，安希音自然不會對這兩個外人洩漏。

「呵呵。」主播男友保持僵硬的微笑，心底卻是轉著去跟其他經紀公司談，或是自己當經紀人的念頭。

他現在的薪水也不過兩萬多，老闆吝嗇、同事機車，如果能夠成為佳佳的經紀人，收入應該會更高吧？

「下午跟佳佳去另一間經紀公司看看，拿這邊的條件去釣他們，說不定可以拿到更好的合約……」

「要是不行，就先跟商天陽這裡簽個一年，等佳佳提高名氣以後就離開，到時候我也可以當佳佳的經紀人！」

「這個秘書長得可真漂亮，不知道跟商天陽是什麼關係？」

「有事秘書幹，沒事幹秘書，嘿嘿嘿嘿……」

安希音緩緩做了個深呼吸，壓下打斷主播男友狗腿的想法。要不是進門後就一直都是他在發言，對主播佳佳的影響力似乎很大，她還真不想聽這個混蛋的心音！

她望向一直沒有發言的美食主播，語氣溫和地問：「佳佳有想要問的問題嗎？」

被點名的美食主播捏了捏手指，有些緊張地看了自家男友一眼。

「佳佳，有問題就問吧！」

在得到男友的鼓勵微笑後，她才開口問道。

「你們會規定我要吃哪家店的食物，或是要跟哪間品牌合作嗎？」

「不會。」安希音微笑回道：「我們老闆很在意創作自由，所以我們工作室的第一條規定就是『不干涉主播的創作』，這一點也會寫在合約上面。」

「我聽說有的經紀公司會有培訓課程，你們這裡也有嗎？」

「有的，我們有開設培訓課程，教導談吐、打扮、拍攝、剪輯和後製等等，也會不定時舉辦主播交流會，讓大家結交認識、互動往來，交情好的主播還可以一起合作。」

美食主播跟她男朋友又叨叨絮絮地問了一堆，一個多小時後才總算結束這場會面。

安希音微笑著送兩人出門，回過頭就見到自家老闆從茶水間走出，手裡端著一杯熱咖啡。

他昨天晚上開了直播，跟粉絲們聊天聊到十二點，直播結束後又處理了一些文件，等他收拾妥當上床睡覺時，時間已經將近凌晨兩點。就算這麼晚睡覺，今天早上他還是八點就起床拍vlog，忙完後才來到公司。

「人走了？怎麼樣？有簽約意向嗎？」商天陽隨口問道。

安希音回想著先前聽到的「心音」，無奈笑笑。

「那位美食主播有簽約的意願，可是她的男朋友嫌棄我們抽成太多，打算去其他工作室看看，那位美食主播大概會聽她男朋友的。」

那位美食主播倒是個言行一致，心思單純而且熱愛美食的人，只可惜她的男友滿肚子算計，主播都還沒簽約，他就已經想要從她身上獲取利益了。

「那就算了。」商天陽不以為意地回道。

他雖然覺得這位美食主播有潛力，但他們工作室的美食主播也不少，並不是非要她不可。

事後，那位美食主播的男朋友又聯繫了他們幾次，每次都是想要提高自身利益、減低工作室的抽成。他甚至想要買一送一，女朋友跟工作室簽約，而他也進入工作室當經紀人。

拜託！就算是主播圈的經紀人，也是要有相關的專業知識和工作經驗的好嗎？真以為經紀人那麼好當，誰都可以做？

對於這位男朋友的異想天開，天陽工作室自然全都回絕了。那位男友氣不過，拉著女友跟另一間規模比天陽工作室大的經紀公司簽約，還對外放話：天陽工作室沒有眼光，開出的條件刻薄，他們會用實力證明他們值得更好的待遇！

根據安希音事後打聽，他們簽約的那間經紀公司，接受了主播男友買一送一的提議，而且降低了抽成。然而，在安希音按照合約條文計算後發現，那間經紀公司表面上的抽成只有兩成半，實際上，他們的抽成可是高達五成！

只是那間經紀公司用了各種話術包裝，讓外行人無法從明面上計算出這些抽成額度罷了。

安希音：聆聽他人的心音，是我的特殊金手指。

＊＊＊

安希音有個不曾對人說的秘密——她能聽見別人心底的心聲。

年幼的時候，她的能力弱小，只有在對方情緒激動或是意念強大時聽見，等到年紀漸長，即使只是在心中叨叨絮絮，她也能聽得一清二楚。

那個時候是她最痛苦的時期，各種聲音一波又一波地傳入耳中，各種情緒包圍住她，從早吵到晚，她完全無法抵抗。後來，她在一次情緒崩潰時，意外掌握了控制能力的方法，可以自行選擇要不要聆聽，讓她的生活慢慢步上正常的軌道。

她是個孤兒，據說是在荒郊野外被發現的。

當時的她只有五歲，渾身是傷、鮮血淋漓，把正好去那裡郊遊的一群師生嚇了一大跳，還以為發生了綁架撕票案。送醫治療後，她的小命保住了，警方卻找不到她的父母。而且，她本人受到極大驚嚇，什麼也不記得了。

因為安希音的五官和髮色、瞳色有點混血兒的模樣，所以警方猜測，或許她的家人是在國外？但警察也無法為她跨國尋親，只能將她送去育幼院。

安希音長得好看，願意收養她的人不少，但是因為她的身體太差，經常生病，照顧和醫藥費成為一種負擔。那些收養她的人，最後還是將她送回了育幼院。

幾次下來，安希音也從原先的傷心轉為淡然。等到她的年紀漸長，她也從收養的名單中被剔除。

即使沒有被收養，安希音過得也不錯，育幼院的院長和志工們對她和孤兒們都很好。

育幼院附近有一間跆拳道館，那裡的老闆會免費教導孩子們練拳，安希音在那學習多年，還代表跆拳道館參加全國比賽，拿到好幾回全國冠軍和國際大獎。道館館長本想聘僱她當教練，只是後來館長退休，他的兒子接手後，就以跆拳道館虧損太多為由，將跆拳道館賣掉了。

失去道館的工作，安希音並不慌張。她從十二歲開始就一直半工半讀，賺取學費和生活費，各種常見的兼職打工她都做過，同時兼差兩、三份工作更是常有的事，即使少了跆拳道館這份收入，她也有足夠的積蓄支撐生活。

不過少一份收入總是讓她有些不安，於是她打算再找一份打工，剛好她的學姐在天陽工作室上班，便將她找去當小助理。

因為是兼職的助理工作，所以交給她的都是一些不重要、不需要專業技能的雜事——跑腿買便當和飲料，客人來了端茶遞水，幫忙影印資料、收集資料、接聽電話等等。而安希音也沒有因為工作輕鬆就懈怠，空閒的時候會跟著前輩們學習，同事們也很大方，教了她不少知識。

等到她大學畢業開始找正職工作時，商天陽的秘書恰好在這個時候辭職，秘書並不是要離開工作室，而是想要轉職成為美妝主播，簽入天陽工作室旗下。在物色新秘書人選時，安希音便在秘書和幾位同事的推薦中升職了。

商天陽是個很不錯的老闆，為人大方，很能體恤職員的狀況，雖然工作室開出的工資只是一般待遇，但是工資以外的福利和獎金可不少。

他才二十五歲，就在業界闖出一片天，相貌帥氣、有才華又有錢，完全是女生心目中的男主角人選。而且他的性格開朗又好相處，工作以外的時間會跟職員玩成一片，並不會特地端著老闆的架子。

根據安希音偷聽心音的結果，商天陽確實是心口如一的人，不是那種表面一套、私底下又是另一套的偽君子。

這樣年輕有為又有各種閃光點的老闆，私生活卻是相當乾淨又自律，平日的生活就是工作、直播和拍攝影片，對於女性的追求一向是果斷拒絕。

安希音和同事們曾經懷疑過，老闆是不是喜歡同性？然而，商天陽對於同性對他的追求，也是一律拒絕。

後來安希音特地觀察過商天陽一段時間，才發現這個男人腦中完全沒有感情這條筋，想的全都是工作工作工作！

老闆具有上進心，確實令人開心，但是在工作之餘，還要替老闆推拒那些追求者的安希音，就有些無奈了。

安希音：老闆，工作以外的任務要加錢！

＊＊＊

因為商天陽的關係，天陽工作室在主播界的名氣相當響亮，許多主播都將商天陽當成他們的目標，希望自己也能夠成為下一個商天陽。

其中也有一些愛慕商天陽的女孩，想要經由主播簽約的機會接近商天陽。對於那些只是單純地崇拜和愛慕商天陽的女孩，安希音的態度都很正面。喜歡一個人、崇拜一個人是一件美好的事，不管最後成功或失敗，都會成為美好回憶。

然而，對於那些自詡容貌美麗，想要藉著商天陽讓自己名利雙收的女人，安希音的態度就只能維持著表面上的禮貌了。

安希音之所以不喜歡這些人，是因為她們總是會將商天陽的拒絕、自己的失敗歸咎到其他人身上，而不是自我反省。身為最靠近商天陽的秘書，安希音經常就是那個中槍的背鍋者。

「為什麼是秘書來接待我？商天陽呢？我都說了要跟商天陽見面，一定是這個秘書在搞鬼……嘖！長得又沒有我漂亮，還是個平胸，商天陽不可能喜歡她這種，我的胸部可比她大多了！」

儘管心底湧現怒火，安希音還是保持著職業素養，笑得十分有禮貌。

「請問白小姐有帶履歷表跟個人資料過來嗎？」安希音微笑詢問，要是這位叫白夢婷的應徵者沒帶，她就可以把人送走了。

「有，吶、給妳。」

穿著細肩帶荷葉邊雪紡小洋裝，化著略顯濃重妝容的白夢婷，從貼著碎鑽的粉色手提包中取出一張折得亂七八糟、邊角處甚至沾了化妝品和香水的紙張。

安希音接過履歷表打開一看，履歷表弄得花花綠綠，除了基本的個人資料之外，還貼了各種亮片和貼紙裝飾，看得安希音嘴角微抽。

雖然這樣的履歷表看起來很有特色，可是履歷表主要看的還是履歷，相較於那些花俏的裝飾，白夢婷的履歷表顯得貧瘠又蒼白，專科畢業，做過各種打工兼差，每一份工作都做不久，最長的一份工作只持續四個月，最短的甚至只維持了三天。

只做了三天的工作有必要將它放到履歷表上面嗎？

安希音拿出手機，按照履歷表上的頻道網址觀看白夢婷的頻道資料。

白夢婷的頻道粉絲數量是四千多人，但是影片的點閱率卻相當低，每部影片的點閱率只有一、二十而已，跟她的粉絲數量不成比例。

一看就知道這份資料有問題。如果點閱率是真實的，那她的粉絲數量肯定灌了水！

「很遺憾，白小姐的資料跟主播定位不太符合我們工作室的要求。」安希音還是給對方留了臉面，沒有直接戳穿對方的粉絲數是買的。

「怎麼會不符合？」白夢婷不滿道：「我看過你們的主播資料，那誰的粉絲數還不到兩千，比我還少！她那樣的都能簽約了，為什麼我不行！」

「那位主播的頻道是書籍分享，這類型的頻道原本受眾就少。」安希音為那位主播解釋緣由。

「您是美妝主播，而美妝是熱門……」

「我是時尚主播！」白夢婷皺著眉頭糾正道。

「可是您的影片都是介紹彩妝和化妝。」安希音指著她的頻道影片回道。

白夢婷拍攝的幾個影片都跟化妝品有關，根本就沒有她說的介紹名牌、教導打扮和拍照技巧。

「那是我以後的規劃啊！」白夢婷理直氣壯：「除了美妝之外，我以後會介紹各大名牌，教大家怎麼打扮、怎麼拍照，有機會我還會去時裝秀現場進行直播……我的履歷表上面不是有寫了嗎？妳都沒看嗎？」她大大地翻了一記白眼。

「……」

安希音自然有看到，白夢婷的履歷表寫得可誇張了，彷彿只要她願意，她就能隨意出入各大時尚場合，得到各大品牌青睞，她甚至認為，她現在不紅是因為她介紹的是便宜的開架式彩妝，要是她介紹的是名牌產品，她肯定能爆紅！

而且安希音之所以稱呼對方為「美妝主播」，一是因為白夢婷的頻道影片只有彩妝，並沒有其他跟時尚界有關的東西，二來是因為她只是個最普通的素人，知識素養和專業度連一般的美妝主播都比不上，更遑論專業的彩妝師了！

安希音也懶得跟白夢婷爭執，順著她的話繼續說下。「通常時尚圈的主播，都會有一定的支持量，幾千位粉絲算是很基礎的。」

更何況妳這粉絲數還是買來的。

「我們工作室的美妝主播，粉絲數量都是三十萬起跳……」

「怎麼可能那麼多！他們的粉絲一定是買的！」白夢婷激動叫嚷。

安希音微微一笑，回道：「粉絲數量和點閱數有沒有灌水，這個很容易查到，其他主播我不清楚，但是我們工作室簽約的主播，都是經過調查，確定他們的資料沒有灌水造假，我們才會簽約的。」

安希音原以為，當她說到工作室會調查主播情況時，白夢婷會退縮，而她確實顯露出些許心虛模樣，但又迅速挺起胸膛，滿臉自信。

「沒事的，他們說他們的技術很好，絕對不會被查出來！」

對此，安希音只想回她一聲「呵呵」了。

即使黑客的技術再高，也總會有別人比他們更厲害的，除非白夢婷完全不使用科技工具，否則還真沒有查不出來的東西。

安希音沒打算多嘴勸說，反正白夢婷也不會聽勸。

安希音簡單地說明了天陽工作室需要的主播條件後，就回絕了白夢婷加入工作室一事。即使她說得很婉轉、態度也很客氣，還是免不了受到白夢婷的心音騷擾。

「呵，說了那麼多，我就不信你們工作室沒有走後門的！」

「這個女人真討厭！她一定是忌妒我漂亮，才故意不讓我簽約！」

「她肯定是擔心商天陽會愛上我，才會這麼阻止我，不讓我接近商天陽！」

「哼！我在偶像劇裡面看多了！像她這樣的，都是覬覦男主角的砲灰！被男、女主打臉的蠢貨！」

「現在這種情況不就是偶像劇裡頭，女主角被砲灰刁難的場景嗎？呵，我才不會退縮！」

「白夢婷！加油加油加油！一定要鬥倒砲灰，贏得男主心，嫁入豪門當貴婦！」

聽白夢婷的心音後，安希音都無語了。

這位小姐根本就是偶像劇中毒太深吶！還真以為現實世界是偶像劇？而她是偶像劇女主角？

醒醒吧！白小姐！

偶像劇的總裁男主角不用工作，只需要追著女主角跑，就算熬夜也是精神奕奕、臉上不見黑眼圈，可是現實中的老闆卻是經常加班，不只會有黑眼圈，連鬍渣都會冒出來的！

安希音：還以為是一個自視甚高的主播，沒想到是一個偶像劇迷呀！

＊＊＊

「希音，妳的臉色不太好看，生病了嗎？」

商天陽看著自家小助理的臉色，關心地詢問。

在他的印象中，安希音一直是個活力充沛、精神飽滿的人，就算通宵工作一整天，隔天也能精神奕奕地上班。而且從她進入工作室到現在，商天陽從沒見過她生病，那健康的體質有時候就連商天陽也覺得羨慕。

今天難得見到她這副模樣，商天陽在好奇之餘，也不免擔心起來。曾經聽人說過，從不生病的人，一生起病來就絕對是大病！他不曉得這樣的說詞正不正確，但他還是希望自己的小助理可以健健康康的。

「我沒生病，只是這幾天都沒睡好。」安希音捏了捏眉心，苦笑著回道。

最近幾天，她一直睡得不安穩，每次快要睡著時，就冒出奇怪的聲音在她腦中嘰嘰喳喳，一直騷擾她，把她鬧醒。那是女生的聲音，像是單純的音調，不是完整的字詞。

她原本以為是隔壁鄰居的女兒在吵鬧，還跟鄰居說了這件事，可是鄰居卻回她，他的女兒開學後就住在學校宿舍，這個月都沒有回家。

騷擾安希音的聲音並不難聽，也不尖銳刺耳，如果那個聲音是一直持續發出的，那還能當成歌曲聆聽，可是那聲音是斷斷續續的，一下子安靜無聲、一下子突然冒出動靜，這就讓人很難受了。

尤其是快要睡著時突然冒出一個聲音來，那真是會把人嚇醒！

連續幾天沒睡好的結果，就是她的眼下冒出了黑眼圈，人也看起來無精打采的。

「失眠嗎？」

「不是，就是睡覺的時候耳邊一直出現聲音。」

「耳鳴？」商天陽猜測道。

耳鳴這種狀況每個人都有過經歷，有時候像是電視機接觸不良的尖銳聲響，有時候像是蟲鳴，還有一種是嗡嗡嗚響的，不過不管是哪一種，總歸讓人不舒服。

「好像是，我想找一天去醫院檢查看看。」安希音其實懷疑自己是幻聽，又或者是某種精神方面的問題，不過這樣的猜測她說不出口。

「健康很重要。」商天陽贊同點頭，又主動提議道：「這陣子比較空閒，妳多休息幾天，去醫院做個全身健康檢查。」

商天陽還將他自己曾經去過、觀感好的醫院介紹給她。

「好，謝謝天陽哥。」安希音收下商天陽給的醫院訊息，感激道謝。

商天陽並不喜歡人家喊他老闆，所以職員都是稱呼他為天陽哥，就跟他的粉絲一樣。

隔了幾日，安希音前往醫院進行健康檢查。

在進行腦部磁振造影檢查的過程中，機器突然像是失去電力一樣停擺，醫護人員檢查機器後又嘗試重開機，只是機器始終無法啟動。安希音被帶到走廊等待，醫院的走廊也是一團亂。醫院的燈光一閃一閃的，像是電力不夠或是電燈毀損一樣，護理站也傳出不小的驚呼聲，似乎是電腦突然自動關機了。

幸好，這場騷動只持續幾秒鐘就結束。

安希音隱隱有一種感覺——這些異常似乎是她引起的。

怎麼可能呢？她搖頭否認，隨手從包包裡頭取出手機。

「滋、滋滋……」

指尖像是被電流竄過，一陣酥麻感覺自指尖蔓延手臂再到大腦，讓她下意識地丟開手機。漂亮的銀藍色手機摔回包包裡，漆黑的螢幕自動開啟，畫面上冒出訊息視窗，而安希音腦中也同步出現讓她感到熟悉的女子聲音——

『咦？又亮了？』

『喂、喂！夏佐！有聽到我說話嗎？你在哪裡啊？』

『夏佐、夏佐、夏佐！』

『嘖！又沒有回應，這東西到底有沒有效啊？那群退休的老傢伙該不會是騙我的吧？』

『要是他們敢騙我，我就把他們一口吃掉！』

安希音抿了抿嘴，拿起手機並將它靜音，但清脆的女聲仍然不斷在她腦中響起，這下她終於確定，這聲音是直接跟她的大腦對話，不是從手機傳出的。

她想了想，嘗試在腦中跟對方進行溝通。

『妳是誰？』

『夏佐，你不要裝作沒聽到喔——我可是叫你很多天了。』

安希音又試著在腦中說了幾句話，發現對方依舊在自言自語，沒有回應，她猶豫了一下，將手機拿近，又說了一次：

「妳是誰？」

『咦？』

對方似乎聽見了，但語調呆愣。

『女、女生？奇怪，我不是追蹤夏佐嗎？』

『難道法術失敗了，追到別人身上？不，難道夏佐他……』

那聲音急轉直下，語氣變得有些陰沉：

『妳是誰？妳跟夏佐是什麼關係？』

「呃，我不認識妳說的人，妳又是誰啊？」

『我是……不對，我為什麼要告訴妳？』

安希音皺眉，對這人的態度有些不高興，但是考慮到這超自然的情況，她還是壓下了那點不滿，打算把事情說清楚。

假如是一般人，應該已經嚇瘋了。但她從小擁有聆聽心音的能力，因此也相信世上必有一些難以解釋的事。更何況，現在最重要的是解決失眠的困擾！

「不想說也沒關係，但是能不能請妳不要再騷擾我了？」

『我哪有騷擾妳！我是第一次跟妳說話！』

「我之前睡覺的時候，妳的聲音一直出現，讓我好幾天都睡不好。」

『好幾天？可是那時法術沒有反應啊，奇怪……』

『那群老傢伙是不是用瑕疵品騙我？可惡，我要把希格抓來吃。』

聽見對方又開始自言自語，安希音很無奈，但還是再次重申她的要求。

「我不知道妳要找誰，我只想說，妳找錯人了，我這裡真的沒有妳要找的人，請妳不要再──」

『不可能！我用的是夏佐的血，我千辛萬苦騙到的血！妳跟夏佐真的沒關係嗎？說，他是不是在妳旁邊！』

「沒有，我真的不認識這個人。」

『那就奇怪了，我不可能把血液弄錯啊……妳住在哪裡呀？』

她一直血來血去的，聽起來驚悚，但安希音也沒興趣探問，只想先解釋清楚。

「北市。」

她聽得懂對方的語言，所以只說了城市名。不過，這人剛才說了一堆她沒聽過的事，好像也有可能不是本地人。

『北市？什麼北市？』

「台灣，在亞洲。」

『亞洲又是哪裡？妳是要說亞雷特嗎？那個夏佐去過的矮人村落……』

亞雷特？那是什麼地方啊？

「……妳是地球人嗎？」安希音開始懷疑，對方可能是外星人，要不就是故意在對她惡作劇。

『地球？妳怎麼都講些我聽不懂的？我是不是要去總部回報一下，這個塔特人好像中了迷幻魔法……』

「塔特人？」

『天啊，妳忘了這裡是塔特星嗎？唉，不是迷幻魔法，這人被狐族抹去記憶了，真可憐。』

安希音挑眉，從她這一連串話中稍微理出了頭緒。聽起來，那女孩所住的地方是一個名叫「塔特星」的世界，那地方似乎還存在魔法。要不是她本身也擁有超自然能力，她真的會打電話給精神病院。

不過，這女孩好像以為自己也是塔特星人？

「我住的地方是地球，不是塔特星。我們這裡沒有魔法，只有科技。」

『科技？那又是什麼東西？等等，妳說妳不住塔特星？』

「對，但我很難跟妳解釋……」

安希音想了想，點開螢幕上的詭異訊息視窗，打算拍一下窗外的街景。點開後，安希音才發現，她們之前的對話全都被轉成文字出現在視窗裡。

也因為這樣，安希音在對方的名字欄位看見這個外星人的名字。

——尤朵拉。

尤朵拉：地球？科技？我怕不是睡傻了吧，夏佐你快回來！

章二　大小姐今天也在等你

「夏佐哥，是我！我進門囉？」

站在門外的少女面露忐忑，小心翼翼地往門上敲了兩下。過了幾秒，仍舊沒有回應。

「他還真是認真……」話雖如此，可少女的臉上笑得很甜。「真不愧是夏佐哥。」

直接進去，應該沒關係吧？

少女替自己打了強心針，便高高興興地推開特戰部辦公室的門——

堆積如山的公文還在那裡，但似乎消失了不少。她踮高腳尖，在那一堆書卷海中找到髮絲微捲的淺棕色頭頂。她心一動，輕盈地端著手中的茶點走過去。

隨著她走近，那人的樣貌也清楚地映入她眼簾：

棕髮青年眸色低垂，眉睫靜止，慵懶地盯著書卷上的文字。和他平易近人的髮色不同，那雙眸竟是清新脫塵，又帶有一絲疏離的青藍色。

她就看著那樣的他出了神。

沒多久，青年勾起了一邊嘴角，輕輕抬起手。下一秒，平放在桌上的羽毛筆便飛至他手中。他擺動了下羽毛筆，一行字便落款在紙上。

青年終於聽見她的聲音，皺眉抬眼。一見到她的臉，他便露出優雅從容的笑。

「那、那個，夏佐哥——」

「啊，貝絲，怎麼了？」

貝絲的臉泛起一絲嫣紅，「我想說你也不眠不休地忙了好幾天，所以特別從家裡帶來我父親珍藏的茶要送給你。你不是喜歡喝茶嗎？這是我故鄉那邊特有的品種，最近還大受妖精族歡迎，但產量稀少……」

她滔滔不絕，而夏佐不著痕跡地看了下佇立在辦公室角落的巨型桃木掛鐘，出言打斷她：「謝了，貝絲，我會好好品嚐的。」

「啊，我已經泡好了！你喝喝看。」她連忙雙手端上茶杯，放在那疊公文之中。

見她目光燦爛，還緊緊盯著他，夏佐沒說什麼，輕笑一聲便淺嚐了一口。不久，他露出滿意的笑容。

「嗯，很好喝。」他的笑容清新，目光卻沒多大波動。「謝謝妳，那我就繼續工作了。」

「當、當然！」她連鞠了幾次躬，「抱歉，打擾你了！祝你工作順利！」

拋下這句話，她便滿面春風地往門口走，打開門時，還差點和正要走進來的紅髮少年相撞。看清楚來人後，貝絲再度欠了兩次身，才蹦蹦跳跳地離開辦公室。

「希格，你終於來了。」夏佐收斂了笑，表情平靜無波。

「哎喲——」緩步走來的紅髮少年嗓音戲謔，還特意眨了眨那雙漂亮的桃花眼。他的個子不高，卻是特戰部裡出了名的美少年。「夏佐大人，看來您今天也很受歡迎？」

「我不是說了，我不需要秘書嗎！」夏佐從辦公桌前起身，那傲人的挺拔身材站在希格身旁，可真是鮮明對比。「那個總機小姐三不五時就跑進這裡幹什麼？真夠煩人。還送茶？我最討厭茶了！」

「天啊，要是那些小姐聽見你這麼說，還不原地哭死？喂，你可不能這樣啊，再怎麼說，你都得維持住夏佐的形象……」

夏佐望著桌上的茶杯，抬手一揮，裡面的茶水便揮發在空氣中。他抬眸，嫌惡地瞪了希格一眼。

「有差嗎？說到底，夏佐的形象是什麼？」邊說，他邊慢慢地走到希格面前。

鑲在牆上的全身鏡映照出他優越的身形，可看在希格眼裡，那鏡中人影竟擁有一對粉紫色的及腰雙馬尾——

「真正的夏佐，明明懶惰、惡劣又不負責任！我幫他維持的形象，絕對比他本人好上千倍！」

「夏佐」怒氣沖沖地轉向全身鏡，而在那鏡中的，分明是一個身材嬌小、皮膚透著晶瑩光澤，雙眸嫣然似水的靈動少女！

她瞪著那雙極淺的紫色美目，讓本就膽小的希格下意識退了好幾步。

「我的大小姐，妳根本是在遷怒吧？就算夏佐已經好幾個月沒回來了，那也是常態，妳早就該習慣了。何況，妳不是也偽裝他好幾年了嗎？我看整個特戰部的事情，妳都比他本人清楚……」

「你再說，我就把你的尾巴燒斷！」她惡聲惡氣。

「喂！到底誰才是火狐啊？」話雖這麼說，但希格竟緊張到露出了狐狸尾巴。他的尾巴毛色鮮豔，上頭還冒著微弱的火光。

「你可別忘了我是誰，還有你爸、你阿公、阿祖，見到了我要叫什麼！」她瞥了他的尾巴一眼，「把尾巴收好！不然肯定會有哪個陰險的塔特人把你抓去煮狐肉湯。」

「是是是，尤朵拉大小姐，我們偉大的獨角仙獸，妳就別跟我這個無名小獸生氣了。」希格揮了揮雙手，「說起來，妳還是那麼討厭塔特人啊？明明自己也生活在塔特星上不是嗎？」

「我們是仙獸，才不像那些『塔特人』總是不安好心。」

她抬手一揮，「夏佐」的形象消失無蹤，取而代之的是她原來的少女身形。

「喂，希格，我餓了。」

希格嘆口氣，但語調帶著寵溺：「知道了、知道了。唉，我明明是特戰部的財務，妳卻總把我當秘書……」

「夏佐他也不喜歡秘書啊，那可不是我說不要僱用的。」她哼一聲。

「誰看著妳那恐怖的眼神，會點頭說要僱用的……」

「希格！」

希格連忙彈了下手指，即刻消失在原地。沒多久，他便端著一整盤乾巴巴的樹果過來。

尤朵拉坐在窗邊，回頭見到那盤樹果，完全沒掩飾那張嫌棄的臉，「喂！怎麼又是巴里樹果？我已經吃這鬼東西一個禮拜了！」

「因為巴里樹果最近產量過剩，正在特價啊！」

「我想吃莓果！」她抗議。

「大小姐，莓果很貴的！妳知道我們這個月剩多少錢嗎？」希格一說到錢，就開始焦慮，「不省著點用，撐不到夏佐回來的！」

尤朵拉本想反駁，但竟無話可說。她別過頭，默默地抱怨：「還不是夏佐都不回來……別的特戰員都會去接一些告示板上的獵捕工作，就只有他整天在外面遊蕩。我只能幫他處理公文，領那一點微薄的基本薪水……」

見她愈說愈喪氣，希格也嘆了口氣，伸手拍拍她的頭髮，「沒辦法啊，妳還很虛弱，不適合戰鬥。說起來，總部那邊成天關心『夏佐』什麼時候要協助他們出任務，這件事妳也知道吧？妳藉口說身體不舒服，也說好幾個月了，這樣下去瞞不住的。」

「到底為什麼要出任務？自從那件事之後，塔特星變得很和平了吧？不然我怎麼整天都在處理一些無聊的公文？」

「唉，有人的地方就有罪惡啊。總有些人會濫用法術，假如實力太強大，就需要特戰部隊員去幫忙。夏佐他，又是這一輩最強的戰士……」希格搖搖頭，「總之，這次他回來，妳可要好好說服他留下。真是的，他到底把妳丟在這裡，自己一個人在外面忙什麼啊？」

這個問題，就連她也答不出來。可她不願細想，免得那顆本就不容易相信人的心再次受傷。

她望向窗外，一言不發。而希格看了看她，那雙不經意露出的火紅狐耳默默地垂了下來。

「尤朵拉，不然……我這碗湯給妳吃？用最新鮮的柯利福雪兔熬的……」

「兔子？你叫我吃兔子？」她立馬回頭，大聲咆哮：「我是獨角獸！我吃素！」

「——喊那麼大聲，是要讓全世界發現妳是塔特星上唯一僅存的上古仙獸？」

磁性的嗓音如雲似水，明明很低沉，卻帶著一股遠離塵世的輕盈悠然。尤朵拉愣了一下，徬徨地轉頭，只見那人迎風而來。

他腳下包覆著來自遠古的仙靈之力，懸浮在空中，與坐在窗前的她從容對視。青藍的目光神秘悠遠，倒映出她粉紫色的紛飛長髮。

而尤朵拉匆忙起身，那張冷傲的白皙臉蛋上，終於有了一抹數月未見的真心笑容——

「夏佐！你回來了！」

夏佐：不就一陣子沒回來，這小傢伙看起來還挺想我的。

＊＊＊

事隔五個月，特戰部上級隊員——夏佐，終於捨得回來他的辦公室了。

和總是團體出勤的糾察部不同，特戰部的成員通常具備較高戰力，也傾向獨立行動。在和平時期，除了處理文書外，還可以接取總部告示板上的高薪獵捕工作。當糾察部人力不足時，才需要去現場支援。

有人說，在糾察部菜鳥菜久了，就有可能轉職成素有「夢幻職缺」之稱的特戰隊員，可夏佐對這個說法嗤之以鼻——說白了，每個塔特人所能達到的靈力極限是天生的，靈力不足，能力便有限。任憑再努力，都無法突破極限。雖說後天訓練可以增進戰術，但面對強大的對手，「靈力」的高下仍是致勝關鍵。

而身為一個「特別不一樣」的塔特人，夏佐可謂是這一代最強的戰士。

可惜，他根本不熱衷工作。不只不理文書，更懶得獵捕魔物，更別說去糾察部跟菜鳥一起出任務了。

整天雲遊四海的他，可真要慶幸身邊有一個尤朵拉存在啊……

「我這麼久沒回來……妳就只想跟我囉嗦這些？」夏佐懶洋洋地斜坐在辦公室的沙發上，把玩著戴在手指上的空間飾環。

「囉嗦？我哪裡囉嗦了？」尤朵拉不滿意地靠近他。

「我想想，不就是……幸好我有妳、賺錢很辛苦、趕快出去工作……之類的話？」他淡淡地勾起嘴角，也沒看她。

她瞪著那雙散漫的青藍色瞳孔，「夏佐！你不要那麼理所當然！而且……」

夏佐挑起眉眼聽她說話，卻撞見她一臉委屈的樣子。

「你也知道你很久沒回來了嗎……」

他聽出她話中的寂寞，幾不可察地皺了下眉。可他卻沒回應她的情緒，而是從沙發上起身，漫不經心地往辦公室深處移動。

「夏佐！你要去哪裡？」她匆忙跟上去，掠過了站在一旁不說話的希格。

夏佐沒走太快，在打開深處的那道門前，似是想起了什麼，笑著回頭。

「啊——差點忘了給妳。」

「什麼？」尤朵拉呆了一下。

夏佐抬起手，從空間飾環中拿出一袋果實。深紫色的果實粒粒飽滿，光澤相當漂亮。

「咦？這是……」

「樹人長老送給我的紫根莓，聽說一年才結一顆果實，好像很好吃？喔，我這次去了樹人部落，那裡風景還不錯，我喜歡。」

尤朵拉接下了整袋果實，而夏佐輕盈的語調滲入了她的心。她展開笑容，抬頭只見一雙帶著睡意的眼。

「就這樣啦——我去裡面睡覺了。」他打開門，沒多久又回頭，單手捏住她雙邊臉頰。

「醒了再找妳。」

尤朵拉還沒反應過來，夏佐便走入他的專屬小套房裡，隨手帶上了門。

只剩下她，臉色紅潤、心滿意足地盯著那袋紫色的新鮮莓果。

「喂，我說啊……」希格默默地出聲。

尤朵拉愣了下，一臉傲氣地回頭：「你別誤會夏佐，他其實很關心我的！你看，他還帶了特產給……」

「對，我就是想說那特產。」希格賊頭賊腦地說：「能不能分我幾顆？那個很值錢的，拿去賣，我就能吃好幾個月的上等兔肉……啊啊啊啊啊！」

——手起蹄落，希格卒。

夜晚，尤朵拉走進房，卻發現夏佐不在床上。

她看了眼沒關上的窗戶，便停在窗前，閉上雙眼。那一秒，她身上泛起白金色光輝，姣好的面孔瞬間幻化為馬首，額上有角，身姿潔白且冰清，背上帶紫的毛紋在月光下顯得比平時柔和。

她發出如輕雷的聲響，便飛出窗外，在屋頂上找到了思念的人。

「妳來了啊。」夏佐側過臉，眼中帶著平淡的笑意。

尤朵拉停在夏佐身旁，一時沒出聲。

「雖然是晚上，但妳還是別隨便露出真身吧。」夏佐轉而望向她頭上的角，「說過了，是要讓大家都知道妳是獨角獸？」

「你不是都說我是羊，或是馬嗎？」她沒好氣地回應，「而且，我這麼虛弱，身體變得這麼小，看起來也不像啊。」

「是啊，小綿羊挺好的。我的靈寵，是不是該叫我一聲主人了？」

尤朵拉愣一下，結巴地說：「我、我才不是靈寵！叫你主人幹嘛，我年紀還比你大呢。」

夏佐也沒對這話題認真，只是戲謔笑笑。

他望向月色，卻在同時抬手施法。沒多久，青色結界線在不遠處的空中若隱若現。在他放下手時，結界又消失了。

「幹嘛總是確認結界還在不在？」尤朵拉隨意地問。

「這麼久沒回來，總要看一下失效了沒。」

「失效不好嗎？我就可以去遠一點的地方了。」

夏佐轉向她，笑容加深，眼中卻沒有笑意。尤朵拉看得發毛，連忙說：「知道了、知道了，幹嘛瞪我啊？」

「因為有隻小羊想逃跑？」

「喂，你別真的把我當寵物一樣關起來好不好。」

「結界的作用是擋住魔物。我這麼做，只是為了隔絕危險。」夏佐又恢復了散漫的樣子。

「也順便把我隔離起來了！」尤朵拉抱怨。

這結界，是夏佐一成為特戰部隊員就替她設下的。待在結界裡的她很安全，卻也讓她無法離開這裡半步。而且，就算夏佐遠在樹人部落，也能知道曾有什麼人接近過她。

這根本就是監視！

「有差嗎？反正妳哪裡也去不了啊。」

「夏佐……」

有時候，她很不喜歡他這種漫不經心的態度。可當她開始介意時，夏佐又總有辦法讓她消氣。

他真的很狡猾！

尤朵拉下定決心不再心軟，卻在想開口罵人時，撞見他從領口邊露出的一道傷口。

「咦？你受傷了？」她驚慌地問。

夏佐愣了下，意會過來，「……喔，小傷而已。」

「給我看看。」

她變回人形，轉過他的肩膀，小心翼翼地扯開他白色的領口。領口內側，竟染了一小片血色。在那裡，果然有一道被尖刺物所傷的痕跡。

「真是的，你怎麼又受傷了，也不擦傷藥？」

她雖是問句，但手邊已開始動作。只見她的手中發出白金色光芒，籠罩在他脖子的傷口上。沒多久，傷口便以肉眼可見的速度慢慢癒合。

夏佐看了下近距離的她，那認真的樣子令他微笑深思。見她的柔軟掌心還放在他脖子上，他便慢悠悠地出聲：「我這不是有妳嗎？」

「嗯？」她一時聽不懂，抬眼看他。

可他卻主動拿開了她的手，俐落起身。

「意思是──妳有得天獨厚的治療能力啊。」

「你要去哪？」

「睡覺啊。」他伸了個懶腰，腳下便颳起一道疾風。在那風裡，尤朵拉感知到了歲月，想起多年前的往事。

她曾失去，也沒忘過。

再這樣下去，她會不會也失去他？

「……夏佐。」尤朵拉叫住正要飛下屋頂的他，「我不能跟你去嗎？」

「嗯？」夏佐在空中回頭，居高臨下地望著她。

「我說，讓我跟你一起去旅行吧！請個長假也好，辭職也行，那些都不重要。我不想每天等你，也不想每次見你回來都受傷。」

她似乎鼓足了勇氣，才說出這句話。那雙紫瞳在月色下搖曳，小心翼翼，卻很堅定。

而他靜靜凝視她，露出了淡漠帶笑的樣子。

「不行。妳太虛弱，靈力已差不多散盡。」

「可是……」

「尤朵拉，難道妳忘了嗎？」他的眸色黯淡，嘴角卻上揚。「那時的事，我們都要好好記住。在安逸的時候，有了幸福錯覺的時候……都千萬別忘記。」

尤朵拉：我困在你為我設下的牢籠中，可你，卻被自己困在那一年，腐爛在深淵。

＊＊＊

森林大火、魔物肆虐——放眼望去皆是毀滅。

她不知道自己是怎麼讓這裡變成這樣的。這片森林，可是她唯一的家啊……

三小時前，尤朵拉一如往常在林間閒晃。那裡有一座她常去的湖，遠遠望去，幾個仙靈聚在那嬉戲，即使四大仙靈之一「龜仙」盤踞了三分之二的湖邊，他們也無所畏懼。

再往不遠處看，一抹華麗的紅影就停在巨樹的最頂端。那是「炎鳥」，姿態驕傲、心卻很軟，和她同為四大仙靈。

「奇怪，勒斯哥哥今天沒出來嗎？」她找不著那人的身影，只好往湖的反方向走。

沒多久，她便遇上了一群看似遭遇了攻擊的虛弱塔特人。

這裡是四大仙靈的棲息之地，卻僅有少數塔特人知道。一般人是不會知道被譽為「神獸」的四大仙靈在哪裡的，即使知道，也會被擋在森林之外。

但勒斯說過，假如闖進來的是「塔特總部」的人就沒關係。因為，他們為了塔特星的和平，百年以來也派了不少菁英在森林外暗中守護仙靈，算是他們的夥伴。

她雖然是第一次見到塔特人，但那一身總部制服，記憶力超群的她一眼就認出來了。

「幸好勒斯哥哥有給我看過影像。啊，那些人好像受傷了？」

身為四大仙靈之一——獨角仙獸，尤朵拉天生擁有過人的治癒及疾行能力，速度極快，不靠環境中的「風能」就能在空中飛行。

應該說，四大仙靈都不仰賴環境中的能量，自身即帶有遺傳自遠古始祖的強大靈力，可在沒有任何能量中的惡劣環境施展法術。不像塔特人及一般的小仙靈，只能以自身天賦操控周遭的能量，種類也很有限。

而她靠著這項得天獨厚的「治癒能力」，在這短短幾十年的獸生中幫助了不少生命。

沒錯！在四大仙靈中，她是年紀最小的那個。她的母親在幾十年前去世，死去的那天，尤朵拉便在仙體逝去之地誕生。

那日她一睜眼，見到的便是圍繞在她身邊的三大仙靈——

「龜仙」巴頓張開了盾保護著脆弱的她；「炎鳥」希爾達在最近的那一棵樹上戒備四周，似乎是在守護她的誕生；而「青龍」，用他巨大的仙體將誕生在空中的她抱了下來。

「尤朵拉，這是妳母親取的名字。」巨龍的青藍色瞳孔直視著她，淡漠卻真摯，「我是勒斯，這裡——就是妳的家。」

而她，似乎在那一刻就對勒斯上了心。

「我去幫一下那些塔特人好了。把他們帶去找勒斯哥哥，他會稱讚我很溫柔吧？」她俏皮地笑了笑。

尤朵拉為了不嚇到人，幻化成人形，朝那些人靠近。

可她不知道的是——那群人，對仙靈並不帶善意。

「小心！」從樹叢旁竄出來的男孩將她的身子往後推，卻也替她擋了一擊。他被魔物的攻擊彈飛，重重地摔在樹幹上，再跌落至地面。

「你、你沒事吧？」尤朵拉慌張地跑過去，只見眼前的男孩身上布滿斑斑血跡，似乎早就受過不少傷。回頭看一眼，攻擊他們的魔物不知怎地往另一個方向去了。

「唔——」男孩痛苦地咬著牙。

等等，他是塔特人？難道他跟那些闖進來的人不是一路的嗎？

男孩勉強抬眼看她，那雙棕色的瞳孔異常冷靜，與眸色相同的短髮卻凌亂不堪，像是奔走了一段時間。

見到她驚慌的樣子，男孩好一會兒才說：「妳……頭上那是？」

她愣了一下，才發現自己頭上的角已經露了出來。三小時前，她因誤信了一群塔特人，將他們帶入森林，才發現這些人竟對仙靈不懷好意。短短三小時過去，他們不僅召喚出龐大數量的魔物，更使用了某種她從未見過的強大邪惡之力，將森林多數的仙靈都吸收進手中的容器裡。

而她在觸碰到他們的那一刻起，也被吸收了大半靈力。

逃離之前，她親眼見到龜仙的盾被打破，炎鳥在天空被擊落，兩個強大的靈魂都進了塔特人手中的容器裡——

「勒斯哥哥，你在哪裡？」她悲傷地低喃。

男孩不明白她的悲傷，但身子難受，痛苦地咳了幾聲。尤朵拉這才注意到他的慘況，連忙伸手替他治療。可現在的她能力有限，只能勉強將他表皮上的傷口治好。

「妳……不是塔特人吧。」他的樣子看起來才十歲左右，卻似乎比她還成熟。

「嗯。那個，你怎麼會在這裡？」

「我和家人走散了。」他沒提進來森林的原因，「才剛進來就被一群塔特人攻擊，還有很多失控的魔物在森林附近晃……」

他說的，和她遭遇的情況一模一樣。雖然不知道這個塔特人能不能信任，但他剛才幫自己擋了一擊，她不管怎樣都應該帶著他一起逃。

「剛才的魔物怎麼不見了？」他撐起身子，往林間四處看。

「不知道……」

尤朵拉扶著他起身，這才發現勒斯在不遠處的空中，疾行而來！

「勒斯哥哥！」

她焦急大喊，本以為情況有救，誰知道勒斯的身後竟跟著一大群飛行魔物！魔物的數量多得嚇人，甚至將一片晴朗的天空染成了灰黑之色。

勒斯發現了她，以人形的姿態擋在她和男孩的身前。

「尤朵拉，妳快去龍穴躲著。那裡的結界可以讓妳躲上幾小時，足以等到總部的救兵。」

勒斯緊握手中的長刀，頭也不回地低吼。青色長髮在布滿血腥氣味的空中飄盪，那道堅毅的背影，是她最喜歡又最心疼的。

「我怎麼可能丟下你！勒斯哥哥，你等等！我幫你治療。」她匆忙走向他，抬手正要替他治療傷口，卻發現他體內不自然流動的靈力正在蠢蠢欲動。

勒斯知道她發現了，便靜靜地回頭，側眸看她。

『巴頓和希爾達都不在了。那些人的目的是吸收所有仙靈，但我不會讓他們得逞。』

『聽話，尤朵拉。』

「難道你要……」她聆聽著他傳來的通訊法術，瞪大了眼睛。

勒斯沒回應她，抬手召喚出遠古之力，以那道疾風將尤朵拉和男孩往後推了數尺之遠。下一秒，他幻化為龍形，以巨龍之姿面對將天際染成一片漆黑的龐大魔物群，以及跟在那之後的幾名塔特人。

尤朵拉永不會忘記那一刻。

多年以前，四大仙靈之首「龍」——勒斯，以他原本能不斷輪迴的永續生命為代價，引爆了在仙體骨肉中流動的所有力量。並以僅存的意識，將無法再復原的靈魂碎片封存在那個男孩的身體中。

——唯一倖存的仙獸哭聲似雷，將失去意識的男孩揹進龍穴。

——魔物被勒斯擊潰。將邪物帶入森林的不肖塔特人重傷，逃逸無蹤。

——總部的救援趕來，將負傷的少女和男孩救出，並秘密安置了倖存的仙靈們。

多年後，塔特星不再傳來類似的噩耗。那群人就此銷聲匿跡，令人畏懼的邪惡容器也不知流落到何處。

可那道傷，卻永遠留在了心中。

『我見你方才保護了尤朵拉。今日，我會死在這裡，而你……能替我保護好她嗎？』

夏佐從夢境中驚醒。

他每日每夜，都像困在深淵一樣，沒有一刻忘記那日的血洗。他的家人在森林中失蹤，尤朵拉也失去了所有親密的同伴。

而勒斯在死去之前，竟對身為塔特人的他說出這句話。當時的他沒有多想，在混沌中點了點頭。

那一刻，勒斯便將爆裂的靈魂碎片植入他體內，賦予了他殘存的「青龍」之力。從那天起，他變得比一般人強大，卻深刻明白這不是平白得來的力量。

每當尤朵拉盯著他的臉，思念著「勒斯」時——他便會再一次地回憶起那天空氣中的血腥氣息。

報恩也好，守諾也好。只要有他在，便沒有人能夠傷害她。

夏佐：我繼承了他的骨血，以眼中的蒼藍為證。

＊＊＊

他從夢中醒來沒多久，便發現房間內有聲音。他雙眉一凜，抬手就是一記風刃，往床邊的小矮桌射去——

「哇啊！是、是我啦，夏佐大人，你別衝動！」

黑暗中，希格的尾巴上竄出驚懼的火花，映照出他慌張的臉，沒多久又熄了。

「你進來幹嘛？」夏佐懶洋洋地從床上起身，面色不善。

這人，明明對誰都保持基本禮貌，但對他就是只會擺臉色……希格心裡委屈，卻還是討好地說：「我只是進來幫尤朵拉拿個公文！她這幾天都看公文看到睡著，有時候還會在房間工作……啊，她今天也早起了，在辦公室忙著呢。」

夏佐挑了下眉，「喔，那你拿吧。」

希格本來就很怕他，此刻更是恨不得趕快離開。當他在矮桌上翻找資料時，夏佐也下床了，散漫地走到窗邊把簾子拉開。

陽光灑落，外頭一片晴朗。

「喂。」他突然叫他。

希格終於找到那疊書卷，正抬眼時，夏佐竟已來到他身前，眉開眼笑地望著他——

「平常尤朵拉在房間時，你也是像這樣直接走進來？」

「呃，因為我會幫她送吃的，她很容易……」

「餓」這個字都還沒說出來，希格便感到一陣強烈風壓襲上腦門。夏佐沒傷害他，甚至還在笑，那雙青藍色瞳孔卻陰鬱到不行。

「看來最近你們滿親近的？」

「那、那個……」希格簡直要縮成一坨火球，「你別誤會了，我只是在工作！絕對沒有很親近！就、就只是工作夥伴的關係。」

夏佐聽了，便收回手，似笑非笑，「嗯？我又沒問你這麼多。啊，公文給我吧。」

希格連忙雙手交給他，而夏佐滿意地接下那疊書卷。

「辛苦啦！我自己拿給她。」

當夏佐走出宿舍房間時，映入眼簾的，是那抹已在辦公桌上睡著的嬌小身影。

他皺了皺眉，看了一會兒，才慢慢走過去。他的動作極輕，將公文放在桌上，便靠過去注視尤朵拉的臉——

真是的，累到睡著了？

明明不那麼努力也可以。

他露出一抹連自己都沒發現的微笑，伸手碰了碰她的粉紫色長髮。當指尖滑過鬢髮，輕觸到她的臉頰時，夏佐的目色變深，像一潭埋藏愛戀的海。

空氣很靜，無人打擾。可她偏偏，在這時醒了過來。

他收回指尖，斂下嘴角。

尤朵拉迷迷糊糊地睜開眼，見到的是那抹坐在桌上的閒散背影。她帶上笑容，嗓音還有些黏糊：

「夏佐，你起床了？」

夏佐回頭，依然是那副什麼都不在乎的樣子，「嗯，對了，妳吃過紫根莓了嗎？」

「喔，昨天有吃兩顆，真的很好吃耶。你要不要？」

「沒關係，我過兩天又要去妖精族那裡，聽說有更棒的特產。」

「咦？」她愣了愣，「你這麼快又要走了？」

夏佐點點頭，「嗯，妖精族最近有祭典，我想趕過去看看。祭典上會有很多貴客進貢的奇珍異寶，妳知道我很喜歡研究那些東西嘛。」

「也是啦，那也沒辦法……」尤朵拉垂下眼睛，「但你回來的時間好像太少了。」

夏佐笑了笑，拍拍她的頭，「這麼快就寂寞了？妳還有很多事情可以做，沒時間想我的。反正，我去去就回。」

「你每次都這樣說，但一去就是好幾個月。」

「不然妳叫我一聲主人？我就再多留幾天。」

「夏佐！」她瞪眼。

夏佐倒是很執著「主人」這點，尤朵拉覺得他骨子裡是個變態。

「別瞪人了，妳把桌上那些無聊的東西放下，跟我出去。」他從桌子上離開，頭也不回地往門外走。

「真的嗎？要去哪裡？」尤朵拉眼睛一亮。

「去採購一下啊，難得我在樹人部落那邊領了些幫長老跑腿的報酬。而且，妳也很久沒出去了不是嗎？」

夏佐在門前回頭，笑得像一縷清風。而那個笑臉，是她最愛看的。

平時，希格結束工作之後，就會回到離辦公室不遠的那條住宅街上。不過，在夏佐回來的日子裡，他倒是會留下來，做幾樣菜給那一人一獸吃。

想見今晚，希格又被夏佐扔進他和尤朵拉採購回來的食材堆裡了。

三人（一人兩獸？）用完晚餐後，夏佐打了一個大飽嗝，便高高興興地往浴堂去。尤朵拉還在吃桌上的莓果，看得出來她很喜歡夏佐給自己帶的特產。

不過，那雙淺紫色的眸，如今看來卻有些感傷。

「幹嘛啊大小姐，又在想什麼有的沒的？」希格邊收拾桌上殘局，邊埋怨自己不是水系仙獸。那樣的話，洗盤子大概會容易些吧。

「……夏佐他說，過兩天又要走了。」

「啥？」希格差點燒毀桌巾，「我不是叫妳好好留住他嗎？改天長官直接來這巡視，妳會被拆穿的！」

「如果留得住的話，我還需要你這傢伙幫我省錢嗎！」

也對，以夏佐的能力，把超高難度的獵捕工作全接一遍，絕對馬上發大財。

「撒嬌不行嗎？唉，算了，他那鐵石心腸。幸好他沒女友，不然他看起來就是個渣男的料。」

聽希格這麼說，尤朵拉不知怎地不高興了。但她不說，轉過頭瞪著那扇緊閉的窗。

「小姐，那裡沒人，窗戶要被妳盯穿了……等等，妳該不會要砸玻璃出氣吧？我們可沒錢修！」

「沒有啊。」她的聲音滿不在乎，但靈力已在手中凝聚。

希格望著她，暗自嘆了口氣。其實那句話他是故意說的，誰都知道夏佐很在乎尤朵拉，只是不表現出來。

或許，也跟那位壯烈逝去的千年仙獸有關吧……

「對了，關於夏佐的去向，我最近倒是想到了一個辦法。」

尤朵拉立馬看他，「什麼意思？」

希格神秘兮兮地靠近她，回頭確認一下某人還沒回來，才說：「我認識幾個糾察部的老傢伙，他們在退休前，留了幾個用來追蹤塔特人的覓蹤書卷，私下轉賣。」

「咦？那是幹嘛用的？」

「顧名思義，就是拿來追查行蹤的啊！前陣子，我替他們介紹了不錯的客戶，讓那些老傢伙大賺了一筆。他們高興，就送給我一個。反正我也用不到，妳就拿去追蹤夏佐吧。」

說完，他奸笑：「畢竟夏佐也算是我可貴的收入來源啊——」

「真的？」尤朵拉的小臉難得露出了夢幻少女般的期待笑容，「要怎麼用？把法術定位在他身上就行了嗎？」

希格從掛在手腕上的空間飾環中拿出書卷，塞進她手中，「妳把追蹤法術定位在夏佐身上，是不是有點小看了他？他可是繼承了青龍之力的塔特人，怎麼可能沒發現這點小把戲？」

「那我到底要怎樣才行？」她已經不耐煩了。

「簡單！妳取他的一滴血，滴在書卷上就行了。天涯海角，哪怕是去了別的星球，妳都能當場捉姦……啊啊啊啊啊我的尾巴！」

尤朵拉狠瞪了他一眼，才收回扯尾巴的蹄子，「取血？哪有這麼容易，夏佐生性戒備，我該拿什麼藉口才能取到他的血……」

「尤朵拉！幫我拿衣服！」

忽然，夏佐大搖大擺地踹開了辦公室的門。尤朵拉的獸毛全豎起來，趁亂把書卷塞進了胸前的空間飾環。

她匆忙回頭，只見夏佐光裸著上身，圍著一條浴巾走進來。

「夏佐！你幹嘛又不穿衣服！」她氣紅臉。

「這時間又沒人，沒差吧。」夏佐一臉無所謂地走近她，那羨煞旁人的精壯身材就這麼映入她眼底。

她別開眼，見到希格已偷偷從門溜出去，想來是沒興趣看裸男。

「……是說啊，那隻蠢狐狸又找妳講什麼？」

尤朵拉正在置物櫃替他找衣服，聽見此話，忍不住抖了一下。夏佐應該沒聽見吧？覓蹤書卷的事。

「哪、哪有什麼，就閒聊。」

「喔——」夏佐繼續走近，尤朵拉拿好衣服，轉頭才發現他的俊臉近在眼前。「真的？我看你們最近挺好啊？」

尤朵拉沒聽出他陰鬱的心情，滿腦子都是想瞞他到底的念頭，「真的！吶，衣服給你。」

她匆忙把衣服丟給他，就從他臂膀中鑽了出來。夏佐丟失了獵物，一臉沒趣地把衣服穿上。

見他沒追問，尤朵拉鬆了口氣。才正想說點什麼，便撞見桌上僅剩下兩三顆的上等莓果。

啊！有了！

「夏佐！」尤朵拉雙目發亮，「我們……今晚來喝酒吧！」

夏佐挑一挑眉，勾起了似笑非笑的嘴角。

希格：雙向暗戀？那種事怎樣都好。夏佐大人勤奮工作的話，大家會更好。

＊＊＊

尤朵拉雖然是冰清高潔的獨角獸，但小時候從龜仙那裡學來了一身喝酒本領。一不小心，酒量就比他老人家好了。而且，老人家還傳授了她獨門釀酒技術。不僅不花太多時間，滋味也是上等。

今夜，尤朵拉就用那幾顆紫根莓，釀出了兩壺美酒。

「沒想到，這莓果還能釀酒。」夏佐滿意地舔了舔嘴唇。

其實，夏佐也跟她一樣喜歡喝酒，只不過……

「唉，好像有點暈了。」他晃了晃身子，看似不經意地將頭靠在尤朵拉的肩上。

只不過，他酒量非常差！

尤朵拉暗自竊喜。太好了，只要把他灌醉，就能隨意取血！

「夏佐，你酒量還是一樣差耶。」尤朵拉忍不住笑他。

「吵死了。」酒醉的他，比平時少了幾分銳氣。回嘴的樣子，還有一點前所未見的撒嬌感。

「要睡了嗎？」尤朵拉戳了戳他那帶了自然捲的棕髮。

「幹嘛，趕我去睡？」夏佐抓住她的手，「妳平常不是嫌我睡整天？怎麼，不想跟我說話了？」

不愧是喝醉的夏佐，比平時還不講理。不過，尤朵拉滿腦子只想著要取血，脾氣異常好。

「沒啊，你不是很快就要走了嗎？多休息一點，才有精力冒險。」她隨口說。

夏佐聽她這麼說，罕見地沉默了下。幾分後，他搖晃起身，嘴裡喃喃念了幾句——

「唉，小綿羊長大囉，都不寂寞了。」

尤朵拉啼笑皆非，望著他走進房間，才慢慢地收回笑容。

怎麼可能不寂寞？

就是寂寞，才千方百計想知道他的一切啊。

兩日後，夏佐再度離開了她。

可這次她沒以往那麼落寞，找來希格，就坐在辦公桌前一起研究覓蹤書卷。

「喂，我兩天前就滴了血，現在才啟用的話會不會失效？」尤朵拉擔心地問。

「放心吧，這可是總部特製的追蹤法器，品質上等，犯人一個都逃不……咳。」希格清了清喉嚨，將覓蹤書卷攤平在兩獸面前。

可奇怪的是，雖然書卷表面透出隱約的魔力，可看出有法術正在運作，卻和希格之前見過的不怎麼一樣。而且，書卷上還出現奇異的淡青色光芒。

「我記得應該會顯示出影像啊？怎麼一點反應都沒有。」

「嗯？該不會壞了吧？」尤朵拉伸出蹄子，敲了敲書卷。

「別碰！抓破了怎麼辦！」希格搶過書卷，嘆氣說：「算了，妳直接對書卷說話吧。它可以傳遞聲音到夏佐的腦中。」

「啥？那不就被拆穿了嗎？才不要被夏佐發現我追蹤他！」

「放心。」希格又是那抹奸笑，「夏佐只會以為妳用了通訊法術。他根本不知道妳還能定位他呢！要是書卷正常運作，妳還能見到他的模樣……」

「真的嗎？」尤朵拉十分高興，搶回書卷大喊：「夏佐！夏佐！聽見了嗎？」

數秒過去，無人回應。

「該不會真的壞了吧……」尤朵拉露出失望的表情。

希格吞了吞口水，想著該如何安慰她，「搞不好夏佐在殺豬？抓魔物？耐心點，多喊他幾天，總有回應的。」

尤朵拉沒把他的話聽進去，焦急地對書卷喊了好幾小時。直到嗓子啞了，她才抱著書卷，喪氣地回到房間。

接下來的幾天，尤朵拉只要一逮到空閒，就會把覓蹤書卷拿出來試。試到最後，連脾氣好的希格都氣沖沖地奔去找那些老傢伙理論了。

不過，偷來的東西可沒有售後服務。老傢伙只說東西絕對是真的，就不理他了。

希格嘆了幾口大氣，實在不想再見到她沮喪的樣子。那天午後，他推開辦公室的門，正想安慰她幾句，卻發現尤朵拉一臉驚奇地盯著放在桌上的覓蹤書卷——

『妳是誰？』

那是一個不屬於尤朵拉的聲音。俐落好聽，還帶了幾分知性。

「咦？」尤朵拉也愣住了。

「女、女生？奇怪，我不是追蹤夏佐嗎？」

「難道法術失敗了，追到別人身上？不，難道夏佐他……」

「妳是誰？妳跟夏佐是什麼關係？」

「好、好恐怖……」希格站在角落，不小心脫口而出。

尤朵拉發現他，還陰沉地瞪他一眼。喂，夏佐大人勾引女人，關他屁事啊？

『呃，我不認識妳說的人，妳又是誰啊？』

「我是……不對，我為什麼要告訴妳？」

尤朵拉顯然想問清楚那女人是誰，但又不想表露身分。不過，那女生說不認識夏佐？聽起來也不像說謊啊。

難道這年頭的女人心機這麼重？

『不想說也沒關係，但是能不能請妳不要再騷擾我了？』

對方的語氣有些不耐煩。騷擾？等等，現在是夏佐搞事，還是尤朵拉騷擾人？希格整個人都懵了。

「我哪有騷擾妳！」尤朵拉氣得快把屋頂掀了，「我是第一次跟妳說話！」

『但我之前睡覺的時候，妳的聲音一直出現，讓我好幾天都睡不好。』

「好幾天？可是那時法術沒有反應啊，奇怪……」

「那群老傢伙是不是用瑕疵品騙我？可惡，我要把希格抓來吃。」

希格抖了一下。再次說明，他很無辜好嗎？

可沒想到，從書卷中傳來的女人聲音，聽起來似乎真的很困惑。

『我不知道妳要找誰，我只想說，妳找錯人了，我這裡真的沒有妳要找的人，請妳不要再……』

「不可能！我用的是夏佐的血，我千辛萬苦騙到的血！妳跟夏佐真的沒關係嗎？說，他是不是在妳旁邊！」

來了來了，就說不要惹女人吧？夏佐這下麻煩大了。

希格發誓，就算他成為全塔特星最有錢的狐狸，他也不要交女朋友！

『沒有，我真不認識這個人。』

「那就奇怪了，我不可能把血液弄錯啊……妳住在哪裡呀？」

「北市？什麼北市？」

「亞洲又是哪裡？妳是要說亞雷特嗎？那個夏佐去過的矮人村落……」

尤朵拉和陌生女人的對話，讓希格陷入了沉思。台灣？亞洲？北市？什麼鬼，那群老傢伙給他的是追蹤法器，還是迷魂禁書？他好像愈來愈暈了。

『……妳是地球人嗎？』

沒想到，那個女人似乎比他們快想通。咦？地球……他好像在哪裡聽過……

「地球？妳怎麼都講些我聽不懂的？我是不是要去總部回報一下，這個塔特人好像中了迷幻魔法……」

『塔特人？』

「天啊，妳忘了這裡是塔特星嗎？唉，不是迷幻魔法，這人被狐族抹去記憶了，真可憐。」

喂！妳才可憐！狐族才不會隨便抹去人家記憶！

希格受不了尤朵拉汙衊他的種族，立馬奔過去，在尤朵拉耳邊說了幾句悄悄話。

「大小姐，我看這女人應該是外星人……」

尤朵拉皺眉看他，自小生活在仙獸森林的她根本不知道有外星球存在。

幸好，女人又說話了：

『我住的地方是地球，不是塔特星。我們這裡沒有魔法，只有科技。』

「科技？那又是什麼東西？等等，妳說妳不住塔特星？」

『對，但我很難跟妳解釋……』

過了幾秒，覓蹤書卷終於顯示出影像。可映入兩隻仙獸眼裡的，卻不是夏佐的身影。

而是一根又一根的巨大灰色柱子。在柱子下方，竟還有長相奇異的硬殼仙獸在地上穿梭！

「哇，這些四隻腳的仙獸是什麼啊？我從來沒看過。腳還是圓的？有夠醜。」尤朵拉脫口而出。

『四隻腳的仙獸？呃，妳說的是……汽車？』

汽車？真難聽的名字。這個什麼地球人的，一點取名的品味都沒有。

尤朵拉面露鄙視，正想追問她夏佐的事，但對方又說話了。

『對了，妳叫尤朵拉，對嗎？』

她正納悶為什麼這傢伙會知道，但女人似乎能控制影像的方向。她將影像轉向了自己，那一瞬間，尤朵拉見到的，是一名棕色短髮、相貌出眾的年輕女子。

什、什麼？竟然比想像中漂亮！

「哇，夏佐大人口味變了？我以為他喜歡妳這種萌妹子，沒想到……」希格還在旁邊說風涼話。

尤朵拉正要發怒，但女人似乎比她更想澄清一切。

『你們誤會了，我真的不認識他。而且，我也不知道為什麼會出現這種離奇的情況。』

「我為什麼要相信妳？還有，妳怎麼會知道我的名字？妳是不是……」

她正懷疑她是不是知道四靈的秘密，可當影像定格在女人臉上時，覓蹤書卷上浮現了幾個閃爍的紅字。

——安希音。

咦？

塔特人……似乎不會有這麼特別的名字。難道，她真的是外星人？

尤朵拉和希格對看了一眼。驚懼的目光，為此刻的奇遇拉開序幕——

安希音：魔法？塔特星？看來我好像找到可以讓天陽哥再度爆紅的題材了……

章三　安秘書忙著驅邪呢

因為身體檢查當天沒有完成，再加上突然冒出一個外星人，安希音擔心自己的幻聽更加嚴重，變成幻想症，便又多請了幾天假，將她能想到的檢查都做了一遍。

檢查結果全部正常，沒有問題，她的身體相當健康，心理也很開朗陽光。

好吧！看來對方真的是「外星人」，而她在莫名其妙的情況下，跟外星人的通訊連接上了。

從尤朵拉的話聽來，他們那裡屬於魔法界，不是科幻電影的那種高科技外星人，這也讓安希音對於這種莫名的連接減少了排斥。

哪個小孩沒有幻想過魔法的存在呢？尤其是《哈利波特》暢銷的那個時期，幾乎所有小朋友都幻想著自己能夠拿到魔法學校的入學通知書！

安希音好奇地問過尤朵拉，她能不能學習他們那裡的魔法？

尤朵拉說她也不清楚，畢竟她來自法術能量充沛的「塔特星」，不曾想過竟然有不能使用法術的外星球。不過，就算是他們那個星球，也不是所有人都有施展靈力的天賦的。

尤朵拉忙了一陣子後，將一個從朋友那問來的「基礎鍛鍊法」透過手機的簡訊傳給她，說這是那個世界中普及率最高的鍛鍊法，大人小孩都能練，就算安希音沒有天賦，也能強身健體，不會白費時間。

安希音雖感激地記下，卻也有點好奇尤朵拉這個人到底靈不靈光。畢竟她有時候有些天然呆，一下子一問三不知，一下子又匆匆忙忙地找身邊的人求救。這個「基礎鍛鍊法」，她本人似乎也沒有練的樣子。

不過在她聽來，尤朵拉在他們那裡有不錯的地位，也不像不會使用法術。所以，安希音便不再多想，還多拍了一些地球的景觀和物品，傳給她當作回報。

在拍照時，安希音隨手拍了她買的零食和飲料，結果拍攝完畢後，手機出現「是否要傳送物品」的訊息提醒。

安希音好奇地點擊了「是」。

結果桌上的零食和飲料消失了！

她急忙詢問尤朵拉是否有收到東西，尤朵拉回答她說收到了。尤朵拉也嘗試著將他們那裡的水果傳送過來，還真的成功了！

安希音嘗試了異界版的水果，小小的一顆，顏色是漂亮的琥珀色，味道又甜又香，吃下後，竟有一種從頭到腳的舒服暢快！像是做了一場全身ＳＰＡ一樣！

一開始，尤朵拉也不明白他們的特產會對地球人造成什麼功用，直到她去探聽後，才知道原來沒有靈力的人長期食用的話，也對身體有益處，不僅可以變得更加健康、更不容易生病，而且還有美容養顏、延緩老化的作用。

安希音聽了，當場就想要下單跟尤朵拉購買。

只可惜，這種物品傳輸是有限制的，每次只能少量傳送，傳過一次就要休息幾天才能再進行傳輸，不是隨時隨地都能進行的。而且，她也要準備好合適的東西傳送給尤朵拉，畢竟他們那裡可用不了地球人的錢。

雖然有些遺憾，但安希音還是經常傳訊跟她分享東西。有時候是一首歌，有時候是一張照片，又或者是他們工作室的主播影片。而尤朵拉也會跟她分享自己的生活，比如說她在「特戰部」的工作上又遇見了什麼鳥事。

雖然有很多詞彙是安希音聽不懂的，不過她也大致可以推測出，他們那裡似乎有怪物橫行，而她所在的機構就是為了對抗怪物、維護和平建造的。並且，他們的組織還有管理具有靈力天賦的人的功能。

安希音也不曉得自己的猜想正不正確，不過至少從尤朵拉透露的內容看來，她和這個組織並不是壞人。

當安希音心情愉快地結束假期，抱持著積極的情緒上班時，卻沒想到她的老闆商天陽給了她一個「大驚喜」！

她見到白夢婷出現在工作室中，並且成為工作室的簽約主播！

安希音：偶像劇女主病重症患者加入！工作室要變畫風了！

＊＊＊

上午十點，商天陽姍姍來遲。

昨晚他參加了一齣網路綜藝節目，節目中邀請了網紅和綜藝咖擔任來賓，節目內容是談話和遊戲，以談話為主，遊戲為輔，談論的都是近期有熱度的話題。

如今已是農曆七月，話題自然是鬼怪靈異類的，節目中還會穿插命理、占星、塔羅牌、個人靈異經驗等等。像這樣的主題，就算說上一個月也沒問題。

也因為節目錄製的關係，他回到家時已經凌晨兩點多，早上自然就起得晚了。

剛踏進工作室，商天陽就看見坐在大廳等他的白夢婷，腳步瞬間一頓。

他現在對白夢婷有一種恐懼，不是因為她糾纏他，而是他發現他在白夢婷面前竟然無法控制自己，會被她牽著鼻子走！

這句話並不是譬喻，而是字面上的意思！

就拿簽約的事情來說，明明他心底想要拒絕，話也到嘴邊了，可是在白夢婷問出「我要當主播，你簽下我吧！」，他拒絕的話竟然就變成了「好」。而且在當時，他竟然不覺得有什麼問題，直到簽約完成後，他才警覺到不對勁！

這實在是太過詭異了！

回想起昨天錄製的節目，大師們談論到「被下符操控」、「拜狐仙」、「桃花符」等案例，商天陽就頭皮發麻。

他該不會真的遇見了那種事吧？

商天陽很想轉身逃跑，可是在他行動之前，白夢婷就笑嘻嘻地朝他跑來了。

「陽哥哥。」

羊哥？不不不，我現在只想當狗哥，苟著！

「陽哥哥，我等你好久了！」

「站住！妳不要過來！」商天陽的聲音發顫，努力維持著的鎮定出現一絲破裂。

「陽哥哥。」白夢婷似乎被嚇到了，一臉委屈地停下腳步。

「白小姐，妳有什麼事就去找妳的經紀人談，我還有事要忙。」說完，商天陽就想要邁步逃跑，不，是離開。

眼見意中人就要跑了，白夢婷一咬牙，做出摔倒的姿態，嬌滴滴地「哎呀」一聲，朝著商天陽倒去。為了不真的摔在地上，她還特地放慢了動作。

「反正只要按照劇本表演就行，不需要真摔……」

她心底如此想著。

這種不敬業的態度，造成她摔倒碰瓷的姿勢相當假，比三歲小孩還不如！

在白夢婷靠近時，商天陽下意識地抬起手阻擋，身體也往後退了一步，表現出很明顯的拒絕姿態。可是在白夢婷硬扒上他時，他的手和身體又出現不受控制的情況。

不只往前接住了她，手還環住她的腰，將她摟進懷裡……

「靠靠靠靠！又來了！我的身體又不受控制了！她該不會對我下了符吧？」

不只如此，就連商天陽的嘴也不受控制地開口了。

「婷兒，妳沒事吧？」

「陽哥哥，我沒事，多虧你接住我。」白夢婷甜蜜蜜地依偎在他懷中。

商天陽低聲一笑，說道：「沒事就好，要是婷兒妳摔倒了，我可是會心疼的。」

「靠！這麼噁心的台詞我怎麼說得出來？」商天陽在心底暗罵。

「陽哥哥。」白夢婷害羞地看著他，說出她的來意，「我想要換經紀人，我覺得凱文哥不錯。」

凱文是工作室的男性經紀人，英俊帥氣，身高一米八，平常還有兼職當模特兒。要不是他成就沒有商天陽高，賺的錢沒有商天陽多，他早就成為白夢婷的男主角人選了。

不過也沒關係，偶像劇裡總是有男配角愛慕女主角，就讓凱文成為輔佐女主角事業的溫柔、貼心男配角吧！

不知道白夢婷心底想法的凱文，只覺得背脊突然一陣發寒，接連打了幾個噴嚏。等到他看見工作室群組實況直播的「白夢婷八卦」後，他就知道這股不祥的預感是哪裡來的了。

然而，商天陽就算想拒絕，他的身體也被不明力量操控了。他努力了又努力，試圖將到嘴邊的話語嚥回，最後那個字還是脫口而出。

「ㄏㄠ……」

「好」字即將完整時，安希音的叫喚聲打斷了他，也讓商天陽從這種被控制的情況逃脫！

「天陽哥，天方娛樂打電話過來，說是要跟你談合作的事情。」

「好、好，我現在就去跟他們談，現在就去！」意外恢復身體自控力，獲得自由的商天陽飛也似地跑了，活像是背後有惡靈在追他一樣。

「陽哥、陽哥哥！」白夢婷眼睜睜看著商天陽跑走，氣得直跺腳。「妳這人怎麼回事？沒看見我跟陽哥哥在說話嗎？」

「沒看見。」安希音理直氣壯地回道：「我只看見妳糾纏著天陽哥不放，妨礙他做事，還妄想讓他改變自己定下的公司規矩！」

「那是我跟陽哥哥的事，跟妳有什麼關係？」

安希音微微一笑，緩步靠近了她，那強大的氣勢讓白夢婷心生膽怯，往後退了一步。

「妳要做什麼？我可警告妳啊！要是妳、妳敢打我，我就報警抓妳！」

安希音在距離她三步遠的位置停下。「我不知道妳是做了什麼手腳才簽進工作室的，但是如果妳敢在工作室亂來，我有的是辦法對付妳！」

「妳、妳胡說什麼？我哪有做手腳！」在安希音銳利的審視中，白夢婷心虛地迴避目光，虛張聲勢地叫嚷幾句後就離開了。

看著她遠去的背影，安希音的目光變得深沉。

剛才她並沒有特地聆聽他們的心音，只是商天陽被操控後，情緒太過強烈，導致他的心音直接鑽入安希音耳中，讓她不想聽也得聽。

這一聽，她才察覺到不對勁。如果是以往，她可能和其他員工一樣，只覺得跟白夢婷相處的老闆怪怪的，但也不會深想。

只是在認識尤朵拉後，她對這些莫名其妙的神秘力量也開始關注起來。假如天陽哥是受到某種「不明力量」控制，那就可以合理地解釋一切了。

不過，據她所知，這種「操控人的法術」都需要某種「媒介」才能達成目的，像是目標的生辰八字，目標的頭髮、指甲、血液，或是讓目標喝下符水等等。

白夢婷跟商天陽又不熟，實在難以理解她是怎麼辦到的？

安希音：這個白夢婷肯定有問題！

＊＊＊

往後幾天，安希音經常陪著商天陽外出。

兩人不是在找某位大師解除符咒的路上，就是在前往某座名寺、靈廟上香祈福的路上。幾天下來，商天陽身上掛滿了佛珠、玉珮、桃符、平安符等物。

這種反常的舉動自然引起了關注，但商天陽說他這是為了網路綜藝節目做準備，所以工作室同事也就放下了好奇心。

他們都知道，商天陽是一個認真且高標準要求自己的人，拍攝前先找資料、做好各種準備是他的工作習慣，工作室的人都了解他的習慣。

只有安希音知道商天陽的真實情況。

那天白夢婷走後，商天陽就跟她說了他的情況和猜測，雖然不清楚為什麼安希音一叫他就讓他解除了被控制的狀態，但是從這一點來看，白夢婷使用的「邪術」也不是沒有克制和破解之法的。所以商天陽便讓安希音陪著他，又是找大師又是跑名廟古寺，希望能解決身上的問題。

然而，找的十位大師，有七個跟他說他身上檢查不出問題，剩下三位說他這是被下符／下降頭／被前世冤親債主纏上，原因說法不一，但統一的結尾都是要花大錢進行解咒／除降／超渡法會，那錢的數額不是六十六萬六就是八十八萬八，再不然就是九十九萬九……非常能夠表現出這些大師對於吉祥數字的喜愛。

安希音聽過這些大師的心音後，果斷地將還在猶豫要不要掏錢的商天陽拉走。

「別信那幾個，那都是騙子！真是的，浪費我的時間！」安希音罵罵咧咧地說道。

因為這行業的神棍和騙子多，安希音便在接觸後全程聆聽對方的心音，他們在想什麼，是有真材實料或是靠著話術騙錢的，全都一清二楚。

看著安希音氣憤的模樣，身為神棍目標的當事者只好哭笑不得地安撫，聽從她的安排，前往香火鼎盛、有名氣的廟宇祭拜，向神明祈求平安。

有拜有保佑嘛！

不過，安希音還是有另尋其他的解決方法——

在商天陽跟她說了他遭遇的異常狀況後，安希音第一個想到的就是詢問尤朵拉。畢竟她那裡可是魔法星球，說不定她會知道白夢婷到底是哪裡有古怪。

尤朵拉聽完後，告訴她，商天陽這種情況，有可能是精神控制、迷情類的藥劑或是某類法器的影響，不過基於商天陽被操控時意識清醒，只是身體不受控制，前面兩種就排除了──因為那兩個是連意識一起控制的──只剩下法器這個選項。

因為不清楚白夢婷使用的法器是什麼，尤朵拉也沒辦法針對商天陽的情況提供解決方案，她只好給出最大眾化的「增強自身能量氣場」建議，看看能不能跟對方抗衡。

『塔特人在進行對戰練習的時候，增強能量氣場也是攻擊手段的一種！可以直接將對方壓制住，讓他難以行動……嗯？是這樣沒錯吧，希格？』

『啥？我怎麼可能會知道弱小的塔特人都怎麼練習……啊，抱歉，安希音妳還在聽嗎？』

『總之就是這樣！雖然我不清楚地球上有沒有增強氣場的方法，但妳試試看吧，要是有其他方法，我也會再聯絡妳。』

儘管尤朵拉聽起來不是很確定，但她好像有一個可靠的朋友，比她還博學，因此安希音也就信了她的說法。

不過，安希音自然不能直接這麼跟商天陽說明。

「有個說法是『鬼怕惡人』，只要你比它兇、比它強勢，它就會怕你。」

「我聽說過這樣的說法。」商天陽想起綜藝節目中的來賓案例，附和點頭，「有來賓說，發現被鬼壓床或是鬼打牆的時候，罵髒話會有用。」

來賓親身實際操作，可信度百分之百。

「你要對白夢婷罵髒話？」安希音打趣地笑問。

商天陽也跟著哈哈大笑，「說真的，要不是顧慮我的形象，我真的挺想的，她實在是太、太奇葩了。」

商天陽在一堆糟糕的形容詞中找出這個他認為比較貼切的詞句。

「要是這些保平安的東西沒有用，我大概也顧不了形象，會直接開罵了。」商天陽補充說道。

「希望有用。」

安希音可不希望他們這幾天的奔波和辛苦全都徒勞無功。

根據實驗結果，商天陽身上掛著的這些東西有效用，但是並不能完全阻擋白夢婷的操控。

如果以前的商天陽能夠靠著自己的意志，讓自己可以堅持三秒鐘不配合白夢婷演出的話，現在的商天陽可以抵擋三十秒鐘。

而且隨著跟白夢婷相遇的次數增多，抵擋的時間也逐步減少，這讓商天陽很害怕，擔心是白夢婷的控制能力變強了。

幸好他還有一個自救方法，那就是讓安希音寸步不離地跟在身邊。說也奇怪，白夢婷的操控手段竟然控制不了安希音。她操控過商天陽，也操控過工作室其他同事，但是她無法操控安希音。

白夢婷曾經有大半天黏在安希音身邊，說著奇怪的「台詞」，但是安希音從來都不會像商天陽那樣被迫接話和演戲。而商天陽和其他同事被控制的時候，只要安希音出現，對他們喊個一聲，他們就會隨即恢復正常，並且察覺到自己不受控制的異狀。

如果安希音沒有出現，讓白夢婷把整齣「戲」演完，同事們不會察覺到自己的行為有異，只會在過了一段時間，再度回想時，才會發現自己的行為不對勁。

不過因為工作室事務繁多，他們也沒那個閒工夫細思，所以截至目前為止，同事們雖然覺得白夢婷怪怪的，卻也沒有往靈異的方向去想。

「妳該不會是什麼小仙女投胎轉世吧？」商天陽猜測道。也只有這樣，才能說明為什麼安希音可以抵抗白夢婷的邪法操控。

當然，這情況她也有告訴過尤朵拉，尤朵拉只有模模糊糊地說，或許是安希音的意志力比較強大的關係。但她們距離太遙遠了，尤朵拉沒見過白夢婷，也不知道具體原因是什麼。

「你太誇張了，我才不是什麼仙女。倒是白夢婷……她那個人真的很邪氣！」

「何止邪氣！她根本是惡魔！上次，她竟然還出現在我家門口。」商天陽咬牙切齒地說。

白天的時候，安希音一直保護在商天陽身邊，沒讓白夢婷近身，不過到了下班時間，她就會回家，要是白夢婷想對商天陽做什麼，也只有在他下班回家的這段時間了。

「什麼？她跟蹤你嗎？」

「她調查到我住的地方，跑到我家門口等我。」

「你們社區的安全保障措施不是很好嗎？不會隨便放人進去……她該不會操控了門口的保全？」

「對。」

「那你……沒事吧？」安希音有點擔心商天陽的清白。

「沒，我趁著還能控制自己，直接把她推開，衝回家裡，又打電話叫保全上來抓人。」

雖然商天陽已經嚴厲地警告過保全，他跟白夢婷沒有任何私下的交情，只是公司同事的關係，不准保全再放她進來。但是一想到白夢婷的手段，商天陽實在無法放心。

「妳搬來跟我住吧！」商天陽如此提議道。

「什麼？」安希音瞪大眼睛。

「我那裡是套房，有三間房間，妳可以住客房。」

「不要。」安希音拒絕了。

她雖然信任商天陽的人品，認為對方不會對她做什麼，可是人言可畏啊！她搬去跟他同居的目的又不能對外說出，人家只會認為他們「同居」了，這對還沒有交過男友的她可是一個大傷害！

看過網路那些風流八卦就知道，造謠一張嘴，闢謠跑斷腿！有時候甚至當事者拿出證據澄清了，網民也仍然不相信，多慘啊！

「妳放心，我絕對不會對妳亂來。」商天陽也能猜出安希音的想法，連忙做出保證。

「不行，人言可畏。要是我未來的男朋友誤會了怎麼辦？」

「我也還沒交過女朋友啊，我們這樣不能算是打平嗎？」商天陽不滿地嘀咕道。

「不能！」

「那、要不，我搬去妳……」

「不行！」

「……」商天陽動了動唇，最後還是沒再勸說。

反正事情還沒發展到最糟的地步，他可以借住朋友家、住飯店或是搬家，要是白夢婷做得太過火，那他就報警！

雖然警察對這種「尾隨騷擾」的情況也只能勸說，但是至少能讓白夢婷知道他是真的厭惡她，而不是什麼狗屁的欲擒故縱！

商天陽：該配合妳演出的我，選擇拒絕。

＊＊＊

「希音，求求妳跟我一起住吧！」

一個月後，商天陽面色憔悴地請求著安希音。

這段時間，他將他能想到的躲避方式都做了，也報警抓過白夢婷，可是這個女人只在警察面前收斂，出了警局以後，她還是依然故我，甚至對他說：「陽哥哥，我知道這是你對我的考驗，我絕對不會放棄，我會努力讓你看到我對你的真心！」

被糾纏到疲憊的商天陽，無可奈何之下，只好再度求助安希音。

安希音這段時間也見到商天陽的「慘狀」，對他相當同情。可是同情歸同情，該堅持的還是要堅持……

「不……」

「妳搬來跟我住，我多付妳兩萬的保鏢費！」商天陽使出殺手鐧。

「兩萬？」安希音有些心動了。

「對，每個月兩萬，加上妳的薪水，妳以後每個月都能領到六萬多！」

「不跟我收房租？」安希音眼睛一亮，追問道。

「不收。」

「護送你到家以後，晚上都是我的私人時間，不加班？」

「不加。」商天陽翻了個白眼，又補充道：「要是我晚上開直播或是有工作，需要妳幫忙的話，給妳加班費！」

安希音眼睛溜溜地一轉，計算了一下，覺得這筆生意頗為划算。

「成交！」

院長奶奶說過，要樂於助人！

她跟天陽哥認識多年，也算是朋友了，幫朋友一個小忙自然是義不容辭！

「下午沒工作，現在就去收拾妳的行李，馬上搬。」商天陽可不希望事情又出現什麼意外。

「好。」

既然都答應了，安希音也是一個乾脆的人，馬上就領著商天陽回到租房收拾東西，前去他的住處。

商天陽的住處採用北歐風格設計，大量的木料元素、採光極佳，而且家具都很有質感，看起來相當舒服，就像是會放上雜誌頁面的模範。

安希音原本以為，單身男人的住所會有一定的髒亂，結果這裡只是東西堆放得亂一些，並不髒，感覺經常在打掃。

「妳的房間在那邊。」商天陽指著走道正中間的位置，「左邊是我的臥室，右邊是我的直播間。」

中間房間的採光沒有另外兩間好，被商天陽留作客房。

「客房已經請清潔工打掃過了，床罩、被單、枕頭這些都是新的。」

安希音帶的行李並不多，就是一些換洗衣物和個人用品，畢竟她又不是真的要搬過來同居，只是住一段時間保護商天陽而已。等她收拾好以後，商天陽也點好外賣，等著安希音一起吃了。

「之後要是有人問，就說妳租房的地方需要整修，暫時搬到我家隔壁。」商天陽知道安希音不想被說閒話，先為她找好理由。

「好。」

「晚上十點我要直播，會播到十二點。」商天陽告訴她這件事，是要讓安希音知道，他晚上還有工作，會吵到她。

以安希音跟商天陽的默契，自然懂他的意思。

「需要幫忙嗎？」安希音問道。

「不用。今天的直播只是玩一些網友推薦的小遊戲……」

網友推薦的遊戲大多是小工作室或個人製作的，品質有好有壞，題材也多樣，沒有大公司出品的高品質和商業化內容，但以直播效果而言，玩這些遊戲會讓觀眾有新鮮感，娛樂效果很好。

「你以後也可以玩一些女性向的戀愛攻略遊戲。」安希音突然開口建議。

「為什麼？」

「根據我的觀察，白夢婷是個霸總偶像劇的愛好者，她在操控你的時候，似乎是按照劇本來的，如果不照劇本走，那操控的前置因素就不會被啟動。」

「所以我們可以從這方面下手！」商天陽敏銳地接話，「看看能不能找出她的劇本套路，這樣就可以提前迴避，不會被操控！」

「對！就是這樣！」

在商天陽忙著應付白夢婷時，安希音也沒有閒著，一直努力地在研究她的心音，而她的心音中出現最多的詞句就是「寶書」、「劇本」、「男主角」、「最喜歡的浪漫場景」這類言論。

從這些零碎的心音中，安希音拼湊出一個猜想。

白夢婷似乎獲得某種可以藉由書寫操控人的「寶書」，她想要控制人之前要先在寶書上寫一個「劇本」出來，然後按照「劇本」行動。

比如說，她想要跟商天陽約會，她在劇本上寫了：「天氣很好，她約商天陽出去逛街。」

她可能就要等一個晴朗的好天氣，並對商天陽提出外出約會的想法，符合觸發劇本的條件，商天陽就會陷入被操控的狀態。反之，要是這一天剛好是陰天或是雨天，那這個劇本就啟動不了。

又因為白夢婷相當熱愛偶像劇的浪漫情節，很多劇本設計都是出自偶像劇、言情小說以及攻略男人的遊戲。不過也有可能是她本身沒有創作能力，所以一切劇情都只能「抄」小說和偶像劇。

這些都還要等日後再進一步觀察。

想到對抗白夢婷的方法，商天陽相當高興，吃完飯後就開始尋找相關資料，希望這招有效。

商天陽：為了對抗惡魔，我連攻略男人的遊戲都要玩，我實在是太難了！

＊＊＊

商天陽和安希音同進同出的情況，很快就被同事和白夢婷發現。

以往這兩個人雖然形影不離，但是上班可是按照各自的時間過來的，還沒有出現過一起到工作室的情形。更何況安希音還是搭商天陽的車過來的！

「妳怎麼這幾天都跟天陽哥一起上下班？」同事好奇地詢問。

「唉！別提了，我住的那裡突然爆水管、漏水，整個地板都積水，積得像游泳池一樣！」安希音誇張地埋怨著，「修理的時候還發現牆壁裡有白蟻和壁癌，有些地方都蛀空了！現在要整個大翻修！剛好天陽哥他隔壁的房子出租，我就搬去那裡了。」

「老區的房子都是舊房子，問題多。」同事理解地點頭，「我之前也租過老房，那真的是一場災難！從那次以後我就不再租老房子了……」

從同事未盡的話語中，可以看出他以前也是老房子的受害者。

「整修是房東出錢的吧？」另一名同事問道。

「我付了一部分。」安希音苦著臉，按照惡房東會做出的行為回答，「本來房東還想叫我負全責，說是我弄壞房子的，真搞笑！人家維修的師傅說這房子是因為年久失修，關我什麼事？後來我只付了修水管和處理壁癌的錢。」

「妳還真慘。」同事們同情地看著她。

安希音苦笑。心底默默跟無辜背黑鍋的房東道歉。

解決完同事的疑問，將「跟天陽哥當鄰居」這件事情擺到明面上後，安希音鬆了口氣。總算將她最擔心的謠言問題解決了！

當她這麼想時，同事卻是對她曖昧一笑。

「現在妳跟天陽哥成為鄰居，近水樓台……」

「什麼啊！」安希音哭笑不得地拍了對方肩膀，「我跟天陽哥都認識這麼久了，要是會發生什麼，早就發生了好嗎？」

「那也不一定啊！」同事仍然不放棄，「說不定是以前的緣分未到呢？」

「是啊、是啊，以前妳跟天陽哥雖然相處時間多，可是你們都是在談工作，現在當了鄰居，就可以約出去玩。」

「不是有句話說心動是一瞬間的事嗎？說不定你們當鄰居，當著當著就有感覺了！」

「不可能、不可能。」安希音連連搖頭。

「哎呀！妳幹嘛那麼抗拒啊？天陽哥又不差，他條件很好啊！人長得帥、事業有成，有車有房有工作室……要不是我已經結婚，我就追他了！」

「就是說啊，要不是我已經有男朋友了，我早就對天陽哥下手了！」

「而且天陽哥對感情也不隨便，那麼多女生主動追求他，他都直接拒絕了，私生活也很乾淨，不像某些人一出名以後就開始跑各種趴。」

正當眾人討論著商天陽的事情時，白夢婷竟忽然出現了。

「安希音，聽說妳跟商天陽同居了？」

她如同抓丈夫外遇情婦的正妻，怒氣沖沖地來到安希音面前質問。其他人看氣氛不妙，紛紛退到幾步之遠的地方觀察情況。

「關妳什麼事？」

安希音本可以像之前那樣解釋一番，可是她又為什麼要跟白夢婷解釋呢？

「立刻搬走！我不准你們同居！妳馬上給我搬走！」白夢婷眼睛赤紅地大吼大叫，模樣有些癲狂。

「呵，真好笑，妳是天陽哥的誰呀？憑什麼……」

安希音察覺到白夢婷的情緒古怪，神情不太對勁，心中念頭一轉，到嘴邊的話就變了。

「憑……他喜歡我啊！」安希音故意刺激她。

「屁！天陽哥才不喜歡妳！不可能！」

「怎麼不可能？難道妳以為天陽哥喜歡妳？哈！」安希音輕蔑地笑著，「天陽哥最討厭的就是妳這樣的，要臉蛋沒臉蛋、要身材沒身材，滿腦子只想著勾搭有錢人，以為自己是偶像劇女主角，妳真以為天陽哥看不出妳的心思啊？真可笑，他只是不想理妳！」

「他就是喜歡我！他才不會喜歡妳！是妳在勾引他！妳這個賤人！我要殺了妳！」

白夢婷的眼底閃過一道紅芒，舉起手裡的包包就要朝安希音打來，安希音一腳將她踹倒在地，包包裡的東西也跟著散了一地，其中有一本巴掌大的記事本引起安希音的注意。

那本記事本看起來相當高級，材質看起來像是皮革，封面鑲嵌著寶石，周圍還有精緻的彩繪，厚度約莫三指厚，記事本的書皮上還隱隱發散著紅光！

安希音的直覺就是它！伸手想要將那東西撿起，卻被白夢婷搶先了。白夢婷將記事本抱在懷裡，狠狠地瞪她一眼，轉身跑走。

安希音：難道，那就是所謂的「寶書」嗎？

章四　大小姐忙著跟蹤呢

特戰部辦公室中，一隻仙獸吃東西的聲音正滋滋作響。希格剛忙完帳務，高高興興地推開了門，卻在一瞬間黑了臉。

「大小姐！妳別再吃啦！」他崩潰地大吼。

尤朵拉聽見他的嘶喊，邊咀嚼著食物，邊無辜地回頭看他。她的嘴邊還沾了點麵包屑，實在不像從前那隻只吃莓果的獸間仙女。

「有什麼關係，這是素食啊。」她模糊不清地說。

「是沒錯，但妳知道自己吃了多少嗎？自從和安小姐交易後，妳每回都指定要『素食漢堡』和『汽水』！我說我的大小姐，妳能不能要求點值錢的東西？比如說指尖陀螺……」

「什麼陀螺？被我一玩就壞的東西，我才不要。」尤朵拉不高興地說。

「那才不是給妳玩的！」希格大崩潰，「妳知道那些高官有多喜歡嗎？他們總嚷著想紓壓，也不過問這東西是哪個星球來的，紛紛擠破頭來搶！喂，我昨天才在黑市裡賣了好價錢，把我們辦公室中被夏佐砍爛的家具都換了！妳、妳別再給我拿莓果換漢堡回來啦！浪費！」

希格難得數落她，尤朵拉聽著也有些不爽。她吞下漢堡的最後一口，大聲說：「有啥關係？缺錢的話，等夏佐下次回來再叫他接幾個任務就好了。」

這……為了那什麼漢堡的，竟出賣自己最喜歡的人嗎？希格汗顏。

「問題是，妳又不知道夏佐什麼時候回來。」他嘆氣。

她哼一聲，「還不是你的覓蹤書卷有問題！」

「喂！要不是書卷出問題，我們會有這麼多閒錢嗎？妳會有漢堡吃嗎！」今天希格膽子是真的大了，畢竟他可是為了自己的生計著想。

「唔……是那樣沒錯啦……」尤朵拉的邏輯恢復了正常運作。

她皺眉，嘴裡卻嘀咕著「可是漢堡很好吃嘛」之類的抱怨。希格看了看她最近特別飽滿的臉頰，默默地說：「而且，大小姐，妳不覺得自己最近胖了點嗎？」

「什麼！」她驚訝地捧住自己的臉，衝到全身鏡面前。她左看右看，花容失色地自言自語：「變胖？真的假的？我變胖了嗎？怎麼辦，夏佐會不會討厭我……」

「……這種時候倒是很有少女的自覺嘛。」希格又嘆了一口氣。「總之，拜託妳下次跟安小姐交易的時候，換點有用的東西回來吧。畢竟我也幫妳回答了她這麼多問題，沒有功勞也有苦勞啊。」

這點尤朵拉倒是同意。畢竟她從小嬌生慣養，又被夏佐寵（關）成自閉兒，除了特戰部的例行工作外，其他的事情一概不知道。而且她出生便擁有源自遠古的仙獸之力，根本不曉得一般的塔特人是怎麼訓練自己的。

她不懂為什麼安希音老是想問這些普普通通的事，希格針對這一點，老是笑她不食人間煙火。像他這種無名的小仙靈，在祖先棲息的仙獸森林被毀後，便在塔特人社會中土生土長，吸收了不少「普普通通」的知識。對於安希音提的問題，他還是很有把握的。

雖然他家大小姐不懂，但身為一隻精打細算的狐狸，怎麼能錯過發財的大好機會！他絕對會滿足安希音小姐的所有好奇心，好讓她與尤朵拉的交易能長長久久！

「我先去睡覺了。」尤朵拉在這時懶洋洋地出了聲。

希格一愣，抬頭望向她走向臥室的背影。那纖瘦的身形，看起來似乎比以往更寂寞。

是啊，最近她總是很消沉，多半是因為聯絡不到夏佐的關係吧。

「晚安。」希格意思意思地回應她。在她關上門後，他從手腕上的空間飾環中拿出夏佐辦公室的帳本。翻了幾頁後，他的眉頭皺成一團。

最後，他再度望向那扇緊閉的門，悠悠地嘆了口氣。

進到她和夏佐的房間後，她心情悶，見到床就直接撲上。她在床上滾了兩圈，白皙的小臉埋在枕頭中，貪婪地吸了一口氣。

「夏佐，你這傢伙到底什麼時候回來……」

他這一去，已經是幾個月的時間。在這幾個月中，她和意外搭上訊號的外星女人用「覓蹤書卷」交換了不少訊息和物資。雖然很新奇，也對夏佐的部門有幫助，但她還是希望覓蹤書卷連上的人是夏佐。

若是知道她的想法，希格肯定會崩潰吧。

她不自覺地笑了幾聲。沒過多久，便伸手摸了幾下枕頭。

夏佐的氣味……也快消散了呢。

自從青龍「勒斯」把她託付給當時還年幼的夏佐後，他們便一直都睡在一起。或許是因為兩人都沒有安全感，總反覆做著當年那場惡夢的關係。

可當夏佐逐漸長大，到了塔特人成年的年紀，卻突然愛上了旅行。他從來沒向她解釋過原因，她只知道，自從夏佐愈來愈少待在她身邊後，她便一天比一天還寂寞。

夏佐不會知道的吧。他很優秀，眼裡總有寬廣的世界——

要是她能找回昔日的力量，就能一直待在強大的他身邊了。

「但夏佐設下的結界我又解不開……」她微弱地嘟囔，「不然，好想去夏佐讀過的法術學院試試。偽裝成塔特人，在那裡訓練個幾個月……我的能力應該會有所增長吧？」

她雖是遠古仙獸，用不上那些塔特人的小把戲，但她可以訓練自己的逃脫技巧。起碼，閃避能力第一名的話，夏佐也會放心讓她跟著旅行吧？

有時候，她都不曉得夏佐是不是真的在乎她。

要是不在乎，又怎麼會設下結界來保護她？

可要是在乎……

為什麼會一直在外旅行，都不回家呢？

「唉。」

在入睡前，她又嘆了幾次氣。可她不允許自己喪氣太久，畢竟，要是夏佐回來後看到的是她頹靡的臉，那就不可愛了……

尤朵拉：聽安希音說，「巨蟹座」很顧家。雖然塔特星上沒有什麼星座研究，但夏佐如果是地球人，肯定不會是巨蟹座，哼！

＊＊＊

幾天後，希格在尤朵拉難得放了個假的時候，風風火火地拿著某樣物品闖入臥室。

他可真要慶幸夏佐不在，否則肯定被他的風刃削成肉泥。

「尤朵拉！起床了！」他難得喊她的本名，「妳看看我帶了什麼好東西來？」

「唔……你好吵。」

尤朵拉還在賴床，昨天似乎又夢到夏佐了。她愈來愈懶得起床，反正醒來又見不到他。

希格靠近她的床，赫然見一隻巨大的獨角獸窩在裡面，幾乎要占據了整張雙人床。雖然比起其他神獸，尤朵拉的身形算小，但還是比他大很多啊！

「夏佐大人不在，妳居然直接用真身睡覺？就不怕其他人闖進來嗎？」他驚呼。

「除了你之外，沒人會這麼沒禮貌。」她不耐煩地用嘴吹開棉被，金光一閃，便變回了少女模樣。「幹嘛？我昨天忙到很晚，你還來打擾我睡覺。」

「別睡了，我帶來了妳會喜歡的好東西。」

「嗯？漢堡嗎？但是我最近沒跟安希音聯絡……」

「什麼漢堡！是覓蹤書卷！」他亮出手上的東西，正是那個和安希音聯絡所使用的珍貴魔法物品。

尤朵拉一臉沒趣，翻了個身又想睡，「你當我沒看過嗎？剛開始的時候每天用，看都看膩了。」

「喂，這是全新的！我又去買了一個！」希格趕緊解釋：「這樣妳就可以追蹤夏佐了，不是嗎？」

「咦？」尤朵拉立馬起身，笑著問：「真的嗎？」

見到她難得露出笑，希格得意地翹高狐狸尾巴，「哼，要不是看妳整天愁眉苦臉，我哪會……」

「等等！」尤朵拉打斷了他，「你又沒夏佐的血，是要怎麼追蹤他？難不成又要等他回家？」

聽見此話，希格又更得意了：「哼，這妳就得仔細聽了。我從妳的枕頭上拿了幾根他的頭髮，先不說為什麼妳的枕頭上會有他頭髮……總之，我找了厲害的傢伙提煉他的基因，成功地啟動了覓蹤書卷。」

尤朵拉臉一紅，「那、那當然是因為他睡著後都會滾過來我這邊……呃，等等，既然用頭髮就可以，那之前我幹嘛那麼辛苦地取血？」

「妳以為請那個大基因學家很便宜嗎？我們之前又沒錢。」他嘆了口氣，「總之，妳快拿去吧。這次成功了，我剛才追蹤到夏佐好像在炎海……喂！」

尤朵拉早已一蹄子把書卷搶來，開開心心地在上面操作。沒多久，覓蹤書卷映照出影像，正是夏佐在睡覺的樣子。

雖然不知道他借宿在哪，但他果然還沒起床啊。

尤朵拉就這麼望著他，眼中似乎溢出了寂寞。

「……」唉，他到底是該不該這麼做？怎麼大小姐看了之後，好像更難過啊？

希格伸手戳了戳她，小心翼翼地問：「大小姐，妳在想啥？」

尤朵拉沒馬上回答他，沉默了好久，才抱著書卷在床上滾了半圈，低聲說：「見得到摸不到，心情好像更糟了。」

「喂，我花光積蓄搞來這東西，不是要妳心情不好的。」他又嘆氣，「其實啊，妳是可以見到他的。」

「我現在就見到了啊。」

「我的意思是，妳可以到他身邊。」

尤朵拉又坐起來，皺眉反駁：「希格，你是不是忘了我破壞不了夏佐設下的結界？就算找人來破壞，他也會知道，到時候他一定很生氣……」

「不用破壞。」希格哼了一聲，「覓蹤書卷其實還有一個功能，就是傳送自己到追蹤的人身邊，還可以安全地越過結界……」

「靠！你怎麼不早說！」

「我早說幹嘛？上次追蹤又沒有成功！」希格連忙為自己護航。

「也是……咦？」尤朵拉忽然靈光一閃，「喂，這樣我們是不是能去地球看看？有點好奇外星球是什麼樣子……」

這女人八成是要去吃漢堡。靠，又一次把夏佐大人忘記是怎樣？

希格只好語重心長地勸她：「覓蹤書卷只能傳送一次，單程的。地球沒賣這種東西，去了就回不來了。」

「那……帶一個覓蹤書卷過去？」她歪頭問。

「地球那裡是什麼環境我們都不是很清楚，在那也不見得能完整啟動覓蹤書卷的功能。而且總部的文獻上有記載過，傳送生命體的法陣只能在同一個世界裡成功運轉。我的大小姐，我們還是別賭吧？到時候我把妳弄丟，夏佐大人真的會殺了我。」他解釋完一堆，也快沒耐心了，「反正妳要見他是可以的，考慮一下吧？只不過特戰部這邊可能要請假，妳的工作我可處理不來。」

「我還有一個問題。」尤朵拉盯著夏佐的睡臉，疑惑地問：「這樣的話，夏佐那邊會不會也出現類似安希音手上的聯絡裝置？就是能互相傳送東西的那個……不過，你上次又說夏佐只會以為這是通訊法術，到底哪個版本才對？」

「妳說安小姐口中的『手機』？那倒是不會。說實在，我們的世界可沒有那種東西。」希格搖了搖頭，「雖然不清楚中間出了什麼差錯，但能陰錯陽差地連接上安小姐的世界，也算是好事。對了，夏佐的手裡是不會出現手機啦，但只要妳開啟『進階』的傳影或傳物功能，他那邊就會出現影像，也能反向傳送物品和任何訊息……也就是說，妳現在還沒開啟那些功能，他還不知道妳在追蹤他。」

之前，大小姐會陰錯陽差地讓安希音小姐的「手機」接通，大概也是因為她那蹄子亂揮所誤觸到的吧。

尤朵拉愣了愣，仔細地考慮了下這件事。幾秒後，她慎重地開口：「我決定直接去找他！要是先聯絡他，說不定他會拒絕。」

這是打算先斬後奏嗎？希格倒也不意外，反正夏佐雖然表面上難相處，但其實很寵她。見到她的人，就一個字也罵不出口了吧？

好吧，夏佐大人的個性是愈來愈陰晴不定了，他也不是很確定。總之，能解決尤朵拉的心事就好。

「好！幫我請假！」尤朵拉跳下床，「我明天就出發。」

說完這句話，她便在衣櫃裡翻翻找找，似乎正在考慮要帶的衣服。見她眼角帶笑的樣子，希格的心情也變好了。

唉，不枉費他花光夏佐辦公室的積蓄了……心好痛啊。

「對了，你記得幫我顧好家啊，等我回來，會帶幾隻你喜歡的兔子給你。」尤朵拉難得說要送他禮物，聽得他受寵若驚。

他正想開心應下，但又想起她早上以獨角獸之姿窩在床上的樣子……

那年，她的身子可沒有那麼小。是因為那場悲劇，才導致她幾乎散盡了靈力。

現在的尤朵拉，頂多跑得快而已，哪有能力自保？

希格嘆了口氣，拿出空間飾環中的傳訊公文。在上面揮了幾筆後，公文便消失在空氣中。

一回頭，尤朵拉還在挑裙子。他走過去，一臉「真拿妳沒辦法」地說：「我陪妳去吧，雖然我沒夏佐大人強，但擊退幾個小魔物還不成問題。」

尤朵拉一愣，轉頭以懷疑的目光看他：「希格，你那麼弱……」

「喂！」他那難得溫柔的心瞬間消失殆盡，「雖然我不擅長打架，但吐幾顆火球還行好嗎！妳竟然瞧不起我？」

見他的狐狸尾巴上冒出火光，尤朵拉笑個不停，「好啦！我開玩笑的，哈哈！」

當她的笑容逐漸收斂，化作了一抹甜甜的淺笑，希格這才無奈地望著她，回以一道寵溺的目光。

希格：夏佐大人和大小姐之間當然無人能介入。不過，身為多年好友，多照顧她一些也是沒問題的。我可沒有圖謀不軌喔！

＊＊＊

一道光芒消失後，尤朵拉發現自己身在一處沒有風的地方。

「這裡……也太熱了吧？」她看了下附近的景色，眼前只有一片海。周遭無人也無聲，空曠炎熱，腳下的沙子還有些發燙。

「不然怎麼叫炎海？」希格聳了聳肩，「這裡炎熱無風，也不知道是怎麼形成的特殊氣候。我是很適應炎熱啦，畢竟我是火狐……但大小姐妳呢？」

「別小看我。」她哼了聲，抬手一揮，身上就多了一層薄透的屏障，上頭還帶些冰涼的氣息。她身為獨角仙獸，綜合戰力不比青龍，耐打不比龜仙，火力不及炎鳥，但跑得快又擅長輔助，用小小護盾把熱氣隔絕在外她還是會的。

「呃，但聽說以前妳的護盾大到能把這整片海蓋住……」

「有意見嗎？你要是受傷了，就別求我幫你治療！」尤朵拉哼聲。

「好好好，我只是開個玩笑。」希格急忙揮了揮手。

「哼。」她瞪了他一眼，才回頭看那片海。看了許久，她開口：「所以夏佐到底在哪？我從影像中見到他好像睡在山洞裡，但這裡沒有山啊？」

希格可是提前做了功課，但這裡人跡稀少、環境惡劣，總部記載的資料並不多，他也不是很確定：「可能在海的盡頭，但要怎麼過去是個問題。」

「飛過去不就好了？」

「但這裡沒有風……」

「希格，你是不是忘了我是神獸？」她笑了笑，以光速化出真身，一蹄子把希格拽上背。

她以疾行見長，一下子就帶希格跨越了這片海。不過，她在海的盡頭雖有看到峭壁，卻不見任何山洞。

她停在一望無際的海上方，心生疑惑。

「好、好恐怖，我有懼高症……」希格死命地抓著她背上的毛，「大小姐，妳不會掉下去吧？我想起妳早餐沒吃，怕妳沒力氣……」

「你才沒力氣，我好得很。」她沒好氣地翻白眼，「你與其在那邊害怕，不如幫我想想辦法。你不是知識淵博嗎？山洞的入口到底在哪？」

「妳直接把書卷拿出來，問一下夏佐不就好了。」他現在根本沒那個腦力去思考這種事。

「就說了我不能先問他……嗯？那是什麼？」

聽尤朵拉的嗓音好像有些驚訝，希格連忙從那一片獸毛中抬起頭。不看還好，一看差點沒嚇瘋！

只見原本平靜無波的海面上，竟出現了巨大的漩渦。在那深藍色的深淵中，不一會兒便冒出了一顆黑黃相間的龐大蛇首，直直盯著他們！

「啊啊啊啊！有蛇！是海蛇啊！」希格崩潰大叫。

「……沒見過這麼怕蛇的狐狸。」尤朵拉吐槽他。

「妳不怕？不然妳要去跟蛇打架嗎？妳現在沒幾招能用的吧！」希格慌慌張張地說：「先跑啊，我可不想跟牠打！」

「誰說要打了，我不是跟你說過……唉，算了。」尤朵拉實在懶得再提醒一次希格，索性直接做她想做的事。

她飛向那隻海蛇，停在牠前方短短幾尺遠的空中。希格不明白她想幹嘛，只知道在她的背上瑟瑟發抖。

尤朵拉盯著牠的雙眼，海蛇也毫無動靜地回望她。沒多久，那隻海蛇竟低下了頭，貌似在對她行禮。

「我聽聞聖地的四靈之一在那場戰爭中倖存下來，看來消息不假。」海蛇緩緩地開了口，溫潤的女性嗓音傳進了尤朵拉和希格的耳中。「很榮幸見到您，尤朵拉大人。我是住在此地多年的蛇靈，名叫喬瑟妃。」

希格知道尤朵拉的身分特殊，但久違地聽見有人這麼恭敬地稱呼她，還是有些驚奇。知道那條大蛇是尤朵拉的「信徒」後，他立馬從人家背上站了起來，一臉得意。

「幸好妳倖存的消息在仙靈之間並沒有被封鎖，我這才能好好活下來……」

尤朵拉忍住想把希格扔進海裡的衝動，正色說：「喬瑟妃，我來這裡是想找一個人。妳知道炎海的周邊……有什麼能休息的地方嗎？」

事到如今，她也不堅持那地方是山洞了。說不定夏佐不在這片海，而是在附近紮營？

「沒有。」她搖了搖蛇首，「不過，我大概知道妳說的人是誰。」

她驚喜，「咦？真的嗎？」

「是的。」喬瑟妃雖然是蛇形，看不出表情，但尤朵拉總覺得她在笑，「最近，來訪炎海的客人……都是些仙靈們在幾十年間都未必能見到的大人物啊。」

她一時不明白這隻母蛇在說什麼，可對方又向她點了點頭，優雅地說：「……我先為您開路。」

「開路？」希格從她背上探頭，「這裡都是海，哪有路……咦？咦咦咦？」

在希格高昂的驚呼聲中，海蛇喬瑟妃鑽入了海底，掀起滔天巨浪。尤朵拉靈敏地閃過浪潮，在高空之處，親眼見到炎海被一分為二。

在褪去的浪潮中，一望無際的濕潤黑地緩緩裸露出來。而在黑地盡頭，竟是一處隱蔽在海底的巨型海洞。

尤朵拉看直了眼，直到她發現喬瑟妃已在此刻化為人形，站在黑地之上。她連忙載著希格降落，化為少女形態的同時，也看清了眼前之人——

她有一頭烏黑長髮，瞳色是宛若琥珀的黃。以塔特人的標準來看，約莫是三十歲的外貌。

喬瑟妃住在此地，仍需要與塔特人打交道嗎？否則，幹嘛修練出人形姿態？

「靠，太厲害了！誰知道炎海竟然能被分成兩半？我一定要把這消息當作籌碼，在黑市上好好賣一筆……」

喬瑟妃向希格點了一下頭，態度恭敬，語氣卻十分強硬，「還請不要那麼做。炎海已淡出塔特人的視野多年，無意再成為焦點。剛才我之所以會出現，也只是因為感知到尤朵拉大人的靈力。」

「笨狐狸，別整天想著錢，小心被蛇吃掉。」尤朵拉低聲在希格的耳邊警告。

「知、知道了……啊，剛才妳說有見過夏佐？能不能告訴我們他在哪？」希格連忙轉移話題，守護一下生命安全。

「原來他的名字是夏佐。」喬瑟妃笑了一下，輕聲問：「應該是那位留著棕色頭髮，身子很高的年輕塔特人，對嗎？」

「對！就是他！」尤朵拉激動地回應，都忘了要擺一下神獸的架子。

「……尤朵拉，夏佐該不會在她肚子裡吧？」希格又湊過來低聲問。他總覺得不妙，畢竟喬瑟妃看起來不會輕易現身在塔特人面前，莫非是戰鬥狂夏佐惹火了她？

「你別給我胡說——」

「當他一踏入炎海，我便感知到他身上殘留的青龍之力……若沒猜錯，他應該是當年勒斯大人捨命換來的塔特人，對吧？」她緩緩地閉上雙眼，像在說一段陳舊的故事，「很久以前，我與勒斯大人有過一面之緣。因此，才能準確地感知到他體內那所剩無幾的靈魂碎片。當然，那雙被龍魂染成青藍色的眸子，也是我判斷的標準之一。」

夏佐的眼睛很特別，本是深棕色，卻在幼時那年被染成了青藍色——承載著「他」靈魂的顏色。

尤朵拉愣了愣，那年的事又再度從腦海中浮現。她正想著如何回應，喬瑟妃便再度開口：

「我知道他是勒斯大人曾守護過的生命，因此也為他開了路。現在，他人就在炎海洞裡。」

「炎海洞？」

她點了點頭，轉身指向盡頭的海洞，「那是炎海唯一可休息之處，洞中有特殊結界，能阻擋海水入侵。不過，這些年來洞中出現了無法解釋的異狀……」

尤朵拉和希格對看了一眼，「什麼意思？」

她似乎難以在片刻解釋清楚，在開口之前，略帶感傷地皺眉。「附近的仙靈有時會在洞中歇息，甚至居住，可近來卻屢屢傳出失蹤的消息。比較強大的仙靈曾聚集在一起進去找過，卻一無所獲。久了之後，大部分的仙靈便帶著家眷離開。現在，那洞中已經幾乎沒有仙靈居住了。」

「奇怪，夏佐怎麼會來這種危險的地方？」希格疑惑地說。

尤朵拉嘆了口氣，「他喜歡冒險，八成是來這裡挖寶的吧。但那黑漆漆的海洞有沒有寶藏，怕是難說。」

「我在裡面住過一段時間，並沒有發現寶物。不過，洞中天然礦物多，或許塔特人另有用途……」

聽了喬瑟妃的話，尤朵拉笑著擺擺手，「夏佐對買賣沒興趣，也沒冶煉的天分，但對一些稀奇古怪的法器倒是很關注。喬瑟妃，海洞裡有這類東西嗎？」

「抱歉，我沒聽說。」她低了下頭，「不過海洞形成已久，說不定會有人將寶物落在某個不為人知的地方。」

尤朵拉點了點頭，再度往海洞望去。

「希格，我們進去找他吧。喬瑟妃說有仙靈在裡面失蹤過，我還是有點擔心……」

「擔心他幹嘛？塔特星上能打得過他的人我看只有妳。」

「我？我怎麼打得贏？」她皺眉。

希格得意地笑，「妳一哭他就認輸了。」

「希格！」她亮出蹄子。

念在這裡還有外人在，尤朵拉終究是放過了他。在進入海洞前，她跟喬瑟妃打了招呼，卻沒想到在走了幾步後又被她叫住。

「尤朵拉大人，能拜託您一件事嗎？」

「嗯？行啊。」

她笑著看向喬瑟妃，卻在對方那雙琥珀色的眸中看見濃濃苦澀。等待在歲月面前，終究是太過渺小——

「如果妳有見到跟我很像的仙靈，請把牠帶出來吧。」

尤朵拉：假如夏佐終有一天不知去向，我想自己未必能忍住等待的痛。

***

走入海洞時，海水再度將他們身後的空間淹沒。尤朵拉轉身看，隱約見到一道漆黑的蛇影消失在海中。

炎海和海洞之間，果然隔了一道結界。

似乎只要伸出手，就能觸碰到海的邊界——

「妳在幹嘛？別亂摸結界，要是壞掉，我會被淹死。」希格抓住她往前走。

尤朵拉甩開他的狐爪，「那一看就知道是某個強大仙靈設下的，我怎麼可能破壞得了。」

「以前的妳可以吧……」

「別廢話！你看，這邊都是你喜歡的礦石，要不要帶些回去賣？」

見尤朵拉提醒，他才連忙從空間飾環中掏出放大鏡，興奮地奔向壁上的天然晶礦。

「妳終於有長進了，知道為我們的財務設想。」

「記得幫我跟安希音換成漢堡。」

「什麼漢堡！那是要賣給晶礦商的！」希格轉頭瞪她。

尤朵拉毫不在乎地聳了聳肩，隨手弄出一道白金色的治癒光芒，用於照明海洞。希格忙了半天，發現這些晶礦在其他地方也有，便失望地點燃尾巴上的火，認命接下照明的工作。

兩人繼續往深處走，一路上都沒見到任何生命。或許真如喬瑟妃所說，這鬼地方已經沒有仙靈想住了吧。

「喂，妳不覺得一直有個奇怪的聲音嗎？」希格忽然停下腳步。

「嗯？」她可沒有狐狸那麼強的聽力，走了半天沒聽見半點聲音。

「有點像……什麼東西在爬行的聲音……」他冒出狐狸耳，仔細聽了聽。

「爬行？」尤朵拉往前看，但遠處一片漆黑，「黑漆漆的，什麼都看不到。不然我飛過去看看？」

「別吧，到時候是什麼妳打不過的……喂！妳去哪裡啊！」

尤朵拉根本沒在聽他說話，化出真身後，便一路往前飛行，把那隻狐狸甩在腦後。她的身子自帶光，在漆黑的洞中成為了一道微弱的光源，隱約地照亮前方的路徑。

沒多久，她便親耳聽見希格所說的——

除了爬行聲外，似乎還有低鳴的聲音……

「……夏佐？你還在這裡嗎？」她下意識呼喚他。面對未知的生物，她忍不住想竄到他身邊去。

海洞內迴盪著她清脆的嗓音，無人回應。

下一秒，遠處傳來的低鳴聲增強了音量，既痛苦又兇猛，似乎是在警告她。

「是仙靈？」

她感知到微弱的靈力，是塔特人身上不會有的氣息。那似乎也不是魔物，魔物智慧極低，體內流動的魔力也相當混濁、混亂，是一種只會遵循本能攻擊的暴虐生物。要是魔物的話，早就撲過來了。

「那傢伙好像受傷了。」她喃喃自語。

雖然不知道那傢伙是何方仙靈，但只有受了傷的仙靈才會以如此痛苦的低鳴聲來警告人。反正，塔特星上的任何一個仙靈都知道「四靈」的存在，她只要向前表明身分，並幫牠治療，危機就解除了……

「嗚──吼吼吼吼吼吼──」

強烈的嘶吼聲打斷她的思緒。尤朵拉嚇了一跳，下意識往後退一步。令她震驚的，是從前方不遠處發散出的紅光。陰暗如血色，不祥而詭異。

那道紅光是什麼？

為什麼……有種熟悉的感覺……

她甩了甩頭，強逼自己正視未知的危機。她想對著洞窟的另一端喊話，卻擔心現在的模樣會嚇到對方，只好先變回少女的姿態。

「咳咳！」她清了清嗓子，「你是來自何方的仙靈？我是尤朵拉，四靈之一，若你安靜現身，我可以幫你治療，不必害怕。」

她很少主動表明自己的身分，該怎麼斟酌詞語也有些拿不準。照理說，對方應該可以直接感知到她的力量才對，根本不必多言。

雖然她現在是一隻虛弱的神獸，但也依舊是神獸啊！為什麼那吼聲聽起來一點消停的跡象都沒有？

可惡，居然不尊敬她這個「老人家」！

尤朵拉正想靠近一點看看，洞窟的另一頭卻在此時冒出了黑影。她凝神一望，是一顆與喬瑟妃極度相似的蛇首！蛇眼泛出紅光，動也不動地緊盯著她。

「找、找到了！你是喬瑟妃要找的……哇！」

她的話都沒說完，眼前便閃出一道熟悉的人影。那人抬手就是一道風刃，將虎視眈眈的蛇靈擊退數步之遠。尤朵拉還來不及阻止他，他便在腳下凝聚出源自青龍的疾風，挾帶著她逃走。

當她再度睜眼，那朝思暮想的人已在她眼前。

「夏……」她高興地開口，卻馬上被對方打斷。

「尤朵拉，妳來這裡幹嘛？妳破壞了結界？」夏佐冷冷地看她，嗓音比平時冷硬，青色的瞳光像是要切碎她一樣，「妳知道我把妳鎖在那裡的用意，還執意出門？」

「你……幹嘛這麼兇？我只是想來找你。」被連環質疑，她也有點委屈，「我沒破壞結界，用特殊物品傳送過來的。希格也在，沒有那麼危險，你不用這樣大驚小怪……」

「喔？我倒是沒在妳身邊見到半隻狐狸。」夏佐放開了她，臉上笑著，眼底卻滿滿惱怒。

「他、他在後面，等一下就過來了。」尤朵拉馬上心虛。

「那妳最好能保證自己平安無事，否則別怪我把妳關進這裡。」他指了下手上的戒指，那是屬於他的空間飾環。

她愣了一下，而他轉身就走。

夏佐他……看起來真的很生氣。

難道他不想見到她嗎？

尤朵拉垂下了臉，默默地跟在他身後。而他雖然執意一人走在前方，卻仍放慢腳步等她。

可這難以體悟的溫柔……她終究是吃不消。如果對他而言，虛弱的自己是個拖慢他腳步的累贅，那她是不是主動遠離會比較好？

「夏佐！」她出聲叫住他，可他的腳步沒停。

尤朵拉焦急地追上，卻在此時被一聲低吼打斷——

陰暗的洞窟中迴盪著剛才那隻蛇靈的聲音。

她和夏佐同時抬眼，遙望著遠處的紅光。

夏佐在手上凝聚出一道青色的風刃，迅速地退到她身邊。而她與他並肩，在心中響起了混沌的警鈴……

夏佐：我的慾望難以計算，包括變得更強……包括妳。

＊＊＊

「夏佐，你能別傷害牠嗎？」

夏佐擋在她前方，忽地聽見從身後傳來的詢問。他皺眉回頭，惱怒道：「牠想攻擊妳，妳不會要我照做妳那一套不傷仙靈的原則吧？」

聽得出來他還在生氣，尤朵拉連忙解釋：「不、不是啦！你進來的時候有遇到一隻蛇靈吧？外面那隻雌性蛇靈好像在找牠，還拜託我將牠帶出去。」

「帶出去？妳這身子能扛牠出去？」

面對夏佐的質疑，她也語塞，「呃，我想……可以先請牠變成人形……」

「牠已經失去理智了。」夏佐嘖了一聲。

尤朵拉愣了一下，想起方才遇見這隻蛇靈時的異狀。她看牠的樣子，不像知性尚未發展完全的小仙靈，無端失去理智，絕對有蹊蹺。

和牠身上的紅光有關嗎？

「不然，我們先跑，在附近搜索看看。」她連忙提議。

「搜索什麼？」

「我覺得牠的樣子看起來怪怪的，就好像被什麼力量控制了。」她頓了一下，伸手指向遠處隱約的紅光，「你看，那道紅光不對勁吧？說不定是什麼邪惡的法術，才讓蛇靈失了理智……」

「……」夏佐看了看她的表情，有些小心翼翼，也有些不捨。

他嘆了口氣，忽然一把攬住她的腰，在腳下凝聚出疾風。

「咦？做、做啥——」她臉有點紅。

「往上面看看。」

夏佐扔下這句話，便將她和自己一起捲入空中，往海洞的中心點飛去。

從海洞的正中央往上看，頂端一望無際，漆黑如墨，簡直就像身在一座中空的山一樣。方才她和希格沿著走的路徑，不過是圍繞著這中心點而生的圓環小路罷了。要說這是天然形成，也不太像。

總之，或許遠古的仙靈曾以自己的力量，打造了這靜謐的棲息之處吧。

「咦？我好像聽到一個有點熟悉的聲音。」尤朵拉忽然說。

夏佐的聽力沒她好，特地停在空中等她聽清楚。

怪了，怎麼和蛇靈痛苦呻吟的聲音很像？但他們應該已經飛離那條蛇一段距離了……

『救……救救……』

一句破碎的通訊傳音落入了她的腦海。

尤朵拉瞪大眼睛，望向夏佐，「是、是希格！糟了！」

那熟悉的少年音，是他沒錯！

夏佐沒多問，便繼續往上飛，繃緊了神經尋找希格的身影。雖然他也不是很喜歡那隻狐狸，但那總歸是這世界上少數對尤朵拉真心相待的朋友。

等找回那隻蠢狐狸，他一定要好好教訓他，誰準他讓尤朵拉那麼擔心？

正當他在思考的同時，從洞窟頂端發散過來的紅光吸引了尤朵拉的目光。她連忙扯住他的衣角，慌忙地道：「在那！最頂層的路！」

夏佐看她一眼，加速前進。等到了光源所在之處，眼前所見嚇了她一跳！

「希、希格！」她驚恐大叫。

只見希格虛弱地側躺在地，身上竟也發散著詭異的紅光。而在空中，似乎有一道隱隱約約的淡紅色軌跡，相連著希格的身體，延伸至巨大晶礦的後方……

尤朵拉也顧不得情況有異，直接離開夏佐身邊，往希格的方向衝去。可在她即將觸碰他的那一刻，卻被一道無形的淡紅色屏障阻隔。她惱怒地敲了幾下屏障，卻依然碰不到希格。

「希格！希格！你聽見了嗎？可惡，一定有東西在搞鬼……」

她焦急地抬起頭，盯著那顆巨大晶礦不放。而後，她不顧夏佐的叫喊，直衝晶礦後方，消失在夏佐的視野中。

「尤朵拉！回來！」

夏佐罕見地露出焦急目光，抬手施力，便是一道威力恰如其分的風刃飛去，迅速地將眼前的晶礦擊碎。

粉塵消去後，他便見到尤朵拉正站在一個詭異的玻璃容器面前。容器漂浮在空中，瓶裡似乎裝了幾片發散著紅光的不明碎塊。無論怎麼看，都是邪氣的東西。

他正想上前拉回她，怎知道她竟在那一刻化出了真身，並以頭上的角往容器撞去！那是如今的尤朵拉唯一的攻擊手段。他知道她重視朋友，卻還是憤怒地發出了低吼。

「尤朵拉！」

那一瞬間，詭異的容器發出幾道深紅色的震波，將尤朵拉的身子當場震飛。她不知怎地竟在數秒間變回了少女形態，摔在朝她直撲而去的夏佐懷中。

夏佐吃痛地睜開眼睛，便慌忙起身，輕拍她的臉。她緊緊地閉著眼，似乎很痛苦的樣子。

「尤朵拉！妳沒事吧？尤——」

「奇怪，我的力量……」她睜開雙眸，慢慢地抬起了顫抖的手，「好像少了很多……」

夏佐愣了一下，抬頭看那依舊漂浮在空中的邪惡容器。莫非，那會吸走他們的靈力？

當他得出這個結論時，方才還躺在身後的希格又發出了痛苦的呻吟。夏佐抱著躺在地上的尤朵拉，迅速往回看，只見希格身上的紅光消失，似乎已經脫離了控制。可看他那虛弱的神態，八成也被吸收了靈力。

「唔，好痛……」

尤朵拉下意識地低吟，而她受傷的樣子，也讓夏佐在一瞬間湧起狂暴怒火。青龍之力在他的骨血中流竄，幾乎要突破靈魂的負載。他把尤朵拉輕放在地上，便起身將所有靈力凝聚在手中，化作數道狂風朝容器所在之處捲去！

夏佐並未說出半句話，眼中的極冷瞳光卻只能見到「死」字。

尤朵拉再度睜開眼，往夏佐的背影看去。隱約中，似有一道青色龍影附在身後。

那是……

詭異容器釋出了與方才一樣的紅色屏障，抵擋他的攻擊。在一次次的攻擊中，屏障的範圍竟不斷擴大。而在那道逐漸感到吃力的背影中，尤朵拉也發現了相同的事實——

那東西會吸收力量！這樣下去，夏佐的靈力也會被吸乾！

她奮力地從地上爬起來，跌跌撞撞地來到夏佐身旁。可夏佐的眼中已沒有她，只有那殺紅了眼的冰冷視線。他持續將所有靈力凝聚在雙手，不斷對容器發出猛烈攻擊。

那冰冷的眸中，承載的或許是受傷的她，又或許是那年的幻影。

那一年，他們都失去太多了。

「夏佐……」

尤朵拉緊握住雙拳，在一片狼藉中向前伸出了雙手。微涼的手貼在夏佐的背上，在夏佐微愣住的那一刻，源源不絕地湧出治癒之光。

若這是他對抗記憶的方式，那她即使散盡力量，也要幫他！

「尤朵拉，退到後面去！」夏佐恢復了理智，但手中的攻擊仍沒有停下，「我來對付這東西。」

尤朵拉奮力搖了搖頭，在狂風中大喊：「你的攻擊再怎麼強大都沒用，那東西會吸走你的靈力！不如我們將所有力量往容器裡送，只要是容器，都會有極限。集齊二靈之力，就算是削弱版的，我也不信它能承受住！」

尤朵拉雖然天真單純，見過的世面也不多，但「四靈」之於塔特星的意義，她還是知道的。四靈繼承了塔特星初生之時，匯聚在這大地上的純淨地脈力量。在全盛時期，能輕易地傲視所有生命。

雖然她的靈力已在那場悲劇中散去大半，夏佐擁有的也只是「勒斯」殘存的龍魂之力，但看那容器的規模及量級，未必能容得下他們齊聚起來的力量。

面對這樣的邪物，也只能賭一把了！

夏佐雖然愛護她，卻也明白這當下的情況不容許他再遲疑。他嘆了口氣，握住她其中一隻手，將體內的力量與她湧出的純淨靈力融合在一起。

在初始之處誕生，本是同根。

他雖不是仙獸，卻透過那位故人的靈魂感知到了她的所有。

獨角獸，那最冰清純潔的心。

夏佐握緊了尤朵拉的手。而她，緊閉雙眼，將一切交給最喜歡的人——

在洶湧的靈力風暴中，漂浮在空中的詭異容器出現了狀況。從碎塊中發散出來的紅光，漸漸地被淺青色的光芒染白。

不遠處，艱難地撐起身子的希格，目睹了這一刻。他天生聰穎，在微弱地彎起嘴角的同時，也伸手輸出了體內剩餘的靈力，助那兩位「大人」一臂之力。

在逐漸消停的狂風中，容器終於承受不住龐大的力量輸送，在那一瞬間破裂成碎片！容器中的深紅色碎塊彈出，摔在地上的同時，也化作了粉末，消散在空氣中。

「啊！」

尤朵拉驚叫一聲，身子不穩地往後倒。夏佐接住了她，卻也因力量消失大半，虛弱地跌坐在地上。

尤朵拉摔在夏佐身上，不一會兒便急忙地抓住他的手臂，「夏佐！夏佐！」

「幹嘛？我又不是死了。」夏佐瞥她一眼，懶洋洋地說：「只不過，我這力量……嗯？」

他正想說出靈力消散的狀況，卻發現逝去的力量正一點一滴地回流到身上。尤朵拉似乎也發現了，他和她對看一眼，便往剛才容器破裂的方向望去。

只見空中點點光輝，青色、紅色及純白色的光點，皆以緩慢的速度朝現場的三人飛去。在接觸到身體的同時，消散的靈力也跟著回流。

她才明白，原來邪物被破壞了，力量便會回到身上……

尤朵拉匆忙起身，往身後的希格跑去。希格此刻已安穩地坐在地上，臉上盡是歷劫重生的笑容。

「嘿！你沒事吧！」雖然嘴上輕鬆，但尤朵拉還是率先道了歉，「抱歉，我把你一個人丟在後面……」

「沒事，我還能幫忙你們，就代表沒死……呃，我看我是準備死了。」他忽然狐毛直豎，驚恐地望向尤朵拉的背後。

「嗯？」

尤朵拉疑惑地轉頭，只見夏佐已站起身，滿臉笑容、目光陰鬱——

「……死狐狸，你再靠近她一步試看看？」

「喂！冤枉啊，夏佐大人！是她自己靠近我的！」

「嗯？你說什麼？」

「啊啊啊啊啊啊啊救命！」

「呃，兩、兩位……」

雖然不知道是怎麼回事，但尤朵拉好像無法介入這兩人的戰爭。她抓了抓臉頰，在那兩人上演追逐戰的同時，轉頭望向那個摔在地上的破碎容器。裡頭的紅色碎塊早已消散在空氣中，無法拿回總部分析，不過——

吸收靈力，並控制生靈？

——在我工作的地方，有個女人不知道用了什麼方法，竟然能控制身邊的人。

尤朵拉想起了安希音不久前對她說過的話。

難道這兩者之間有什麼關係？

還有，自體內深處被掏空所有力量的無力之感，竟如此熟悉⋯⋯

尤朵拉睜大雙眼，深吸口氣，「夏佐！」

夏佐正拎著那隻狐狸的耳朵，一臉不爽，「嗯？」

「關於這件事，我們有必要好好查。」

夏佐和希格同時愣了一下，望向尤朵拉認真的臉龐。

「或許⋯⋯和仙獸森林的事情有關。」

尤朵拉：在多年後，我竟然還能看見「你」。是你，依舊守護著我嗎？

章五　安秘書得守住老闆啊

那本書到底是什麼？

安希音將白夢婷隨身攜帶著一本記事本，而且那本記事本有古怪的事情告訴了商天陽，讓他有心理準備。如果日後商天陽看見了那本記事本，或許可以從那本怪書上下手，破除被操控的魔咒。

「好，我會留意的。」商天陽臉色嚴肅地點頭。

現在是下班時間，兩人正在商天陽家中吃晚餐。

商天陽還沒有急迫到一聽說寶書的消息就要去找白夢婷的地步，所以他還是悠哉地吃著飯。

「對了，妳給我的三個護身飾品很有用，這半個月我都沒有被白夢婷操控！」商天陽抬起手，展示手上戴著的水晶戒指和兩條水晶手鍊。

水晶顏色並不是很明亮，而是帶點灰霧的雜質，看起來像是廉價的仿品。

「妳不是說水晶的顏色要是全都變灰，就表示沒有保護作用了？這些水晶都灰了一半了，可以再跟妳朋友聯絡，賣幾個給我嗎？」

這些水晶護身飾品是安希音跟尤朵拉交易的魔法防禦物品，在聽說了白夢婷的事情之後，尤朵拉便為她準備了這些更強力的法器，用一件法器換五十個漢堡的價碼，賣給安希音三個。

上次看在商天陽非常憔悴的分上，安希音就沒有主動跟他收錢。

但也僅此一次！

現在商天陽又想要水晶飾品了，安希音自然要跟他收錢。交情歸交情，交易歸交易。

「當初她給我的價格是兩千五一個，不過根據材料和製作方式不同，價格也不一樣，而且她給我的價格是打過折的……」安希音沒將價格說死，畢竟尤朵拉也說過，這些魔法物品的價格是會根據材料、製作者以及市場情況有上下波動，並不是定死的價格。

「妳朋友確實賣妳便宜了。」商天陽並不覺得安希音是在騙他。

戒指和手鍊的水晶是真水晶，不是玻璃做的假貨，銀鍊也是純銀的，不是鍍銀，像這樣的一條手鍊在店鋪裡賣，至少也要五、六千起跳，更何況它還是加持開光過的，真正具有效力的，沒有一萬六千八，也要九千九百九！

接連買了不少開光加持物的商天陽，對於這些物品的價格已經很熟悉了。

「我朋友推薦我幾部很經典的靈異片，我們一起看？」吃完飯，收拾過餐桌後，商天陽興沖沖地邀約道。

「靈異片？是電影嗎？」

「電影和電視劇都有！」商天陽興沖沖地點選網路頻道，搜尋朋友推薦的影片。「看書太慢了，而且書裡頭只有文字，沒有實體，看到有法器出現還要去找資料，電影就不一樣了……」

更主要的原因是，商天陽不太喜歡看書，更喜歡看影像，所以才會這麼選擇。

兩人看了一陣子殭屍片後，安希音只想問：「對付殭屍的東西，可以用來對付白夢婷嗎？」

這不是抬槓，而是真切的疑問。畢竟殭屍是死人，白夢婷是活人，兩者在本質上有很大的不同。

「可以試試……」商天陽摸著下巴，盤算著去買一些小型的桃木劍裝飾品，當作禮物送給工作室同事，順便送給白夢婷。

「你不會是想要往她身上潑尿吧？」安希音面露驚恐。

「妳想到哪裡去了？」商天陽很無奈，「我是想買桃木劍！」

雖然他曾經有過這樣的念頭，但是最後還是收手，選擇更加穩妥的桃木劍，不過要是桃木劍無效，而白夢婷又變本加厲，為了自己和同事們的安全，他也會選擇採取激烈手段。

「桃木劍？你、你不會是想拿桃木劍砍她吧？」安希音的眼睛瞪得更大了，「雖然白夢婷很討厭，性格驕縱、脾氣壞，還會用邪術害人，但是殺人是犯法的，你沒必要將自己的後半輩子賠進去……」

「想什麼呢！我是說送桃木劍飾品給工作室的人防身！」商天陽被氣笑了，抬手敲了她的腦袋一記，「拿桃木劍砍人？我在妳心裡是那麼兇殘的人啊？」

安希音揉著並不是很痛的額頭，訕訕地一笑。

「也不是啦！就是剛才看電影，裡面的道士都用桃木劍砍殭屍，我就……這麼想了。」

「毀謗老闆，扣錢！」商天陽甩她一記白眼，後者連忙擠出討好的笑。

「哎呀！天陽哥，天哥，天陽大帥哥！你可是最好的老闆，我怎麼可能毀謗你呢？剛才真的是因為電影我才那麼說的，其實我也知道，天陽哥你最好、最善良、最大方了！你每年都會捐錢作慈善，怎麼可能會是兇殘的人呢？」

「……」

商天陽裝作沒有聽見安希音的討好，拿起手機搜尋，很快就找出一堆桃木劍飾品的選項，有鑰匙圈、工藝品、吊飾等等，部分商家甚至宣稱自家的飾品是某某大師開光加持過的，具有優秀功效。

安希音湊過腦袋，看著商天陽購買的東西，嘴上繼續叨叨。

安希音拿出手機，聯繫上尤朵拉，跟她下單了一堆護身的魔法用品。下單完成後，她看了商天陽一眼，深深地嘆了一口氣。

安希音：天陽哥的清白，我來守護！

＊＊＊

桃木劍飾品有效嗎？

沒有。

白夢婷拿到商天陽贈送的桃木劍吊飾後，表面上開開心心地將它掛在背包上，心底則是嫌棄商天陽小氣，竟然送這種木製的廉價品。

「人家電視劇裡的總裁都是送名牌包、名牌飾品，要不就是給很多錢，怎麼天陽哥這麼小氣？」

白夢婷維持著僵硬的笑容，心底不滿地嘀咕。

「就算沒有名牌包、名牌鞋、名牌衣服，至少也該送條名牌項鍊、手鐲或是純銀手鍊啊！」

「嘖！白手起家的總裁就是這一點不好，對女生太摳！如果是像電視上演的那種知名企業的富N代，一個幾十萬、上百萬的包肯定隨便送！」

「昨天約會的那個傢伙說自己是富二代，結果吃頓飯還要AA制！不過三千元也請不起，還敢說自己有錢！真可笑！」

「看來看去，還是商天陽好，人長得帥、又有錢，會經常送粉絲和員工禮物，也不算太小氣。」

「只是這人也太難追了！按照我編的劇情，現在他應該開始關注我，覺得我很特別，會想要親近我、了解我了，怎麼還是沒有動靜？」

「難道是這個人比較悶騷，一切都藏在心底，不會表現出來？」

「嗯，應該是這樣！那些外冷內熱的男主角，一開始不也是默默關注女主角，沒有表現出來？」

「白夢婷！加油！得到商天陽，再用寶書加持，妳就可以實現豪門貴婦生活了！」

接下來，安希音聽到白夢婷嘀嘀咕咕地「安排」後續劇情，不外是商天陽跟她在一起之後，工作順利、事業順心，賺進大筆大筆的錢，成為白手起家的豪門貴族，並覺得白夢婷是有「幫夫運」的妻子，對她相當寵愛，要什麼給什麼，名牌包、名牌服飾、珠寶首飾⋯⋯

只要是白夢婷想要的，全部都買給她！

除此之外，商天陽還要時時刻刻聽從白夢婷的「召喚」，只要白夢婷需要他，那怕是半夜從台北跑到高雄買宵夜，他也會甘之如飴，無時無刻將白夢婷放在心上第一人的位置，不理會那些想要勾搭他的妖豔賤貨！

順帶一提，在白夢婷的妖豔賤貨黑名單中，安希音排在第一位，是她的首要情敵！了解白夢婷的想法後，安希音真的無語了。既然白夢婷都將她當成首要剷除對象了，安希音自然也不會跟她客氣，等從尤朵拉那裡採購的護身魔法用品到貨，她隨即將商天陽和工作室同事都武裝上了！

「大手筆啊……」看著工作室同事人手一條護身項鍊和手環，商天陽嘖嘖地讚嘆道。

捏著縮水大半的乾扁錢包，安希音雖然心疼，卻也覺得花得值得，至少白夢婷不能再操控工作室同事了！

不過……還是好心疼啊！

「別露出這種被人搶劫的表情，我也出一半吧！」商天陽笑著摸摸她的腦袋。

「……照理說，這筆錢應該是你要出的！」安希音幽幽地看著商天陽。

白夢婷是他招惹來的，工作室同事是因他受到牽連的，為什麼反而是她出錢呢？

「行啊！工作室的護身用品我出了！」商天陽豪氣地一擺手，「不過我的項鍊就算是妳送的吧！」

「為什麼要我送？」安希音抗議。

「我也買了不少防身飾品給妳啊，算是禮尚往來？」他笑著朝她眨眨眼，目光如同項鍊的水晶墜子一樣地閃亮。

「……有這樣的禮尚往來嗎？」安希音嘴上嘀咕，卻還是點頭同意了。

能回收多少算多少，反正她之前都已經送過他一回了，再送一條項鍊也沒什麼。

「可惜白夢婷這幾天沒出現，不然還真想試試尤朵拉給我的東西。」安希音有些可惜地說道。

尤朵拉給了她一根像是《哈利波特》的魔杖的銀色棍子，名為「淨魔棍」。

淨魔棍大概有兩根手指的寬度，可以任意地伸長縮短，縮短時只有十公分，伸長時能有四十公分長。聽說這是最新研發的淨化魔法產品，可以用來敲打邪靈、淨化一切邪惡之物。

淨魔棍打人不疼，但是身上如果有邪物附身，接觸到淨魔棍會感受到火燒雷擊般的痛苦。另外，淨魔棍還能噴灑淨化水，要是被邪物操控或是被邪氣感染，灑上淨化水後就能獲得淨化，驅除邪惡。

安希音很想對白夢婷試試淨魔棍的威力。

「也許她過兩天就來了。」商天陽漫不經心回道，內心卻是希望她永遠不要再出現。

可惜，他的願望沒有實現。話才剛說完不久，白夢婷就出現了。

「該說你們心有靈犀嗎？」安希音揶揄地笑道。

「呵呵，這個笑話好好笑。」商天陽皮笑肉不笑地瞪她一眼。

「出去迎接吧！不然她就要衝進你的辦公室了。」

安希音的話還沒說完，白夢婷就自己開門進來了。

「天陽哥……妳怎麼在這裡？」白夢婷面色不善地瞪著安希音。

「我不在這裡要在哪裡？」安希音挑眉反問。

身為商天陽的秘書，她待在商天陽身邊不是很正常的事嗎？

不過白夢婷可不這麼想。

「妳不是有自己的辦公室嗎？幹嘛要待在天陽哥的辦公室？秘書是像妳這樣嗎？也就是天陽哥脾氣好，換成其他老闆早就把妳開除了！死纏爛打，真不要臉！」

「的確，妳都被報警警告了，還死纏著天陽哥不放，真的很不要臉。」

「妳！」白夢婷羞惱地瞪著她。

「瞪什麼瞪？妳眼睛又沒我大……咦？不對，妳以前的眼睛可沒有這麼大，去開眼頭了？」安希音拿出外套口袋裡的淨魔棍，緩緩走向她。

「誰開眼頭了？我長得這麼漂亮，還需要整容嗎？」白夢婷沒好氣地回道：「妳靠過來做什麼？離我遠一點！」

「我最近買了一枝香水筆，想讓妳聞聞香味好不好聞……」說著，她按下淨魔棍的裝置，對著白夢婷噴出淨化水。

「啊啊啊啊啊！好痛！好燙！我的臉！我的臉要融化了！」

白夢婷的臉就像是被燙傷一樣，被香水噴灑到的皮膚全都變紅，甚至還冒出了一顆顆的水泡！

果然有效！

安希音還想乘勝追擊，白夢婷卻一把推開了她，力道極大。沒有防備的安希音被摔到牆壁上，撞出一聲沉重的聲響。

「聖星花？」

白夢婷的眼睛轉成了猩紅色，身體周圍泛出黑霧，嬌脆的嗓音也變得粗啞低沉，不像是人類能夠發出的音調。

「妳怎麼會有聖星花？從哪裡得到的？」

她面容凶狠地走向安希音，想要抓住她逼問淨魔棍的來源，卻被及時趕到的商天陽攔住了。

「住手！妳想做什麼！」

「滾！」白夢婷一揮手，商天陽就被高高拋起，撞上天花板後才又摔到地面，強大的撞擊力道讓他痛得站不起身。

「什麼聲音？」

「天陽哥？你們沒事吧？」

「裡面在打架嗎？」

門外傳來同事關心的聲音，眾人的腳步聲愈來愈近。

還想逞兇的白夢婷只能無奈收手，恨恨地瞪兩人一眼，而後轉身迅速跑走。

安希音：天啊！白夢婷變身了！

＊＊＊

自從淨魔棍對白夢婷造成劇烈傷害後，商天陽也開始好奇「安希音的朋友」究竟是何方神聖，為什麼總是能提供一些似乎在世界上根本不存在的厲害法寶。

而在對商天陽的信任逐漸增加之後，安希音也用一些暗示性的話語，表明「尤朵拉」

來自一個非常神秘的地方。但安希音也希望此事能低調，畢竟假如外星球的事情外洩出去，鬧出什麼大頭條，讓她和尤朵拉之間的聯繫被迫中斷就不好了。

商天陽也是個聰明人，在接觸過各式各樣的影片題材之後，也知道這世界上就是有一些無法解釋的事。只要是對他們有益，也不需要太過探究原因。

況且，之前有幾次他還不小心從安希音的視訊畫面瞥到，「尤朵拉」身後的背景總是讓他無法辨認那是什麼地方。或許她根本就不在地球上！

為避免造成安希音的困擾，商天陽並不打算問得太清楚。他只要知道尤朵拉是在幫他們就好了。

在那之後，安希音也將淨化水對白夢婷有效，還讓她變身的事情都告訴尤朵拉，希望能從她這裡獲得新的線索。

『妳是說，那個邪靈知道聖星花？這怎麼可能！這是我們這裡才有的植物！』

尤朵拉聽完事情經過後，難以置信地驚呼。

「會不會……那個邪靈是從你們的世界穿越過來的？」安希音猜測地詢問。

他們都能夠跨界通話、跨界傳輸物品了，邪靈穿越過來似乎也不是多麼意外的事。

『不可能啊！之前我找人研究過，傳送「生命體」的法陣只限於同一個世界……』

尤朵拉絕不會說她曾想過要來地球看看，只是都被希格以各種傳送失敗的研究文獻給勸退了。

「難道有人誤打誤撞地成功了？」

『唔……理論上是不可能的，但妳遇到的邪靈的確讓我有種很熟悉的感覺……』

『我去查查，查出結果後再跟妳說！』

說完，尤朵拉便匆匆地結束通話。

這件事情並不好調查，尤朵拉一連好幾天都沒有跟安希音聯繫。這段期間裡，白夢婷也沒有出現，讓安希音和商天陽都鬆了口氣。

經過白夢婷的變身事件後，他們實在很害怕見到她，很怕他們再次相見時，白夢婷會像電影演的那樣，成了可怕的、長角長鱗的兇殘怪物！

如果真的變成那樣……

「啊啊啊啊啊……」

商天陽抱著安希音，兩人發出高分貝的尖叫。

此時，兩人坐在沙發上，面前的大螢幕播放著泰國鬼片，剛才那幕是女鬼突然現身嚇人的場景，是劇中的驚悚高潮畫面。

女鬼的造型雖然血腥，但是並不算恐怖，只是這個女鬼長得跟白夢婷有幾分相似，很容易讓他們產生聯想。要是白夢婷也變成這樣，同樣躲在暗處，在他們沒有防備時突然出現……

「啊啊啊啊啊……」

兩人再度抱在一起尖叫。

好不容易等到電影結束，安希音拿起飲料，咕嚕咕嚕地一口氣喝光。尖叫次數太多，她的嗓子都啞了！商天陽的情況也沒有好到哪裡去。

他們還在繼續商天陽的「從電影中找應對邪靈方法」的計畫，之前看的是港劇，現在看的是泰國鬼片和日本鬼片。然而，看完後，他們只獲得一次又一次的驚嚇，並沒有找到對付邪靈的辦法。

噢，也不是沒有。

辦法有二：一是找到更厲害的法師幫忙，二是從化解女鬼的心結方面下手。

只是這兩種他們都實行不了。

「……還要繼續看嗎？現在都快要十一點了。」

安希音看著手機上的時間顯示，這個時間點，應該是她梳洗完畢，準備上床睡覺的時間。如果繼續看下去，怕是要熬夜了。雖然隔天是假日，不用上班，但是她也不想熬夜看鬼片。

「……」商天陽抿了抿嘴，沒有回應。

「我覺得，電影再看下去也找不出辦法，還是靠尤朵拉的魔法用品防身吧！」安希音勸道。

商天陽勉強笑了笑，「我也會問問朋友，看他有沒有什麼人脈可以幫忙。」

「嗯。」安希音點頭。

而後兩人陷入一陣靜默之中。不知道為什麼，雖然安希音已經住在這裡一陣子了，但和商天陽之間有這種微妙的氣氛還是第一次。或許是因為兩個人聚在一起看鬼片，又或許是因為剛才商天陽在毫無自覺的情況下伸手抱了安希音。

直到影片結束，商天陽才驚覺自己的行為有一點越線了。不過，他沒有談過戀愛，也沒有非常親近的女性友人，不知道女生在這種狀況下會不會覺得不自在？

他是不是應該開口向她道歉？

商天陽糾結了許久，想著想著，竟然開始思考自己為什麼會在不知不覺中和安希音愈來愈親密……甚至，在此刻感到心跳加速？

直到安希音受不了這種奇怪的靜寂，主動開口，打斷了商天陽的思緒。

「那就……睡覺吧！」被恐怖片嚇了一輪，又在客廳裡相對無言，這氣氛實在是太詭異了！

很像是某些嚇人的東西要出現前的氣氛啊啊啊啊啊！

「……嗯。」商天陽收回亂七八糟的想法，尷尬地點了點頭。

兩人簡單收拾了下吃剩的殘羹菜餚，而後便分頭回房睡覺。只是鬼片的餘韻太過強烈，安希音在床上輾轉反側，怎麼都睡不著。

躺在床上，看著只有一盞小夜燈的房間內，她總覺得床底下、棉被裡和光線照不到的黑暗角落會有女鬼衝出來偷襲！

安希音想要催眠自己快快睡覺，卻怎麼樣都睡不著，電影的情節不斷在腦中重播上演。

「混蛋！」安希音煩躁地搥了一下床鋪，抓抓凌亂的頭髮坐起身。

再三猶豫後，她把心一橫，抱著棉被和枕頭走向客廳。

原本應該沒人的客廳，卻有微光。

大螢幕正在播放著綜藝節目，主持人和來賓嘻嘻哈哈地對話，只是電視聲音被切至最小聲，所以安希音在房間裡才沒有聽見動靜。

商天陽坐在沙發上，懷裡抱著枕頭，身上披了棉被，跟安希音現在的模樣相似。

「你怎麼不睡覺？」安希音走到沙發後頭，開口問道。

沒有注意到有人出現的商天陽，像是被驚嚇到，高分貝地尖叫一聲，從沙發上跳起，而後摔在鋪著地毯的地上。

驚慌失措的他，在轉頭見到安希音時，忍不住摀著心口，罵了一聲。

「靠……差點被妳嚇死！妳走路都沒聲音的啊？」

「地上鋪著地毯，走路怎麼可能有聲音？」安希音同樣也被他嚇了一跳，摀著心口退了兩步。

「妳不睡覺來這裡幹嘛？」商天陽從地上起身，揉著屁股坐回沙發上。

「我睡不著。你呢？你在這裡做什麼？」安希音反問。

「看電視啊！」商天陽目光閃爍。

他才不會告訴安希音，他是因為被鬼片嚇得不敢睡，這才跑來看電視！

「這節目好看嗎？」安希音坐在商天陽身邊，隨口問道。

商天陽看的是網路平台的戶外競賽綜藝，安希音平常都是看美食類和真人秀，很少看戶外競賽的節目。

「好看啊，主持人很有梗，來賓也玩得很瘋，很放得開。」商天陽拍拍身旁的座位，示意安希音坐下。「既然妳也睡不著，那就一起看吧！」

安希音才剛坐在沙發上，手裡就被商天陽塞了一包零嘴，兩人就這麼一邊看綜藝節目、一邊吃東西，直到不知不覺睡著為止。

隔天早上，安希音脖子有些酸疼地醒來，這才發現，她跟商天陽竟是頭靠著頭、肩併著肩地睡在沙發上！

平穩的呼吸聲近在咫尺，安希音的腦袋突然變得熱熱的，十分不習慣這樣的親暱。她下意識摸摸嘴角，確定自己沒有流口水，而後又趕緊揉揉臉、擦去眼屎，又用手指替代梳子梳理頭髮。

「嘶……」才想要直起腦袋，脖頸處卻出現僵硬又刺痛的感覺。

……好像落枕了。

她嘗試著活動脖頸，卻發現脖子完全僵住，無法動彈！不行，要熱敷才行！要不然這兩天脖子就別想好了！

她放下抱在懷裡的枕頭，艱難又緩慢地站起身。隨著動作變化，身上的骨頭發出劈哩啪啦地脆響。

「嘶——」因為是以坐姿睡在沙發上，腰背處隨著起身的動作一陣酸疼，就連髂骨的部位也是僵硬無比，她甚至只能略彎著腰、雙腳大張地站立著，就像是上了年紀、骨骼衰退的老人家一樣！

「媽呀……」她暗暗叫苦，站在原地小幅度地活動身體，希望身體變暖後能夠快點舒展開。

「妳在幹嘛？」商天陽也在這時醒來了，「妳這是什麼姿勢啊？哈哈……啊！」

後一聲是商天陽的慘叫聲。

同樣睡姿不良的他，也跟安希音一樣，落枕兼腰背酸疼，髖骨和四肢僵硬。兩個難兄難妹以同樣的姿勢站著，氣氛尷尬了一瞬，又雙雙忍不住笑了出來。

「噗！哈哈哈我們這是……哎呀！我的脖子……」

「哈哈嘶……不能笑了，一笑脖子就好痛！」

兩人艱難地在原地站了一會，等身體的僵硬緩解後，這才緩步走回各自的房間，去用熱毛巾敷脖子。

商天陽：我不怕恐怖片，我只怕白夢婷讓恐怖片成真！

＊＊＊

隔了一個多月，尤朵拉再度聯繫上安希音。

她說她對這件事已經有個初步的調查方向，但邪靈牽扯的事情太廣，她和她的同伴們都還不確定邪靈是不是跟她們以前遇到的某件事有關。在還沒查出真相之前，對「寶書」只能先採取保守一點的防禦方法。

為了進一步保障安希音他們的安全，尤朵拉主動送了一些法器給他們，而商天陽和安希音也買了一堆她喜歡的點心、蛋糕、汽水和珍珠奶茶回贈，甚至也應尤朵拉的要求，給了她一些新奇的小玩具。

有了這些東西，商天陽躍躍欲試地等著白夢婷出現，希望可以在這次見面就解決那個邪物。大概商天陽真的有「召喚白夢婷」的特殊天分，在他叨叨念著白夢婷時，白夢婷就出現了！

商天陽是在參加某個網路綜藝的時候，意外遇見了白夢婷。

商天陽跟安希音見到她時，感到相當意外，不是因為她出現在節目錄製的現場，而是因為她的臉。

之前白夢婷離開時，臉上又紅又腫，像是被熱水燙傷，現在她臉上卻是白淨無瑕！然而，尤朵拉跟他們說過，被淨化水弄傷的人，是不可能會恢復的！

除了皮膚狀態的改變之外，她的五官也有些微的變化。

不曉得是換了妝容還是去做了微整形，白夢婷的下巴明顯變尖，眼睛變得又大又亮，像是戴了美瞳，鼻樑也更挺了一些……

白夢婷變漂亮了，但是在已經認識過她的商天陽和安希音眼中，她的美透著一種不自然，好像是將修圖後的容貌貼到真實的臉上一樣，沒有原本的樣貌真實。

白夢婷見到他們時，臉上的笑容明顯一僵，而後又恢復成若無其事的模樣，跟身旁染著彩虹髮色、穿著名牌衣的青年繼續說笑，擺明了不想理會他們。

「于姐，你們發了白夢婷嗎？我的工作室怎麼沒有接到通知？」商天陽故作詫異地詢問。

于姐是節目組的通告，就是負責確定節目的參與來賓並向來賓發通告的人。

聽到商天陽的詢問，于姐愣了一下，反問道：「白夢婷是你公司的藝人？」

「對，幾個月前，她跑來我們工作室毛遂自薦。」商天陽裝作無意地解釋道：「她其實不符合簽約的標準，不過我覺得她很有自信、也很積極，就還是跟她簽了。」

毛遂自薦、自信、積極，這幾個詞可以組成一句話：她很有野心。

「這樣啊……」

于姐自然理解話中的含意，露出一個尷尬又不失禮貌的微笑。

按理說，白夢婷既然簽了商天陽的工作室，在節目發她通告時，她應該讓于姐聯繫經紀人，或者是在敲定通告後跟工作室說一下安排，不應該讓工作室完全不知情。

白夢婷這樣的行為，明顯是不將工作室放在眼裡，而且還很有可能引起工作室對節目組的不滿，認為節目組是故意繞過他們。

「其實……」于姐的目光隱晦地掃過四周，確定沒人注意他們這邊後，這才低聲在商天陽耳邊解釋道。「她是『金大少』推薦的來賓，她跟我們接洽時只說自己是時尚主播，沒提到她有加入工作室。」

于姐可不想因為白夢婷背上這個黑鍋。

「金大少？」商天陽面露詫異。

「站在白夢婷身邊的那個男生就是金大少。」于姐以為商天陽不認識金大少，為他指出金大少的位置。「他是近幾年崛起的YouTuber主播，他最近發的影片很有話題性，所以我們就找他過來試試。」

金大少的頻道內容以高檔美食、健身和炫富為主。為人高調、喜愛張揚，據說家裡很有錢，出鏡穿的衣服都是名牌貨，就連在家裡穿的拖鞋也要一萬多元。

商天陽身為YouTuber主播自然也有關注他。外人不知道的是，商天陽跟金大少其實是認識的。

在商天陽的印象中，金大少是一個花心多情的人，談過的女友據說有二、三十個。不過他不劈腿，都是跟上一個分手後才會接著談下一個，給的分手禮物也很大方，跟他分手的女生對他的評價都不錯。

雖然交往過的女友多，不過金大少喜歡的女人都是長相美豔成熟、身材性感火辣的類型，白夢婷這樣的可不是他的菜。可是現在看兩人的互動，像是曖昧關係或是正在交往的階段。

這到底是怎麼回事？

「會不會是白夢婷操控了他？」聽完商天陽的敘述，安希音反問道。

「可是尤朵拉不是說，那邪物被淨化水打傷了，會潛伏一段時間？」

「都已經過了一個多月了，傷應該養好了。」

「要不，去試試？」商天陽拿出一個噴霧罐，裡頭裝著淨化水。

如果金大少真的被操控了，這淨化水可以讓他恢復正常。

瞄準金大少上廁所的時機，商天陽跟了過去。在接近廁所門口時，他叫住了金大少，將淨化水對著他的臉猛噴一通。一般人被噴了水，肯定會抬手阻擋，可是金大少卻是木然地呆愣在原地，幾秒鐘過後，他才像是剛回過神來。

「商哥？你在做什麼？我臉上怎麼濕濕的？」金大少摸摸臉上的水，有些莫名其妙地問。

「我才想問你在做什麼，為什麼站在廁所門口發呆？」商天陽神色自然地將噴霧罐收回外套口袋。

「廁所？」金大少回頭看著廁所的標誌，又看看四周環境。「這裡是哪裡？我為什麼在這裡？」

「你不記得了？」商天陽訝異了。

以往被白夢婷催眠操控的人，只會遺忘被操控當下的短暫記憶，前因後果可是都還記得的！

「這裡是《大玩家》的拍攝現場，等一下就要開拍了，你是來賓，你還推薦了白夢婷參加節目，她是你的新女友？」

「白夢婷？誰啊？」金大少面露納悶，「我就只記得昨晚酒吧有星期五之夜啤酒暢飲活動，我就跟朋友去酒吧喝酒，喝了一杯啤酒後，有人跑來跟我搭訕，之後的事情我就都不記得了……」

金大少的酒量很好，不可能被一杯啤酒放倒，更不可能連後面發生的事情都遺忘了。

「今天是星期二。」商天陽察覺到時間的不對勁。

「什麼？那中間的時間去了哪裡？」金大少臉色發白地問。

「你問我，我問誰？」

「怎麼會這樣？」金大少不安地抓亂頭髮。

「跟我來。」

商天陽領著他回到節目現場，兩人站在角落處。

「那個穿粉色洋裝的就是白夢婷，你還有印象嗎？」

「她……有點眼熟。」金大少想了好一會，才從記憶中找出白夢婷的身影。「我想起來了，就是她來跟我搭訕！商哥你也知道，我喜歡的不是她這種類型，就沒有理她，可是她一直死賴在我身邊不走，真的很煩人！」

破案了！肯定是白夢婷搞的鬼！

「這女人很邪門，你以後離她遠一點。」商天陽拍拍金大少的肩膀，拿出一條護身的項鍊給他。

「戴上這個，要是發現水晶的顏色變灰，跟我說。」

「好。」金大少連忙將項鍊戴上，也不敢再看白夢婷。「商哥，我、我有點不舒服，我可以跟節目組請假回家嗎？」

金大少不敢多問，但也不敢在現場多待。

「去吧！」商天陽點點頭，又將放回口袋的噴霧罐遞給他。「要是白夢婷又去找你，就用這個噴她。」

「好，謝謝商哥。」

金大少緊緊抓著噴霧罐，向商天陽連連道謝後，就跑去跟節目組請假了。

金大少跑了，白夢婷這個跟著金大少過來的附加品自然也不能留下來錄製，節目單位隨便找了個理由就將她打發了。

白夢婷知道這一切的變故都是因為商天陽，她惡狠狠地瞪著他，目光赤紅，像是恨不得將商天陽生吞活剝了一樣。

商天陽跟安希音擔心她又來一個「變身」，不動聲色地戒備著，只是白夢婷似乎顧慮著什麼，只是瞪他們幾眼就離開了。

商天陽和安希音鬆了口氣，慶幸著白夢婷的離去。

此時的兩人卻不知道，有更大的危機在後頭等著他們。

白夢婷：又來壞我的事！下次就讓寶書吃掉你們！

章六　大小姐想守護你啊

即使已經過了多年，夏佐仍然反覆做著當時的那個夢。

那時他的年紀還很小，懂的事情不算多，卻擁有一對見多識廣的冒險家父母，還有一個比他小上五歲的可愛妹妹。一家人平時的樂趣便是遊歷各處秘境，在前往目的地之前，他的父母也會事前調查過該地是否安全，確認沒問題才會帶上兄妹倆。

那年在仙獸森林發生的悲劇，對他們來說真的只能算是一個意外。畢竟，雖然多數塔特人並不知道仙獸森林中棲息著四大仙靈，但在森林附近的外圍區域，一直都是在塔特星旅遊地圖中被標記為「綠標」的安全地點。

一般的塔特人是進不了森林的，即使進入，也會被暗中守候在森林外的總部菁英以低調的方式驅離。不過，那日的仙獸森林特別不平靜，在被心懷不軌的組織滲透後，夏佐一家人也意外地闖進了外圍防守減弱的森林中。

那時，夏佐的父母還以為自己幸運走入了一個從未記載在書上的秘境，直到受不明氣息控制的暴戾魔物出現在周圍，一家人才驚覺大事不妙……

——勒斯哥哥！

夏佐還記得第一次聽見「她」的嗓音，便是那句影響了他往後人生的「勒斯哥哥」。那聲呼喚如夢似幻，在他跟血親走散又身受重傷的當下，簡直是唯一的救贖。他並不認識「她」，可是在他見到那位頭上長角的少女即將被魔物攻擊的時候，身體幾乎本能地做出了反應——

夏佐替她擋下了攻擊，或許是因為，她的眼神看起來就像自己的妹妹一樣清澈無瑕。

儘管他能從她頭上那奇異的角看出，她並不是人類。

少女似乎擁有治癒的能力，雖然能量不大，但夏佐能感覺到自己表皮上的傷口正在慢慢地癒合。和他們在森林中遇到的壞人不同，夏佐一眼就能看出這個女孩沒有惡意，但她的眼裡卻充滿悲傷，且時不時呢喃著「勒斯」的名字。

那時他想，或許她也失去了重要的人。

但在多年後，夏佐才知道尤朵拉和自己不同。尤朵拉看似嬌弱，卻在那年就已接受了重要的人死去的事實。

可夏佐的父母明明就在自己面前被魔物殺死，他卻仍堅稱只是「失散」。而他的妹妹，也在父母死去後不久被抓進了魔物堆中，根本不可能存活。

但夏佐以此為藉口，在長大後踏上了一次又一次的旅行。找回家人，找回尤朵拉失去的力量——這麼「軟弱」的原因，是不能被任何人知道的吧。

他必須看起來冷血無情，才不會被任何勢力威脅。

那是夏佐一直以來堅信的理念。

「奧莉薇雅……」

伴隨著一聲沙啞呢喃，夏佐緩緩地從床上轉醒。他才剛睜開眼睛，便見到尤朵拉的長髮近在鼻尖。他的聲音似乎吵醒了她，只見尤朵拉揉了揉眼睛，張開布滿微弱血絲的淺紫色瞳孔。

「夏佐？嗯……好睏。」她吐出沒什麼意義的一句話，便翻了個身背對他。

這本該是個靜謐的早晨，但某隻狐狸的打呼聲卻響徹雲霄。夏佐意識到惱人的噪音來自於何處，起身往沙發處丟了個簡易的傳送法陣。

「啊啊啊啊啊啊！」

於是，由於旅館只剩一間雙人房，昨天只能勉強睡在沙發上的希格，就這麼被不明的傳送陣帶走了。

「夏佐，你把他傳去哪了？」尤朵拉這才驚醒，連忙轉身問他。

夏佐懶洋洋地回答：「傳回辦公室了。別擔心，我還給他帶了些值錢的東西，那傢伙不是最愛錢嗎？」

「……你是說我們在海洞裡撿的那些礦石嗎？」看來，希格在回到辦公室的瞬間就會被那些礦石壓扁。

「嗯，還是妳也想回去？」夏佐笑咪咪地問她。

「不要。」尤朵拉在床上坐起身子，瞬間應答。

夏佐「嘖」了一聲，俐落地離開床。尤朵拉望著他正打算梳洗的背影，冷不防地問一句：「奧莉薇雅是誰啊？」

夏佐背對著她，嘴角幾不可見地上揚了一下。

「跟我一樣好看的傢伙。」

「咦？誰啊……」尤朵拉整張臉皺成一團。她本來也是好看的傢伙，但現在變成一顆檸檬了。

夏佐依舊沒回答她，隨手把外套披在肩上就說：「妳待在這，我出去隨便買個吃的。」

旅館提供的食物通常不是素食，夏佐大概是想去附近的市集挑些好吃的水果回來給她。這附近還算安全，這麼近的距離他也能感知到尤朵拉是否有危險，因此他放心地將她留在這裡休息。

尤朵拉很感謝夏佐的體貼，可是她……

「好想吃漢堡啊！」趁夏佐不在，她總算能安心地拿出覓蹤書卷，找安希音吃一頓粗飽！

安希音這時應該沒在睡覺吧？

尤朵拉興奮地拿出覓蹤書卷，發現上頭已經有好幾條來自安希音的留言。為了避免夏佐發現，她平時會把覓蹤書卷設成「靜音」狀態，幸好覓蹤書卷有留言的功能，能在雙方不在的時候留下幾條簡短的語音訊息。

『尤朵拉，我之前跟妳買的水晶戒指又變灰了，能不能再賣我幾個？』

『我老闆說那東西實在有用，可以再多給妳一點漢堡，如果妳還想吃薯條的話也行，我可以去買素食的給妳！』

薯條是什麼？聽起來也很好吃。

尤朵拉一邊流口水，一邊打開通訊，沒多久安希音就說話了。

『尤朵拉！妳最近很忙嗎？我兩天前就聯絡妳了，但妳好像一直不在。』

那是因為她之前都在海洞裡面忙，夏佐又一直在身邊，她當然沒時間把覓蹤書卷打開了。

「前幾天是比較忙一點，不過我現在有空了。妳說妳要水晶飾品對嗎？我馬上叫希格拿給你……呃，他不在。」

雖然主要的交易人是尤朵拉，但之前那些魔法物品都是她那萬能的「財務長」希格準備的，她雖然略懂一二，但在這偏遠的小鎮，她一時半會兒也不知道從哪裡弄來那些東西。她只好先傳了個通訊法術告知被埋在礦石堆裡的希格，務必在下次交易時把水晶飾品準備好，然後意思意思地在自己的空間飾環中尋找有沒有能賣給安希音的東西。

翻了一陣子，她忽然想起在海洞遇到邪物的事，也就順口告訴了安希音。

『咦？妳說妳遇見了跟白夢婷的寶書很像的東西？但在你們那個充滿魔法的世界，或許這種東西很常見？』

「當然不常見了，那種隨便就能吸走別人的靈力，還能控制人的東西，只要一現世就會被總部列為禁忌，更何況那什麼寶書的邪物聽起來好像還有自我意識，絕對是個大麻煩。」

尤朵拉停頓了一下，想起了仙獸森林的事，正在考慮要不要繼續說，安希音便又說：

『尤朵拉，除了這些防禦物品，還有沒有能主動攻擊那女人的魔法用品？最近白夢婷好像愈來愈邪門了，水晶變灰的速度比以前快，我在想，要是她有天變得更強大，我們單靠那些防禦用品撐得住嗎？』

「唔……妳想攻擊她？也不是沒有，但因為要給沒有任何靈力的地球人使用，所以必須用更高級、純粹的能量製成的用品才行得通，這東西我這裡目前沒……」

「用這個吧。」

忽然，一聲不屬於她們兩人的男音從尤朵拉身後響起。尤朵拉寒毛直豎，一回頭，果然是笑得一臉開朗的夏佐。

被、被發現了！他到底聽了多久？

『這個？哪個？』安希音沒發覺異狀，只覺得是另一個尤朵拉的朋友也來幫忙了。

夏佐緩緩地低頭靠近覓蹤書卷，那張臉一瞬間就占滿了安希音的手機螢幕。他打量了安希音幾秒，不動聲色地回答：「淨魔棍，我在某個地方弄來的好東西，要是用來敲打邪靈，它就會感受到火燒電擊般的痛苦。按這裡還能噴出由聖星花提煉出的淨化水，它的威力足以驅散大部分的邪靈……除非，妳碰到的邪靈非常強大。」

『要是非常強大怎麼辦？它會反擊嗎？』

「至少也能讓它重傷休養一陣子，不用擔心。」夏佐非常乾脆地將淨魔棍丟到書卷上方，讓它漂浮於傳送陣中。

尤朵拉看也知道那東西肯定很珍貴，但夏佐四處遊歷，放在空間飾環中的法寶是不少的，只不過他完全不認識安希音，還能這麼乾脆地把東西給人家，真是奇怪。

該、該不會他煞到安希音了吧！尤朵拉的心裡開始拉警報。

『太好了！謝謝你們。啊，你不是希格吧？你叫……夏佐？你好，我是安希音。』

安希音為人有禮貌，看了「手機」上新顯示的名字後，立刻向夏佐打招呼。夏佐挑眉看了她幾秒，才說：「妳好，我是尤朵拉的主人。」

『咦？主人？』

「還有，把那隻沒用的狐狸忘記吧。」說完這句話，夏佐便截斷了通訊。

「喂！夏佐！安希音還沒把漢堡傳給我，你怎麼能免費送人家淨魔棍！」

尤朵拉一急，兩隻手都搭上了夏佐胸前的衣服。而夏佐伸手一抓，把她纖細的手腕牢牢握在手裡。他靠近她的臉，幾乎要撞到她的呼吸——

「……尤朵拉，現在妳要跟我解釋這是怎麼回事了嗎？」

尤朵拉望著他高深莫測卻略帶陰暗的雙眸，心想自己今天可能就要在這立個獨角獸紀念碑了。

尤朵拉：真倒楣，早餐沒漢堡吃，還要應付可怕的夏佐……說起來，奧莉薇雅到底是誰啦？

＊＊＊

「所以，我一出門，妳就打算拿這東西監視我，卻陰錯陽差地連上了一個外星人，甚至還幫她解決問題？」

夏佐把覓蹤書卷牢牢地抓在手裡，說完這句話，還拿到尤朵拉面前晃了幾下。尤朵拉被他問得有點心虛，才剛把紫色的雙眸別開，就被夏佐單手捏住下巴，硬是把她的視線轉回自己眼前。

「還、還不都是因為你一去就幾個月不回來，我們財務也很吃緊，又沒辦法代替你去獵捕魔物，這才想說關心一下你在哪裡，方便的話還能隨時聯絡……」

這話說得連尤朵拉自己都不敢信。畢竟，要聯絡的話就丟個通訊法術就好，只是夏佐通常不會回就是了。

「妳怎麼突然弄來這東西？又是那隻狐狸給妳出的餿主意？」

見他又在罵希格，尤朵拉也難得硬起來替朋友說話：「這才不是餿主意！覓蹤書卷是我看過最好用的東西，可以不動聲色地追蹤你，必要的時候還能傳送到你身邊，多先進啊！要不是希格，我也不知道塔特星上還有這麼好用的法寶……」

尤朵拉的話才說到一半，夏佐便伸手亮出自己手上那戒指形狀的空間飾環，接著，他從戒指中掏出了好幾個她熟到不能再熟的「覓蹤書卷」。尤朵拉啞口無言地望著他，他則挑了挑眉，輕蔑地說：「這東西我早就有了，妳想要的話，跟我拿便是，何必問那隻笨狐狸。」

「我怎麼知道你有啊！這東西不是很貴嗎？」

「之前去妖精族參加祭典，我幫忙驅離在祭典上鬧事的傢伙，長老為了感謝我，就隨手送了我幾個。」夏佐聳聳肩，「而且這東西哪裡好用？妳不就追蹤到了一個莫名其妙的外星人？」

「安希音才不莫名其妙。」尤朵拉生起悶氣來。

他那話也只是隨口說的，見她鬧脾氣，夏佐笑著捏了一下她的臉頰。尤朵拉用覓蹤書卷追蹤自己，他倒也不真的那麼生氣，只不過是對她擅自逃離結界有些意見罷了。

但在海洞中，她也用了自己的方式守護了她和他，或許，他不該再把尤朵拉視為那麼脆弱的寶物。

只是啊，面對她的成長……他好像有點寂寞。

夏佐凝視著她的目光變得深沉了些，忽然，他伸手撩了她幾縷髮絲，尤朵拉也詫異地抬頭望向他。他對她，帶有明顯「男女」之情的舉動還真算不上多。也因此，尤朵拉的心跳快了半拍。

「……妳就這麼想跟著我旅行？」

「那、那當然！我不是說過很多次了嗎？但你都不讓我跟！」

夏佐看了她幾秒，心情似乎變得還不錯。「要是妳能學會怎麼保護自己，我就考慮帶著妳一起。」

「你看！你又拒絕……咦？」尤朵拉開始懷疑自己的耳朵，「咦？你答應了？夏佐？」

夏佐俐落地放開了她，就像以前那樣看起來什麼都不在乎。他拍了拍身上的衣服，起身說道：「這小城鎮沒什麼好吃的東西，去下一個地方找找吧。」

「夏佐！你是不是答應我了！喂！」尤朵拉興奮地跳了起來。

就在尤朵拉抓住他衣角的那一刻，夏佐已經在腳下凝聚出一道疾風，帶著她從敞開的窗戶飛了出去，踏上一望無際的晴空。

尤朵拉回頭望著離城鎮有一段距離的炎海，忽然想起那泛著紅光的邪惡容器。不安的預感，又再度鑽進心中。

就在兩人持續在空中飛行的同時，覓蹤書卷又出現了反應。尤朵拉連忙把書卷拿出來，夏佐也難得體貼地放慢了前進的速度。才剛打開傳訊功能，安希音慌張的聲音就從另一端傳來。

『尤朵拉！我跟妳說……呃，風聲怎麼這麼大？妳在天空中？』

安希音似乎透過了手機畫面看到她和夏佐在飛。

「對，我們正要去其他地方。安希音，妳有什麼急事找我嗎？」

安希音正要回答，但她似乎處在一個有其他「地球人」的空間，在路過了幾個地球人後，她找到了一個能獨處的空間。聽安希音說過，她也有自己的「辦公室」。

尤朵拉說完這句話便望向夏佐，這才發現夏佐已經將飛行的速度放到最慢，甚至可以說是「停留」在空中。而且，他還緊盯著書卷傳來的畫面看，似乎正在思考什麼重要的事。

該、該不會夏佐真的對安希音很感興趣吧？

『我用了你們上次送我的淨魔棍，拿裡面的淨化水噴白夢婷，結果真的有用，她的臉上出現了可怕的水泡！而且，她還像是被什麼邪靈附身了一樣，對我們提起「聖星花」的事……』

一聽見邪靈的事，尤朵拉瞬間忘記了吃醋，驚訝地瞪大眼睛。

「妳是說，那個邪靈知道聖星花？這怎麼可能！這是我們這裡才有的植物！」

『會不會……那個邪靈是從你們的世界穿越過來的？』

安希音給了他們一個新的思路，但尤朵拉之前也不是沒有想過這個可能，畢竟地球上應該不會有能力如此強大的邪靈，而且這隻邪靈奪走能量的方式，跟他們在海洞遇到的那一個實在太相似了。

但擁有自我意識的邪惡法器也算是生命，尤朵拉記得希格說過，目前塔特星上研究出來的傳送法陣只能將生命體傳送到同一個世界，根本不可能穿越到外星球。

『難道有人誤打誤撞地成功了？』

「唔……理論上是不可能的，但妳遇到的邪靈的確讓我有種很熟悉的感覺……」說完，尤朵拉與夏佐對視一眼。她不清楚夏佐在想什麼，但看他凝重的表情，似乎也很關心這件事。

於是，她只好告訴安希音：「我去查查，查出結果後再跟妳說！」

結束通訊後，夏佐帶著她落到了地面，兩人在附近林間的草皮上稍作休息，尤朵拉還從空間飾環中拿出僅剩的三顆紫根莓和夏佐分著吃。

雖然尤朵拉挺想直接叫夏佐啟用傳送法陣到達下一個目的地，但她也知道使用傳送法陣時所要消耗的綠晶石不算太便宜，兩人能飛行的話還是省著點用比較好。

話說回來，早上夏佐到底是覺得希格多吵，才捨得用掉一顆綠晶石把他傳回辦公室啊？

「地球不像塔特星，沒有充沛的法術能量，那隻邪靈要在地球生存，可得費不少功夫。」夏佐忽然提起了邪靈的事。

尤朵拉愣了一下，奇怪地問：「你怎麼知道那地方叫地球啊？」

雖然尤朵拉早上大概解釋過安希音的事，但也沒說得這麼詳細。

夏佐勾起嘴角，回話的態度非常隨便：「喔，我會讀心術啊。」

「又在開玩笑。」尤朵拉翻了翻白眼。反正夏佐見多識廣，認識幾顆外星球好像也不是什麼新奇的事。

「喂，記得妳之前說過要查海洞那詭異容器的事嗎？」夏佐托著下巴，貌似在謹慎思考，「我想了想，打算返回總部一趟，那裡應該還存有一些仙獸森林的紀錄，可以再查一查。」

尤朵拉精神抖擻地彈起身子，激動地問：「你是不是也覺得那東西吸走我們力量的方式，和當年在仙獸森林肆虐的邪惡體很像？」

「不，那時候我可沒有直接遇上那東西，被吸走力量的是妳。」夏佐戳了一下她的額頭，「不過，我認為那些被召喚出來的魔物，以及在森林四周受影響的一些小仙靈……和海洞裡那隻蛇的狀態很像。」

「也對，說不定喬瑟妃的朋友就是被類似的邪靈控制了！或許那些可惡的塔特人又重新組織了某種邪惡團體，正在醞釀什麼陰謀……」雖然尤朵拉想破頭也想不出那夥人到底想幹什麼壞事，但她只要想起當年的慘劇，便心有餘悸。

既然炎海那裡有這麼一個邪惡容器存在，塔特星的其他地方說不定也有。不管那是當年的餘孽，還是新誕生的邪惡體，她都務必要阻止它再度現世。

儘管現在的她沒什麼力量，勒斯哥哥和其他家人也都已死去，但她還有強大的夏佐啊！而且，早一點把事情告訴總部，說不定就能防患未然。

「……說不定在地球鬧事的那本詭異寶書，也是差不多的東西。」夏佐忽然說。

「你也認同安希音的說法？可是，那東西要怎麼從這裡穿越到地球？」說完這句話，尤朵拉才又一次地意識到夏佐似乎對安希音的事情特別關注。怪了，夏佐以前從來對別人一點興趣都沒有，更何況還是一個和他八竿子打不著的外星人。

安希音是長得很漂亮啦！但這些年來纏著夏佐的漂亮臭女人也不算少啊？可惡，是她想太多了嗎？

說不定，夏佐只是覺得邪靈的事情很重要，連一點線索都不想放過！沒錯，一定是這樣。

尤朵拉拼命安慰自己，但夏佐顯然一點都沒有察覺她的少女心思。

「當年，它能毀了一個仙靈的聖地，現在能自己打開一個傳送通道又有什麼好意外的？更何況，那個女孩說『寶書』能認出聖星花，又有自我意識，甚至還會說話……」他思考了一下，才說：「或許在地球的那個才是本體？」

「咦？本體？」尤朵拉愣了愣，「你是說……」

「嗯，我們在海洞遇見的詭異容器看起來只是碎片而已，說不定當年『他』用盡全力炸碎邪惡體之後，那東西四散到各處，本體卻逃到了地球。」

夏佐做出一段完整的推測，尤朵拉卻注意到他避談了「勒斯」的名字。這麼多年來，尤朵拉知道夏佐很感謝勒斯賜予他龍魂的力量，卻也非常困惑為什麼夏佐一直都不願意和她談起那位故人的事。或許，這件事在他的心中只留下了痛苦吧。

尤朵拉忽然想起她和夏佐在海洞中和邪惡容器對抗的事。那時，在夏佐身後若隱若現的，真是勒斯的靈魂嗎？可是，勒斯應該已經死去了才對……

「尤朵拉，妳有在聽嗎？」夏佐湊近她的臉，看起來不怎麼高興。

「當然有啊。」尤朵拉尷尬地笑了笑。不過，她實在沒辦法把這件事拋到腦後，盯著夏佐一陣子之後，小心翼翼地問了：「對了，夏佐……那天你用了這麼多靈力攻擊那個容器，身體有沒有什麼不對勁的地方？」

夏佐挑了挑眉，「沒，打爆那東西後力量就回到身上了，妳不也是？」

「唔，但你那時候的力量看起來好像快失控了，我還在你的身後看到……」

尤朵拉說得很委婉，但夏佐一聽見這句話就懂了她的意思。他立即變了臉，宛如一陣陰雨。

看見他的表情，尤朵拉甚至有點意外。她以為夏佐對此渾然未覺，她那麼問，也只是想確認在「勒斯」的影子出現後，對夏佐的身體有沒有什麼不良影響。

但，夏佐似乎不那麼想。

沉默了幾秒後，夏佐忽然勾起一抹非常平淡的笑容。不知怎地，看了有些不暢快。

「每當我的靈力消耗到極限，我就會感受到『他』的存在。我不知道他究竟還住不住在我的靈魂裡，又或者那只是一道可笑的殘影……」說完，夏佐在掌心中凝聚出一道疾風，沒多久又消散。他的嗓音淡漠冷情，聽得尤朵拉一陣心慌。「但只要他能持續給我力量，是不是還活著都與我無關。」

夏佐慢慢地從草皮上起身，從空間飾環中掏出一顆綠晶石。或許，他此刻已經厭倦了和她一起的旅行。

當傳送法陣在他身前逐漸成形之際，他那毫無溫度的嗓音，在她的耳邊清淡地落成了幾字：

「……不過，要是妳想見他，我可以為妳再耗盡一次靈力。」

夏佐：我不想聽她的答案。

＊＊＊

尋找當年仙獸森林紀錄的事情相當順利，可卻和尤朵拉想像的有點不一樣。

夏佐當然是去了總部一趟，尤朵拉還偽裝成他的「助理」一起去了。不過，其實夏佐在幾年前就已經去總部查過仙獸森林的事，只是當時經辦人員給他的資訊有限，這些過去的歷史似乎被總部列為機密，就連身為特戰隊員的夏佐都不許隨意調閱。

而這次夏佐之所以會想再去調查一次，是因為他和尤朵拉在炎海的海洞發現了詭異的邪惡容器，他原本想著憑藉這些珍貴資訊和經辦人員交涉，讓他解鎖更高層級的「歷史」，卻事與願違。

經辦人員雖然有那麼一瞬間露出了驚愕且凝重的神情，但最終還是以「禁忌機密不可隨意調閱」為由回絕了夏佐。

可值得慶幸的是，就在兩人返回辦公室之後，精通情報買賣的希格被那一人一獸的臭臉搞得吃不下飯，不得已只好拿了幾十個指尖陀螺去和退休的總部高層交易，輾轉之下獲得了一個珍貴的情報——

當年的其中一位邪惡組織團員原來早就在勒斯死去不久後落網，人被關押在總部的特殊監獄中，至今已快二十年！

夏佐想不通是什麼原因讓總部保密至今，但得知這件事的他非常不悅。總部高層明明就知道一直在自己身邊偽裝成「靈寵」的尤朵拉就是當年在森林中唯一倖存下來的獨角仙獸，卻不願意讓身為監護人的他更進一步地接觸仙獸森林事件的核心秘密！

或許總部有總部的考量，但他在當上特戰隊員的前幾年也為總部做過不少事，直到遍尋不著機密，且對總部心灰意冷時才開始四處遊歷，可高層卻至今不願意與他分享機密，是不是太不近人情了？

總部明明很清楚，他和尤朵拉都被那場悲劇毀去了一切……

在希格為兩人帶來好消息的這一天，夏佐的表情卻變得比以往凝重。才剛與夏佐鬧僵的尤朵拉也不敢隨便出言關心他，只好出外捕了隻兔子回來給希格當作獎勵。在兩隻仙獸站在辦公室討論今晚還得去採買什麼食材的時候，夏佐才終於走到他倆身邊說話。

「我去監獄一趟吧，去探探那傢伙到底知不知道邪惡體現今是否還活著，找到它，說不定就能拿回妳失去的靈力。」

「如果它真的在地球怎麼辦？不對，夏佐，你要一個人去監獄？那裡是總部以結界隱藏起來的特殊監獄，關押著一些強大的罪犯，守備也很森嚴。」尤朵拉緊張地說。

「妳也知道那裡森嚴，我就更不可能帶著妳去。」夏佐嘆了一口氣。以往他通常懶得解釋，但現在的他態度有些不一樣了。「妳靈力盡失，我一個人會更方便。更何況我是上級特戰隊員，被發現的話頂多懲罰一下我而已，難不成他們還能殺了我嗎？」

「不要動不動就殺不殺的啦！」尤朵拉最討厭夏佐一點都不在乎自己的安危，每次出勤總是這裡受傷、那裡受傷，還很常說不吉利的話。

「要不然……」

「夏佐大人啊，你就算再強也進不了特殊監獄的！」

夏佐還想說些什麼，但希格斗膽打斷了他。經過這次的珍稀情報蒐集，夏佐對希格是有點另眼相待了，但他還是很討厭尤朵拉身邊的「男性」，所以只能強迫自己不要隨意發火，這就是他對希格最大的溫柔了。

「只有被賦予會面權限的人才能通過監獄外頭的特殊結界，沒有經過正規授權流程的話，就算勒斯大人再世，也炸不開結界……」

希格和尤朵拉聊天的時候，並不避諱提起「勒斯」，畢竟勒斯對所有仙靈來說就是神一般的存在，希格對他只有尊重之意。他之所以會用勒斯來舉例，只是想強調「特殊結界」的堅固。

據說監獄所在之地自古以來就是塔特星的地脈匯流處，聚集了濃厚的遠古能量，這股能量連四靈都無法輕易與之對抗。幸好目前塔特人只能用它來建立結界，並無任何方法能吸收它。否則被有心人士利用的話，天下就亂套了。

「咦？那該怎麼辦？沒辦法見到那個壞人了嗎？」尤朵拉沮喪地問。

「正規的方法是沒辦法的。」說完，希格挑了下火紅色的眉毛。

夏佐有點不耐煩了，「有話快說。」

「那當然是用我的老方法！」希格賊兮兮地搓手，「大小姐，妳趕緊向安希音小姐再買幾個像是指尖陀螺的紓壓用品，愈奇特的愈好！不知道地球人是不是壓力都很大，總搞得出這些莫名其妙的紓壓小玩具，但我們總部的高層可喜歡了！只要多拿點東西收買他，肯定可以求他找門路帶夏佐大人進去監獄裡和犯人會面！」

「啥？又是指尖陀螺那個怪東西？」尤朵拉露出嫌棄的臉。

「唉，那些老人家差不多也人手一個了，換點新東西吧！不然妳把覓蹤書卷給我，我來問問安希音小姐還有沒有其他好貨。」

夏佐見事情似乎還要一段時間才能處理好，便拉了張椅子坐下。坐著坐著，他隨意地說了一句：「指尖陀螺？拿一個給我看看。」

希格只好從自己的空間飾環中拿出僅剩的存貨。才剛拿給夏佐，夏佐便驅動疾風的力量，將手上的指尖陀螺瞬間解體了。

他輕哼，「……好糟糕的東西，真不耐用。」

「我就說吧！我也覺得超爛！」尤朵拉皺眉附和。

「你、你們！那多貴你們知道嗎啊啊啊啊啊啊啊啊啊！」

「蒸氣眼罩、經絡按摩搥背棒、紓壓捏捏樂？完全看不懂要怎麼用，果然地球人淨是喜歡製造一些奇怪的東西。呃，魔術方塊？這能紓壓嗎？算了，應該還是有人會喜歡……」

「哈哈哈哈哈哈哈哈！」

整理貨物到一半，希格被自己後方傳來的爆笑聲嚇到毛髮都冒出了火光。他無奈地轉頭，見到一人一獸依偎在沙發上大笑，兩顆頭都快貼在一起了。

不知道是不是他的錯覺，大小姐和夏佐大人最近的感情似乎變好了。但上次他們從炎海回來的路上，好像又在哪裡吵過一架……真是看不懂啊。

不對！這時候他還關心什麼戀愛不戀愛啊？

「拜託兩位大人，也來幫忙整理一下安希音小姐給我們的貨物吧！這些東西在空間飾環裡面堆成了山，我都快眼花了啊！」希格真的覺得自己會過勞死！

「哈哈哈！好啦，我等等就去幫忙。還不都是安希音傳來的影片太好笑了，她說那是他們工作室裡的什麼……什麼油土伯拍的？反正拍得超好笑的，希格你快過來看一下啦！」

尤朵拉笑得前俯後仰，夏佐拿起覓蹤書卷又滑了下一個影片，根本沒要理那隻狐狸的意思。

「是YouTuber。」希格翻了翻白眼。在協助尤朵拉跟安希音交流的這段時間，他可是學習了很多覓蹤書卷無法翻譯的地球方言呢。

唉，想再多都是痛，根本沒人在乎他為「這個家」付出了多少！

話說回來，幾個月前安希音小姐用覓蹤書卷傳過來的某個叫《親家不介意》的「八點檔」，倒是狠狠地演出了他的心聲啊……呃，他才沒有利用上班時間追劇。

再次回頭看了那對廢材情侶一眼，希格這才認命地繼續理貨。

一個禮拜後，希格透過之前合作的總部高層找到門路，用一批安希音提供的「奇珍異寶」作為交換，成功與一個監獄內部的資深管理人員搭上線。

希格與對方約定了某個時間，到時候會由這位人員在凌晨交班的時刻帶著夏佐和尤朵拉短暫地進入監獄一陣子，與當時在仙獸森林作惡的其中一個團員會面。

會面的時間不長，但對夏佐來說足夠了。畢竟，只要能接觸到對方，就有可能獲得更多的情報。

不過，在夏佐和尤朵拉親眼見到那位罪人的當下，他們才明白了總部至今對當年的悲劇毫無明顯作為的原因——

「咯咯……嘶……啊啊啊啊啊啊啊啊啊！」

待在單人牢房盡頭的那個「人」乾枯如柴，當尤朵拉和夏佐望向那人第一眼時，對方竟發出了極度詭異的嘶叫聲！

希格：嚇死狐狸了，幸好我沒去。

＊＊＊

他們與那個「人」的中間隔了一道無形的屏障，這屏障能防禦一定程度的攻擊，既可確保會面人的安全，也可防止任何人任意帶走罪犯。

尤朵拉和夏佐就站在屏障之外，靜靜地望著那個蹲在地上嘶吼的罪犯。

「那傢伙每過一段時間就會出現那種狀況。不過，今天似乎特別嚴重。」帶他們進來的管理人冷淡地說。

夏佐看了管理人一眼，似乎在猜測他的想法。對方回以平靜的目光，嘴上卻是淡淡嗤笑。

「你是夏佐吧，那個繼承龍魂的塔特人。或許，那傢伙會出現異狀，就是因為你來了？」

管理人知道的事似乎比想像中更多。夏佐的眼神變冷，對方卻不理會他，立即轉身離開了牢房。

「呵，半小時後我再來帶你們走，能不能問出什麼就看你們本事了。」

尤朵拉望著那人的背影，嫌棄地說：「他態度好差。」

「能帶我們進來就有一定的本事，態度高傲也是理所當然。但不用管他，我們抓緊時間審問那傢伙比較實際。」夏佐往前一步，伸手敲了敲那道透明屏障。

「……他能聽懂人話嗎？那傢伙現在看起來就像一隻兇猛的野獸，是不是被關在這裡太多年，發瘋了？」尤朵拉也跟了上去。

夏佐聳了聳肩。見罪犯仍舊沒回應，自顧自地蹲在地上吼叫，他只好問尤朵拉：「妳對這傢伙有印象嗎？雖然……那是很久以前的事了。」

他在提起「很久以前」那四字時，聲音裡盡是淡淡的惆悵。

尤朵拉踮了踮腳，兩隻蹄子都快趴在屏障上了，還是看不清楚那個人的臉。正當她心急如焚時，夏佐忽然在掌心中凝聚出一道風刃，打在離尤朵拉有一段距離的屏障上。

屏障似乎會吸收力量，那道風刃打在上面後，便無聲無息地消失了。

「夏佐，那打不破啦！就連我也能看出它有多堅固……」

忽然，蹲在地上的罪犯抬起了頭，用迷茫的目光望著他們。尤朵拉嚇了一跳，仔細打量那位一頭亂髮的罪犯，才發現一件事！

「她、她是女生！」尤朵拉抓住夏佐的衣角，「我記得她！那群壞蛋裡面只有一個女生，當初還留了一頭黑色長髮，但現在……」

現在的她是短髮，還像被狗啃一樣，看那詭異的樣子，或許是她自己弄的。雖然尤朵拉很痛恨這些人，但看著也怪可憐的。

不過，尤朵拉想起自己第一次在森林外圍見到這個女人時，竟然還覺得她很親切。她身上也跟其他塔特人一樣穿著總部的制服，笑容溫柔，看起來心地善良。要不是尤朵拉親眼見到她把邪惡容器拿出來的樣子，她根本不相信這傢伙是壞蛋！

「對了，當年的那群壞蛋全都穿著總部的制服！你說他們會不會跟總部有關係？」尤朵拉說到最後幾個字時還放低了音量。

「這件事妳告訴過我，我也查過，但什麼都查不到。」夏佐再次敲了敲屏障，並凝聚出更多風刃往罪犯的方向射過去。

尤朵拉這時才看懂夏佐的目的。在風刃陸續砸到屏障上之後，她發現那女人對夏佐的攻擊似乎有很強烈的反應。

下一秒，女人站了起來，快速地衝到他倆面前，露出猙獰的表情！

「妳……妳終於來了！那時候……沒能吃掉妳，現在妳回來報仇了嗎？哈哈哈！」

女人講話斷斷續續，眼裡還發出奇異的紅光。尤朵拉被嚇得後退幾步，卻發現那女人盯著的人一直都是夏佐。

奇怪，那女人應該沒見過夏佐才對。尤朵拉一開始遇見夏佐的時候，他距離邪靈的本體非常遠，身上的傷口也都是附近的魔物造成的。

女人開始自言自語，把頭歪向一邊，發紅的雙眼仍舊盯著夏佐不放。但夏佐的膽子夠大，站在原地一步也沒動，神情冰冷地凝視著她。

「不對，你不是……」

「妳想殺我嗎？」夏佐忽然問她。

聽見這句話，女人再度激動地狂吼。

「你本來就該死！你是他，你欺人太甚，把我們都炸死了！你……你活該，沒辦法再輪迴，哈哈哈哈哈哈哈哈！你……罪有應得！」

女人的精神非常不穩定，講出一句又一句破碎的話，甚至有時還詭異地嚶嚀。但尤朵拉卻聽懂了她的話，她和夏佐對視一眼，似乎心有靈犀。

這個壞蛋還記得勒斯哥哥！她把被龍魂附身的夏佐認成了勒斯，恨不得想殺掉他！

「……她的精神太混亂，我看不出來她在想什麼。」過了一陣子，夏佐轉身告訴尤朵拉：「妳試著用當年的記憶刺激她看看，看能不能問出邪靈的本體在哪裡。」

「怎麼可能看得出來，她現在根本就是瘋子。」尤朵拉嘆了口氣：「好吧，我試試。」

尤朵拉絞盡腦汁，正當她準備開口向女人提起她初入森林的事，女人卻忽然抱住自己的頭，痛苦地蹲了下去。尤朵拉見狀便焦急地敲了幾下屏障，沒過多久，女人竟然暈了過去！

「喂！妳怎麼了啊？喂！」尤朵拉驚慌地說：「夏佐，怎麼辦？這樣要怎麼問？」

夏佐也跟著蹲下身，近距離地瞧著倒在屏障前面的女人。奇怪的是，女人在幾秒後便又有了動靜，她非常緩慢地睜開眼，目光空洞。

簡直就像是不同人一樣。

「……妳是誰？」夏佐冷靜地問。

尤朵拉不明白夏佐為什麼要這樣問，但她乖巧地站在他旁邊，耐心等待那女人回答。

「我……」女人發出了比剛才還要虛弱的聲音。「我在那裡，遇見了不好的東西……」

「什麼東西？」夏佐追問。

「好可怕！它一直在我腦子說話！不對，那是我在說話……我……」女人的眼中開始流出淚來，她似乎非常恐懼，雙手拼命抓著自己的頭髮。

夏佐又靠近了她一點，「妳在哪裡遇見那可怕的東西？它現在還活著嗎？」

「奇珍……在那裡……」她的口中吐出破碎的幾個字，「所有人都消失了！可是它沒有消失，它跑了！」

尤朵拉緊接著問：「跑去哪裡？地球嗎？」

聽見「地球」兩字，女人忽然又不說話了。她緩慢地望向尤朵拉，眼中再度發出紅光。

「來找我吧。」

「咦？」尤朵拉愣了一下，不敢相信她的突變，還有那輕蔑的語氣。

可惜，在這句話之後，女人又恢復了癲狂的狀態。她在原地不斷走動，嘴裡再也說不出一句完整的話，似乎又跟剛開始一樣無法溝通了。

這時，管理人從外頭走進來，示意他倆安靜地跟著他走。夏佐意識到該離開了，便抓住尤朵拉的手，將她帶出牢房。

而在離開之前，尤朵拉又回頭看了那女人一眼。但那女人再也沒瞧過她，永遠地，癲狂地活在自己的世界……

夏佐：我不是他，但我跟他一樣只想守護妳。

＊＊＊

「幹嘛？妳害怕了？」

離開監獄後，為避免啟動傳送法陣引人注意，夏佐帶著尤朵拉徒步走在日出前的石地上，兩人並肩著走，路上除了零星的守備員外空無一人，倒也有幾分寂寥。

「你是說害怕夜行族出現嗎？是啦，他們是長得有點可怕，個性也很暴躁，但他們大多聚集在主城外，這裡太偏遠了，根本遇不上……」

夏佐伸手敲了一下她的頭，「我是說，那女人。」

「呃……」都怪她精神有點飄忽，現在才會意過來。尤朵拉抓了抓自己的頭髮，皺眉說：「不得不說，她實在是挺詭異的，有點像安希音前陣子傳給我的某種叫『泰國鬼片』裡面出現的東西。那個像怪物又像地球人的傢伙，也是性格難以捉摸，彷彿身體裡住了好幾個靈魂。」

夏佐也皺眉，「妳又在看什麼奇怪的影片？回去也給我看看。」

「你在那邊說它奇怪，最近不是也一起看得很開心？」尤朵拉本來想虧他，但在觸見夏佐斜睨她一眼後，便轉移了話題：「總之，那女人跟白夢婷的狀況有點相似，所以我在想，當年的那些人會不會……」

她沒把話說完，但夏佐懂她的意思。說出這段推論需要勇氣，畢竟他們一直以來都把那群邪惡的塔特人當作始作俑者，醞釀多年的痛苦與仇恨是無法輕易消弭的。可現在，在接觸了監獄中的罪犯後，多年以來的認知被打破了。

邪惡體能夠操縱人的心智。那麼，造成那場悲劇的罪人很有可能就是邪靈本尊。

也就是說，她多年來排斥「塔特人」的行為，很有可能是源自於誤會……

似是知道她在想什麼，夏佐嘆了口氣，「她眼發紅光的時候，我就覺得不對勁。不過，那女人的狀況並沒有白夢婷那麼穩定，知性比在地球的那個『寶書』還低，由此可見，潛伏在地球的邪靈真有可能是本體。」

「對，而且……它還叫我們去找它。」想起那女人輕蔑的語氣，尤朵拉不自覺抖了一下。

夏佐又嘆一口氣，像是對那女人的狀況感到唏噓，「那個總部成員八成是在接觸到詭異容器時被控制了，而在邪靈被炸碎後，有一小部分的碎片留在了她的靈魂裡，導致她精神錯亂，至今無法回歸正常生活。總部大概也是問不出什麼，所以才一直沒處理這個人。」

「真可憐……」雖然還是不怎麼喜歡塔特人，但尤朵拉這句話出自真心。

「當年要是邪靈本體在被炸碎後仍選她作為宿主，她的靈魂恐怕已經被吸乾了。」

「但她現在的樣子跟死了也沒差多少。」尤朵拉晃了晃頭。「對了，你覺得她真的是總部的人？」

「嗯。」夏佐走到她眼前，停住腳步，「剛才她在短暫清醒時，有提到『奇珍』兩字。我想那應該是指『奇珍室』，也就是總部中專門用來存放國家級法寶的地方。我猜她原本是奇珍室的管理人員，意外接觸到禁忌法寶，在心智被控制後便將它帶離了寶庫……」

而後，造成了仙獸森林的浩劫，現今又繼續在地球及塔特星肆虐。

「不過，邪靈到底是怎麼去地球的？而且它離我們這麼遠，要怎麼辦？」

「這就是我要跟妳說的事。」

夏佐的聲音忽然沉了下來。那雙青色的眸子異常認真，看得尤朵拉一陣心慌。總覺得，他正在計劃一些讓她非常寂寞的事……

「把妳的覓蹤書卷給我，我要用它傳送去地球。」

這句話剛落入耳裡，尤朵拉的心便跌了一下，她下意識往後閃避，忘了自己已經把覓蹤書卷放在空間飾環中，沒有她的允許，夏佐不可能搶得過來。

「不、不行！希格說過覓蹤書卷是單程的，而且至今沒有人成功運用法陣傳送生命體去外星球！就算真的成功了，你也回不來！」

「不試試看怎麼知道？妳都能意外連接上地球人了，彼此還能交易那麼多東西，這在總部的文獻上可沒有前例。」夏佐低頭靠近她，伸手摸了摸她的臉，「……給我吧，尤朵拉。」

尤朵拉難得閃開了他的碰觸，似乎快要哭出來了，「不要！去了，你就會永遠待在地球！」

「我會引誘邪靈開啟往塔特星的通道，我認為它一定有那種能力。」

「幹嘛一定要去？反正它現在在地球，也來不了我們這搗亂！我們只要多送安希音一點法寶，總有辦法可以治它！」

夏佐搖了搖頭，「把那些法寶給沒有靈力的地球人使用，怎麼可能殺得死它。殺死它，它這些年吸收的所有靈力才會被釋放。」

「我不需要那些靈力！我只要夏佐你……」一直留在她身邊。

尤朵拉沒把話說完，只因為她需要用所有力氣才能忍住眼淚。夏佐望著她僵硬的小臉，表情忽然柔和了下來。她沒見過他這麼溫柔的樣子，若有，也一定是在睡夢中。

或許，夏佐除了反覆做那場惡夢外，也曾經做過全家團圓的天倫之夢吧。

這時，夏佐朝她伸出了手，似乎在等著她把手心放上。

「尤朵拉，過來。」

「……」

尤朵拉還在猶豫，她總覺得跨出這一步，夏佐就會永遠離開她。但她最親愛的夏佐一直望著她，那隻等待的手映入眼中，溫柔近在咫尺。自從長大後，夏佐總是對她疏離，從未像現在這樣似乎對她有所留戀——

她緩緩伸出了手。

可就在兩人的手交握的同時，夏佐卻突然半蹲下身子，痛苦地皺起了眉。沒多久，他的額上便流下了一滴冷汗，指尖甚至微微顫抖。

「夏佐！你還好嗎？」尤朵拉察覺了異狀，連忙急問。

夏佐沒回答她，但他的樣子尤朵拉再熟悉不過——

靈魂互斥。

在夏佐吸收了龍魂的碎片後，由於那力量太過強大，每隔一段時間夏佐的靈魂便會出現與龍魂互斥的現象。在他剛和龍魂融合的那年，幾乎每周就會出現一次這狀況。隨著年齡漸增，夏佐的靈魂逐漸適應強大的靈力，頻率這才慢慢減少。

距離上次靈魂互斥，已經是一年前了。而這情況，只有一個方法能解。

幻化出真身的尤朵拉，以獨角獸之姿載著虛弱的夏佐回到初始之地——

仙獸森林，她的故鄉。

此時的森林已成一片廢墟，裡面有太多被魔物屍體汙染的草木，花上幾百年也清不完。不過，尤朵拉的目的地不是這裡，而是位於森林深處的龍穴。

那裡仍舊存有遠古青龍始祖所留下的防禦結界，以及能夠恢復龍魂精力的天然龍脈。夏佐只有在這裡休息，才能舒緩來自靈魂深處的痛苦。

每次當夏佐的靈魂產生互斥時，都是尤朵拉將他帶來這裡休息的。這裡無人能打擾，只有身上擁有四靈力量的生靈才能進入。

因此，將夏佐的身子溫柔地放在龍脈之上後，尤朵拉也放心地變回人形，坐在一旁陪他。

「……這次要多久？」夏佐的嗓音聽起來像在自嘲。

「不久吧，你恢復的速度愈來愈快了。」尤朵拉也很慶幸他們能暫時迴避去地球的問題。

不過夏佐似乎不想拖時間，開口說：「妳先聯絡一下安希音吧，我想請她確認白夢婷的狀況。」

「那、那你不可以搶走覓蹤書卷！」尤朵拉的臉皺成一團包子。

「我現在這樣子連妳都打不過。」夏佐沒好氣地說。

「……好吧。」她懷疑夏佐在嗆她，但她沒有證據。

尤朵拉拿出覓蹤書卷，熟練地開啟通訊，正巧，安希音馬上就回應了。看起來他們那裡是大白天，塔特星卻才剛剛日出。她其實不太確定兩個世界的時差，但每次開啟通訊時好像都不一樣。或許覓蹤書卷在連接通訊的過程中，出現了時空扭曲的現象吧。

「安希音！妳能讓我們看看白夢婷本人嗎？用妳的『手機』試試。」

『哇，你們這又是在哪裡？看起來好漂亮。』

安希音被背景的龍穴吸引，空氣中漂浮著點點淡青色光芒，就像星空一樣。

「唔……說來話長，我們正在龍穴休息。不過，我對邪靈的事情有眉目了，希望可以藉由通訊看一下白夢婷，最好是能直接對話，我們才能得到更多情報。」

『這樣啊，我也很想幫忙，但最近白夢婷擅自脫離我們工作室，要找她得花一點時間……咦？你說她在開直播？』

尤朵拉發現安希音正在和旁邊的男人講話，仔細一看，那人長得標緻清俊，手上似乎也有一台「手機」。他的身子靠得離安希音很近，看起來關係匪淺。那是不是就是她的老闆？

以前尤朵拉其實也從畫面看過安希音的老闆，但他似乎相當注重安希音的隱私，在她與安希音進行通訊時，他總會避開一些，移到別處做事，因此尤朵拉只看過她老闆的背影和側臉。

仔細看過她老闆的臉之後，她才發現他似乎就是之前安希音傳給她的影片中的直播主「商天陽」。

當這名字浮現在尤朵拉的腦中時，覓蹤書卷上也緩緩地浮現出三個閃爍的紅字，寫著商天陽的名字。

忽然，本來還虛弱地躺在一旁休息的夏佐，竟伸手一把搶走覓蹤書卷。尤朵拉還以為他要啟動傳送功能，沒想到他只是一臉不爽地盯著商天陽。商天陽根本沒看他，而是拿著自己的手機跟安希音說話。即使如此，商天陽好像還是能感受到一道不友善的視線。

「夏佐，你幹嘛瞪人家？」尤朵拉小聲地說。

「不然要瞪妳嗎？」夏佐回頭看她，臉上盡是陰森的笑意。

呃，當她沒說。

安希音和商天陽交頭接耳了一陣子，確認了一些事後，安希音才又把手機拿近自己的臉。

『好消息！本來我還不知道要去哪裡找白夢婷，但這女人剛才在自己頻道開了直播，地點就在附近展覽館的美妝展裡。喔，她的臉好像又更不自然了……總之，天陽哥現在要開車載我過去，我十幾分鐘後再聯絡妳。』

得到尤朵拉的回覆後，安希音便結束了通話。兩人在龍穴中靜靜等待，沒過多久，事情就有了進展。

「夏佐，你看！那就是被邪靈控制的白夢婷。」尤朵拉之前是透過照片看過白夢婷的，但夏佐沒有。

夏佐靠近一點看了畫面，不久臉就皺了起來。

「怎麼了？」尤朵拉好奇地問。

「那女人……我不喜歡。」他聳了聳肩。

夏佐雖然對大多數女人都毫不關心，但這麼直白地說出這種話也算是頭一遭。尤朵拉忍住笑意，正想繼續跟安希音說話，夏佐便代替她開了口。

「你們提過的那本寶書就掛在她的腰上。」

聽了夏佐的話，安希音似乎有點意外。不過，白夢婷的身上也就那個腰包能裝東西，或許他是猜到的吧？

商天陽倒是馬上接了話：『有可能，她一直緊抓腰包的背帶，好像怕什麼東西被搶走一樣。』

「找機會跟她說話吧，我需要向那個邪靈套更多話。」夏佐的語氣聽來雖然有些強硬，但兩人並不會感到不舒服。他們意識到這個叫夏佐的人是能消滅寶書的有力人選，連忙更起勁地幫忙他。

就在商天陽和安希音正商量著要怎麼向白夢婷搭話時，白夢婷似乎在那一瞬間注意到了他們。她的反應很大，退後兩步後直直望著他們，嘴裡像在呢喃什麼。

「她是在跟寶書說話？」尤朵拉猜想。

『希音，走吧，她好像暫停直播了，這是個好機會。』

安希音點了點頭，跟著商天陽前進，在距離白夢婷幾步之遙時，白夢婷像是什麼事都沒發生一樣，高亢地向商天陽打招呼。

「陽哥哥！難不成你是來找我的嗎？我好高興喔！」

上次她在節目現場鬧得這麼難看，現在竟然還對商天陽這麼親切？看來她最近真的是走投無路了，還沒物色到下一個高富帥人選。

安希音在心裡猜測，不久便往前一步，打算替尤朵拉和夏佐探探寶書的虛實。

「白夢婷，妳今天來美妝展工作嗎？」

白夢婷立即變了臉色，「關妳什麼事？滾遠一點，不要來打擾我和天陽哥。」

安希音也不拐彎，直接出言刺激她：「妳包裡裝了什麼？我看妳抓得那麼緊，不會在美妝展上面偷了什麼東西吧？」

平時安希音不會這麼說話，但她想直接讓寶書被逼急了現身，反正尤朵拉和夏佐正在看著，她相信危急時刻他倆會出手幫忙。另外，或許讓白夢婷直接在美妝展上大鬧一場，也可以讓她被更多人注意到，削弱她的氣勢。

「怎麼可能？妳少誣賴我！還有，妳手機在拍什麼？給我放下！」白夢婷注意到安希音的另一隻手正在用手機拍她，氣得伸手打過來——

而尤朵拉和夏佐就在手機的另一端看著。夏佐望著抓狂的白夢婷，忽然開口。

「我知道你在那裡，別躲了。」

在白夢婷聽見夏佐的聲音那一刻，那雙異常大的眼睛竟又發出了紅光，就像監獄裡的那個女人一樣。尤朵拉緊張地抓住了夏佐的衣角，等安希音將手機上的畫面翻轉方向，讓他倆能夠直接面對白夢婷。

『有意思，你竟然真的找來了？』

白夢婷的嗓音再度變得粗啞低沉，發著紅光的眸子正直直地盯著安希音手中的手機。這詭異的狀況，連安希音和商天陽都有點嚇到了。

『你早該和他一起死！不過，之後再死也不遲。至於你身邊那隻小獨角獸，也早晚會被我吃掉。』

邪靈的語氣極其輕蔑，甚至比附身在監獄那女人身上的破碎靈體還要有條不紊。夏佐聽它提起尤朵拉，不自覺地拉著她退後一點，卻也讓邪靈看清楚了兩人身後的風景，辨認出那是何地。

這時，白夢婷的臉忽然變得猙獰，扯開了嗓子大叫：

『你為什麼會在那裡！你……你找到了？你去那裡，難不成是在挑釁我？滾！給我滾！我要把你們全部殺光！』

本來尤朵拉還聽不懂那傢伙的意思，但就在白夢婷失控的同時，夏佐腳下的地脈卻發出了陣陣地鳴。沒過多久，整個龍穴便開始震動，尤朵拉焦急地想保護夏佐，卻在轉身時恰巧見到原本呈現半透明狀的淡青色龍脈深處，竟發出了詭異的紅光！

「夏、夏佐！」她大叫。

「……有東西在下面！躲開！」夏佐抱住尤朵拉，艱難地往後再退了幾步。

天地搖晃，宛若末日。

尤朵拉眼睜睜看著孕育過無數青龍生命的龍脈，竟被詭異的暗紅色漩渦刨出了一個大洞。她根本看不出那是什麼形體，抑或那東西根本沒有真正的形體。

那不明的暗紅色漩渦就這麼飛到龍穴上方，散發著極其詭異的氣息。

「是那傢伙！難道它的本體是……」

夏佐已經搞不清楚那到底是不是邪靈的本體，又或者在地球的那個才是，但他可以確定的是，他不能讓這東西逃走！

『喂！尤朵拉、夏佐，你們沒事嗎？喂！』

「夏佐！你去哪！」

不理會尤朵拉和安希音的喊叫，夏佐在手中凝聚出好幾道風刃，往暗紅色漩渦射去！但那東西似乎一點也不戀戰，閃避了幾次後便繞過他們，往龍穴的出口飛去。

夏佐見狀，抬腳就要追，卻被尤朵拉從身後抱住。

「不可以！你現在太虛弱，我們去找總部支援！」

「要是現在讓它逃走，妳的力量可能永遠也回不來！」夏佐激動地回頭大吼。

說實話，夏佐對穿越去地球一點把握也沒有，現在好不容易有機會找到更多的線索，他怎麼可能錯過！

尤朵拉焦急地猛搖頭，「我不在乎力量，我……」

「我找了好幾年，這些年不斷在世界各地找它的蹤跡，怎麼可能在這裡停下！尤朵拉，我們不能讓它逃跑！」

夏佐罕見地失控，青色的眸中布滿血絲，尤朵拉覺得自己只要一放開他，就會永遠地失去他。

可她，也終於明白了他多年以來對她的心意——

冷漠疏離並不是無情，而是最溫柔的守護。

嚴密的監控並不是將她視作物品，而是太害怕失去。

他每一次的獨自遠行，都是為了她而走的。

尤朵拉將他轉過身來，從正面深深抱住了夏佐。下一秒，她的身上散發出淡淡的白色光點，在兩人的周圍形成了一道透明屏障。待在屏障中的夏佐，感覺自己就像泡在月光般冰涼的湖水中，溫柔治癒，如夢似幻。

她一向是他的療癒。

在夏佐掌心凝聚的風刃漸漸平息下來，他緩緩地閉上眼睛。可擁抱著他的尤朵拉，卻在此時落下了一滴冰涼的淚。

尤朵拉：如果這是一輩子，那這樣就夠了。

章七　安秘書未知世界之外

美妝展過後，白夢婷又消失了，安希音和商天陽完全找不到她的行蹤。

在見過白夢婷眼冒紅光、聲音粗啞，彷彿換了一個人的異常狀況後，安希音和商天陽就更加戒備，生怕這個被「不知名惡魔附身」的女人又鬧出什麼事情來。

只是他們等了幾天，都沒再得到她的消息，就連她的YouTuber頻道也沒有再開啟。

直到一天，金大少匆匆忙忙地跑來工作室。

「商哥、商哥！你知道我前天遇到什麼嗎？我見到白夢婷了！」金大少直接闖進商天陽的辦公室，臉上滿是驚恐和害怕。

雖然已經在警察局裡說了一遍，但是他遭遇的情況真是太恐怖了，一定要再找同樣是受害者的商天陽說一說！

「上次回去以後，我就把白夢婷的事情跟我爸媽說了。他們帶我去找了好幾位大師，跟他們買護身符、驅邪手串……」

「我就將那些東西戴在身上，白夢婷打電話給我我都不接，在家裡躲了一陣子，後來她沒再騷擾我了，我想說她應該放棄了。」

「前天是我一個朋友生日，他在飯店舉辦生日趴，約我去參加，我就去了。」

「結果白夢婷竟然出現在那裡！」

金大少的眼睛瞪得大大的，用誇張的表情來表現他的震驚。

「我明明跟我的朋友說了白夢婷的事情，讓他們注意一點，避開她，結果還有人帶她過來！」

「你知道帶她過來的人是誰嗎？是葉子！我的好兄弟葉子！葉子你也見過，長得高高壯壯其實膽子很小，連恐怖片也不敢看。可、可是他竟然在聽我說了白夢婷操控我的事之後，帶著白夢婷出現在朋友的生日趴上！」

金大少激動地把那天的事情說了一遍，還順道說了自己拿出淨化水解救兄弟的事。

「你不知道，白夢婷被噴霧罐噴到的時候，就像被潑了硫酸一樣，整個人慘叫，皮膚發紅、變黑、起水泡……而且她的臉、手跟皮膚還融化了！」金大少滿臉驚恐地抱住自己，渾身寒毛直豎。「就像是把熱水淋在塑膠上一樣，就、就融下來，整個人掉了一層皮！」

媽呀！那個畫面實在是太恐怖了，參加生日趴的人都被嚇跑了，他跟葉子跑去警察局報案，在警局待了一天一夜。

「我跟葉子跑去報案的時候，警察還不相信！說現在是什麼時代了，怎麼可能會有邪術？他們還以為我們嗑藥了，要帶我們去檢查！」

「那你們是怎麼讓警察相信的？」商天陽問道。

「生日趴有人直播，剛好有拍到，警察看到直播才相信的。」

「他們有說要怎麼處理嗎？」一邊旁聽的安希音詢問道。

「局長說，這個案子他們辦不了，會轉給專門處理這種事的單位。」提起此事，金大少蒼白的臉色這才恢復些許血色。「沒想到真的有專門處理靈異事件的單位！我還以為那都是小說裡頭虛構的！原來世界上還真的有特殊能力的人啊？」

金大少雙眼發亮、滿是憧憬，恨不得自己也能成為其中的一份子。

「那真是太好了！」聽到有「專業人才」負責白夢婷的事，商天陽跟安希音都鬆了口氣。

身為被白夢婷仇恨和騷擾的一員，他們真心希望這件事情盡快落幕。

「你有見到那個特殊單位的人嗎？」

「他們什麼時候會處理啊？」

「不知道。」金大少兩手一攤，「我離開警局的時候，他們才把案子送出去，也不知道什麼時候才會處理。」

「希望能快一點。」安希音不安地說道。

她隱隱有一種預感，這件事情要是拖得愈久，問題就會愈大！

「對了！」金大少像是想起什麼般，突然拍了一下桌面，「受傷不是會流血嗎？白夢婷受傷以後，流出的血很黑、很少，而且還冒著黑氣！我還看到有一些黑氣飄進其他人身體裡！」

之前去警察局報案的時候，他跟葉子沒有提起這件事。

並不是故意隱瞞，而是他們都被那非人類的場景嚇傻了，只記得白夢婷「皮膚融化」的模樣，其他的細節全忘了，直到現在跟商天陽複述才想起來。

「那些人不會有事吧？我需不需要再回警局跟他們說這件事啊？」金大少猶豫著。

「去說吧！說不定他們看了會加快速度處理！」商天陽催促道。

「那我走了，有新的消息再跟你們說。」金大少起身離去。

金大少離開後，不安的安希音拿出手機，想要跟尤朵拉通訊。

「找尤朵拉做什麼？妳又要買東西？」商天陽湊過來，看了一眼她的手機畫面。

「我總覺得很不安，想跟尤朵拉打聽一些消息。」

尤朵拉似乎在忙，沒有任何回應。

安希音乾脆將那場生日趴的直播畫面剪輯一下，把白夢婷遭受攻擊「變身」的畫面截取下來，傳給尤朵拉，再輔以文字敘述，說明當晚的經過，之後再說出她的擔憂。

「妳覺得白夢婷變厲害了？」商天陽看著她傳訊的文字，理解了安希音的不安源頭。

「對。她之前被我們噴灑淨水，臉上受了傷，臉部的皮膚嬌嫩，受傷都要很長的時間才能恢復，她才沒過多久就恢復如初，而且容貌還變了，像是經過微整形一樣……」

按照白夢婷的受傷和「微整形」程度，她的恢復時間至少也要一、兩個月才行，怎麼可能這麼快就恢復完全？

「我不知道她是怎麼讓自己這麼快恢復的，但是按照我們看的那些靈異電影，主角想要獲得美貌、金錢、名利，都是要把一些東西『獻祭』給惡魔……」

「妳覺得她殺了人？」商天陽接口說道。

或許有人會獻祭自己的靈魂、愛情給惡魔，但是按照白夢婷的性格，她肯定不會讓自己吃虧。

「不一定是殺人，或許是殺死動物或是讓她討厭的人倒楣。」

安希音希望白夢婷不要走到殘害生命的那一步，如果一個人連生命都能漠視，那麼她還會對什麼有敬畏呢？

「我就是想問問尤朵拉，看看他們那裡有沒有類似的情況，如果要獻祭，都是獻祭一些什麼，這樣我們也有目標搜尋。」

「生日趴的畫面你也看到了，她的臉和肌膚像是融化了一樣，這樣的傷勢應該算是很嚴重的吧？如果要獻祭東西，肯定要獻祭很多吧？那我們就可以提供線索給辦案人員，讓他們多多關注了。」

安希音說明了自己的想法後，手機正好響起鈴聲，看來是尤朵拉回覆了。

『那傢伙急了！它開始在地球吸收生靈了！你們地球人沒有什麼辦法能對付它，要是它繼續作亂，肯定會在你們的星球造成巨大浩劫，到時候……』

尤朵拉還想繼續說，卻被夏佐的話制止了。

『她被操控的程度比之前還深，或許是寶書的力量增強了……淨魔棍帶著，小心為上。』

「所以，白夢婷真的獻祭了什麼生命給寶書嗎？」安希音著急追問。

『那東西是十幾年前在我們這裡作亂的邪惡體，它獲得力量的方式便是操控宿主、控制宿主的心智，再想辦法利用宿主取得可以吸收的生命或力量。看那影片的情況，白夢婷應該是協助寶書吸收了某些生靈，才能在短時間內恢復自己的狀態。』

擔心安希音他們不了解，夏佐詳細地說明完畢後，還問他們有沒有哪裡聽不懂。把這些日子對「寶書」掌握的所有資訊都告訴安希音之後，夏佐又出聲問了一句。

『法器還夠用嗎？』

「夠了。」商天陽態度自然地開口插話，笑容滿面地說道：「最近白夢婷都沒有出現，我和希音都只配戴檢測的水晶在身上，上次跟你們買的那批都還沒使用，要是不夠用，我們會再跟你說，謝謝。」

事已至此，安希音也在不久之前讓商天陽和夏佐、尤朵拉接觸，雖然他仍舊不怎麼明白「塔特星」的事，但也和安希音一樣信任他們。

可是這並不表示商天陽對夏佐毫無戒心。

聽著回話，夏佐沉默地看了商天陽幾秒，商天陽挑了挑眉，毫不迴避地跟他對望。

『目前看來，你們的世界應該不存在靈力與法術能量，所以寶書無法吸收地球人的「靈力」來壯大自己。』

夏佐無視了商天陽，面色沉穩地對安希音說道。

『在地球上，唯一可以補給它的力量的東西，就是生命的靈魂。』

『白夢婷受傷後，如果想要恢復如初，就必須為寶書找來地球人或仙獸，讓寶書吸收這些生命的靈魂。』

『那段影片中的白夢婷傷勢很嚴重，寶書需要的能量肯定不少，你們可以查找最近有沒有大量仙獸或地球人失蹤的資訊。』

「仙獸……你是說動物嗎？好，我們會注意的。」安希音點頭回道。

『那傢伙很狡猾，調查過程中務必隨時攜帶法器，否則你們很有可能會被吸收掉。』

夏佐今天難得多叮囑了他們幾句，或許是因為和安希音他們逐漸變熟的關係。

「好，我會的。」

雙方通話結束後，商天陽漫不經心地飄來一句。

「他還挺關心妳的啊，囉囉嗦嗦說了一堆……」

語氣有點酸，像是吃了一斤的檸檬。

安希音困惑地看商天陽一眼，不明白他怎麼突然這麼說。「嗯，夏佐其實人很好……」

外表看起來冷漠，卻會熱心地為他們想辦法，是個外冷心熱的人。

商天陽陰陽怪氣地輕哼了一聲，便轉過頭去處理他的工作。安希音眨了眨眼，搞不懂商天陽變化的情緒，見他沒有繼續交談的想法，便埋首處理工作。

「希音是不是喜歡夏佐？」

一聲熟悉又強烈的心音傳入安希音耳中，把她震得有些茫然。她轉頭看向心音主人，商天陽依舊緊盯著螢幕畫面，十分專注地工作著。

只是他的心音卻不是這麼一回事。

「不，那小子冷冰冰的，根本就不溫柔體貼，希音不可能會喜歡那種性格！」

「談戀愛還是要找溫柔體貼、性格開朗好相處的人，比如……」

「可惡，為什麼我會這麼生氣？」

「為什麼……我會希望那個人是我？」

「咦？希音的臉怎麼紅了？」

「希音？妳怎麼了？身體不舒服嗎？」

安希音聽心音聽到一半，才發現商天陽正抬頭盯著自己看。

「啊？可、可能是太熱了，我出去買杯飲料！」

意外窺探到商天陽對自己的感情的安希音，慌慌張張地跑出辦公室。

安希音：我為什麼臉紅，難道你不知道嗎？

＊＊＊

一個月的時間轉瞬即逝，白夢婷就像人間蒸發了一樣，不管商天陽和金大少如何探聽，都打探不到她的行蹤。

「她到底跑去哪裡了？」金大少坐在商天陽的辦公室內，納悶地撓頭。

雖然說，白夢婷不再騷擾他，他很高興，可是見過白夢婷詭異的一面後，只要她一天沒有被警方抓到，他就一天不能安心。

他很怕自己會遭受到白夢婷的報復。他更怕家人會被他連累，一同被白夢婷殺死！所以這段時間他一直在留心打探白夢婷的消息，希望能給警方提供情報。

「我那些朋友都說沒再見過白夢婷，警察去她的租屋看過，人也不在那裡，鄰居和房東也說很久沒有看見她。」說到這裡，金大少突然壓低聲音。「警察說，在白夢婷的租房發現很多血跡反應。」

白夢婷殺生後，自然有清掃地板上噴濺的血跡，不過她只是用清水隨便拖一拖，並沒有使用清潔劑仔細刷洗，所以還是能被警方發現血跡殘留。

「經過檢測，警方發現那些是動物的血。他們調查了白夢婷的生活軌跡後，發現她有一段時間經常購買寵物，不過我們詢問她的鄰居，他們都說沒有印象白夢婷有養寵物。」

「鄰居大嬸說，她有聽到貓、狗的叫聲，但是那些聲音只是叫了幾聲就沒了，她以為是外面街上的流浪貓狗……」

「大嬸還說，她沒有見到白夢婷帶狗出門過，也沒見過她買動物飼料或是倒過貓砂，而且她家裡很安靜，平常都沒聽見動物的叫聲。」

白夢婷的租房是老樓房，隔音效果並不好，這家有動靜，同一層樓、甚至是樓上樓下都會聽到。

要是白夢婷有養寵物，住在隔壁、整天都待在家裡的大嬸不可能沒聽見動靜。

「所以白夢婷買寵物……帶回家殺死？」安希音難以置信地問。

雖然他們曾經做過這樣的猜想，但是實際聽到白夢婷真的殺死了生命，還是讓安希音相當驚愕。

「是啊，我本來以為她只是虛榮一些、手段邪氣了點，沒想到還是一個虐貓虐狗的心理變態。」金大少唏噓地搖頭。「因為白夢婷有殺害動物的舉動，所以警方那邊對她的戒備也提高了。」

生命是人類道德的底限。既然白夢婷已經對動物下手，那麼她以後對人類下手也不是不可能。

「真希望『異管局』可以快點找到她！」金大少頭皮發麻地說。

「異管局？」

「那是什麼？」

「哎呀！我忘記跟你們說了！」

金大少拍了一下自己的額頭，他今天過來就是要跟商天陽他們說這件事，只是之前跟他們聊著聊著話題就偏了。

「異管局全名『異常管理局』，就是我跟你們提過的特殊部門，專門處理各種靈異事件、異常事務的特殊機構！昨天他們來找我了！」

提起這件事，金大少隨即一臉興奮。

「我本來覺得他們效率挺差的，這麼久都沒有聯繫我，後來才知道，他們跟警局交接案件以後就直接去找白夢婷了，因為一直沒找到她的行蹤，這才回過頭來詢問認識白夢婷的人……」

若是按照一般的調查行程，接到案子後，應該要找來當時接觸過白夢婷的人，詢問事件發生時的相關經過，釐清整件事情的狀況。

可是這是偏向靈異類的特殊案件，現場的目擊者都是一般人，他們看到的只是事件的「表象」，看不見隱匿其中的特殊手段，所以異管局在接獲案件後，會直接前往現場調查，查看殘留下來的各種能量痕跡，在用過他們的手段調查卻沒有頭緒後，才會回頭找事件的目擊者、當事者以及認識白夢婷的人。

「你們看過『MIB星際戰警』嗎？異管局跟它有點類似，只是他們負責的對象是靈異事件，不是外星人。」

「異管局的成員有普通人、鬼差、靈媒、道士、乩童……還有一些天生具有特殊能力的人！」

「沒有妖怪嗎？」商天陽好奇地插嘴。

「沒有。」金大少同樣問過這個問題，「我本來也以為世上有妖怪，畢竟小說都那麼寫嘛！不過他們說，現在處於末法時代，靈氣相當稀薄，血統純正的妖怪需要吸收大量靈氣成長，根本存活不下來。」

「但是這並不代表現代就沒有妖怪了，一些妖怪血脈稀薄的混血人類依舊存在，就是我剛才說的『有特殊能力的人』，他們的力量不強大，跟普通人差不多。」

「異管局跟我聯繫的時候，也幫我檢查過了，我身上沒有不好的東西殘留，過兩天他們應該也會來找你們。」

所有受害者都需要進行檢查，確定白夢婷沒有留下什麼「後手」在他們身上，而商天陽和安希音是白夢婷最初接觸的對象，自然也被列入觀察名單之中。

安希音聽說尤朵拉曾見過一個靈魂中殘留著邪靈碎片的女人，她說那鬼樣子只能用慘不忍睹來形容……

唉，現在她只希望自己和商天陽一切沒事！

安希音：特殊能力？難不成……我也是混血人類？

＊＊＊

「你們好，我們是異常管理局成員，我叫做池丹錦，他是林百福。」

隔天，商天陽的工作室迎來了兩名異管局成員。一男一女，男生相貌英俊，氣勢有些凶悍，讓人不敢輕易接近，女生容貌甜美，氣質也比較溫和。

「你們好，我是商天陽，她是我的助理安希音。」

簡單介紹後，雙方直接進入正題。

「請你們將遇見白夢婷後發生的事情描述一遍。」池丹錦說道。

他們手上並沒有商天陽他們和白夢婷相處的相關資料，所以需要從頭問起。

「一開始，她自稱是時尚主播，想要跟我們工作室簽約，不過因為她的履歷和頻道數據有造假嫌疑，所以我們拒絕了她……」

商天陽讓安希音將白夢婷當時的履歷表找出來，作為證據給異管局的人查看。並將白夢婷操控了自己，強迫他簽下她的事情說得鉅細靡遺。

「你有喝過或是吃過她給你的水、飲料或是食物，或是配戴過她送你的東西嗎？」林百福詢問時，目光在商天陽身上的各種開光飾品一掃而過。

「在水和食物中放符，把施了法的東西給對方配戴，都是常見的控制手段。」

安希音聽到林百福心中的想法，明白了他詢問的原因。

「沒有。」商天陽很肯定地搖頭。

「那她知道你農曆的生辰八字，或是曾經取得過你的血液嗎？」林百福緊接著詢問。

「應該……沒有。」商天陽面露遲疑，「我沒有受過傷，也沒有公開過我的農曆生日，但是網路上有可以推算的軟體，她如果拿著我的國曆生日去推算……」

「只是日期的話，無所謂。」池丹錦安撫道：「只要你的出生時間沒有被她拿到，就不會有問題。」

商天陽頓時鬆了口氣，「那就沒有了。」

常見的操控手法都找不出線索，林百福和池丹錦互看一眼。

「難道她有特殊能力？」

兩人默契地用眼神交換訊息後，又讓商天陽繼續往下陳述。這次，他把自己戴上了開光法器、各式各樣防禦飾品的事情也都說了。

「就是你們身上配戴的那些？」池丹錦看著他們身上的水晶飾品。

「上面的能量很特別。」這麼一句不知道是好是壞的評價，讓偷聽心音的安希音緊張起來。要是被他們發現這是另一個世界的東西，他們會不會追查到底？

幸好，池丹錦緊接著的心音讓安希音放寬了心。

「前輩們說得沒錯，世上的神秘存在很多，我們看見的只是冰山一角。」

「水晶上面的能量感覺挺舒服的，不知道能不能托他們買一些？」

「這些水晶飾品是跟一個朋友買的。」安希音插嘴說道：「她那邊也不多。」

雖然她也可以充當中間人代買，但是尤朵拉和夏佐曾經說過，他們之間的聯繫是偶然串連起來的，不知道能夠維持多久，要是異管局的人買了覺得好用，想要長期合作，甚至是直接跟尤朵拉他們溝通，那她要去哪裡找一個尤朵拉給他們？

為了避免後續的麻煩，安希音決定隱瞞這件事。

「真可惜，這飾品還挺好看的。」幸好，池丹錦只是惋惜一聲，沒有再多糾纏。

「我朋友還送給我們淨水，之前白夢婷糾纏我們的時候，我就用淨水……」

「你們使用的淨水，跟金大少他們使用的淨水一樣嗎？」池丹錦插嘴詢問。

「是一樣的。」商天陽和安希音雙雙點頭。

「白夢婷被噴了淨水以後，她的臉像是被燙傷一樣，變得很紅、還冒出水泡，身上也冒出黑霧，聲音變得很粗啞，像是男生的聲音……」

「那她應該是被附身了。」林百福點了點頭，順手在手機上記下這一點。

「可以讓我們看看你們使用的淨水嗎？」池丹錦客氣地詢問。

「可以。」商天陽拿出噴霧罐給他們看。

池丹錦拿起噴霧罐朝空中噴了一下，觀察一會兒後，她又拿出一個密封袋，往袋子裡噴了幾下。

「這淨水的能量很純淨，不輸我們局裡用的淨化物品，我拿回去給局裡的研究人員分析，看看能不能研究出些什麼。」

「對了，白夢婷操控人心的工具可能是一本書！」安希音點了點頭，為了給對方更多資訊，她也將她看見的記事本外觀描述了一遍。「她好像會在那本書上寫一些類似劇情的東西，被她操控的人就會按照上面的劇情演下去。」

安希音努力回想，將這些以前忽略的細節從記憶中翻找出來。

「用寫劇情的方式操控人嗎？」池丹錦頗為訝異。

「能夠操控人的書，應該可以用火對付，不過也有可能是偽裝……」林百福在手機上記錄了這一點，並在上面打了個星號和問號。

「你們是白夢婷第一個盯上的目標，她很有可能會再來找你們。」池丹錦遞出名片給他們，「要是白夢婷出現了，或是你們遇到危險，可以打電話給我們。」

「『神巡攝影』？不是異管局嗎？」商天陽念出上面的公司頭銜。

「就算是異管局，也不能直接將名字印在名片上吧！」池丹錦笑道。

林百福也附和道：「異管局旗下有很多部門，我們隸屬於神巡攝影，主要負責巡視人間和陰間的邊界……」

「神巡攝影也有負責一般民眾的業務，像是網拍、家庭或團體拍攝、婚紗拍攝、雜誌拍攝之類，你們要是有這方面的需求，也可以找我們。」池丹錦笑嘻嘻地為自家公司拉業務。

「哈哈，好，以後我們需要拍照的時候，就找你們！」商天陽笑著答應。

「要是我們遇到危險，電話打不通，或是沒辦法打電話求救的話，還有辦法聯繫你們嗎？」安希音緊接著詢問。

這種情況電影中經常出現，主角約定好了求救信號，卻在意外發生時因為各種原因無法獲得救援，陷入更緊張的險境。

安希音可不希望有這種情況發生。她跟商天陽又不是主角，有化險為夷的光環存在，要是真的發生意外，說不定小命就沒了！

「也對，我做兩條定位手環給你們吧！」

林百福從背包中拿出兩張符紙，紙張的正面用紅色朱砂勾勒著圖案，背面還有一排條碼。

他拿出手機往符紙的條碼上一掃，進行記錄後，再將符紙折成長條狀，並且盤成手環模樣。

「我已經開通定位了。」林百福將手環遞給商天陽和安希音，「把它戴在手上，遇到危險就把它拉斷，或是破壞掉它，我們就會知道你們遇到危險了。」

「接到通知訊息後，你們大概多久能趕來救我們？」

「只要半途不出意外，十分鐘內都能趕到。」池丹錦給出確切時間。

「鈴——」林百福的手機突然響起。

林百福接起電話，聽了幾句後，臉色瞬間轉變。掛上電話後，林百福對現場三人說道。

「發現兩具屍體，他們都是被抽乾了血液死去的，現場殘留的『痕跡』跟白夢婷房間的十分相似。」

聽到有人死亡，商天陽和安希音的臉色也變了。

案件有了新進展，兩名異管局成員匆匆忙忙地前去調查，商天陽和安希音心緒複雜地坐在辦公室裡，對著電腦大半天，卻連一件工作也沒有處理……

安希音：原以為白夢婷只是偶像劇迷，沒想到卻變成了殺人魔！

＊＊＊

有句話是：你永遠不知道，明天和意外哪個先來？

白夢婷沒出現，也沒被異管局的人找到。就算心中忐忑，生活還是要過。商天陽和安希音按部就班地工作、生活，該上節目就上節目，該參加聚會就參加聚會。

然後，他們就在一個聚會上遇見了「失蹤人口」白夢婷了。

說「遇見」其實也不準確。這場聚會是富二代為了向朋友們介紹自家女朋友而舉辦的，富二代出手闊綽，特地包下了一間可以欣賞夜景的餐酒館，白夢婷便是富二代的女朋友。

順帶一提，此時穿戴一襲名牌禮服出現在聚會中的白夢婷，外表完全換了一個人。之前的她，樣貌只能說是小家碧玉，精心打扮後，能給出七十幾分的分數，不是很亮眼、能讓人一眼就關注到的美人。

而現在的她，完全像是精心修圖後的混血系美女。

小臉、大眼、雪白肌膚，豐胸、細腰、大長腿……幾個世人對於美女的認定標準她都有。

只是白夢婷的審美似乎是受到修圖的影響，各個項目都有過之而無不及。

皮膚死白、完全看不見毛細孔，鼻子太過尖挺，臉和眼睛的比例相當奇怪，臉太小、眼睛太大，身材更是完全不符合正常的身體結構。比網路上曾經瘋傳的「耗費巨資整容的真人版芭比」還要誇張！

在這情況下，安希音是怎麼認出白夢婷的？

當然是聽她的心音啊！

一開始她也沒有注意到宴會的主角就是白夢婷，是她跟著商天陽前去向宴會主人打招呼時，一陣強烈的心音傳入她耳中，她這才發現的。

「商天陽跟這個女人怎麼來了？誰邀請的？」

「沒關係，我現在變得這麼美，他們肯定認不出我了，不用擔心他們又來破壞我的好事！」

「以前真是瞎了眼，竟然會覺得商天陽適合當我男朋友，呵！」

「之前的仇我還沒報呢！這次我不會放過他們！」

伴隨心音出現的，是白夢婷毫不掩飾的仇恨目光。

「寶貝，我跟妳介紹一下，他是我的朋友商天陽。」富二代微笑著摟住白夢婷。

「你的朋友？親愛的，我以前怎麼沒聽你說過？」白夢婷嬌滴滴地摟住富二代的手臂，似笑非笑地問。

「我們是大學同學，平常很少聯繫。」富二代眉眼溫和地笑道。

不知道是不是安希音的錯覺，她總覺得富二代的笑容相當僵硬，像是刻意擠出來的一樣。

「原來是不熟的那種朋友啊！」白夢婷意有所指地笑著，神情輕蔑，「親愛的，你也真是的，這種不熟的朋友你還要介紹給我，浪費我的時間。」

原本應該調和現場氣氛的富二代，像是沒有看見商天陽變了的臉色，笑著跟白夢婷賠罪。

「好好好，我知道了，以後不會再這麼做了，妳別生氣。」

「哼！」

「上次妳不是看上一個包嗎？我買給妳？」

「這還差不多。」

看富二代的言行舉止，安希音就知道他已經被白夢婷控制住了，她也懶得看白夢婷在那裡指桑罵槐地損人，拉著商天陽就要走人。

他們跟白夢婷是有仇的，要是繼續留下，誰知道她會不會對他們做出什麼事情來！

「等等，你們要去哪裡？」白夢婷叫住他們，不讓他們離開，「我們還在說話呢！你們要走也要打聲招呼再走啊！不說一聲就離開，真是沒禮貌！」

她朝安希音甩了個白眼，又對商天陽頤指氣使地說道。「我要是你，我會馬上辭了這個沒禮貌又長得醜的小助理……」

商天陽嗤笑一聲，無視了白夢婷，而是對富二代同學說道。「同學，你的眼光可是愈來愈差了，你不是最講究自然美、心靈美嗎？這麼一個面醜心黑的女人，你竟然也會看上？不會是被下蠱了吧？」

「誰長得醜了？」白夢婷色厲內荏地怒罵，「我長得這麼好看、這麼漂亮，皮膚這麼白，腰這麼細、腿這麼長，你竟然敢說醜？你才醜！你跟安希音都是醜八怪！瞎了眼的醜八怪！」

「好了，別跟她吵，她畢竟是宴會的主人，走了、走了……」

安希音攔住商天陽，只想快點跟商天陽離開，不想繼續待在這裡。

商天陽也沒有掙扎，順從地牽著安希音的手打算離去。

「誰准你們走了？」白夢婷趾高氣昂地喊住他們，眼睛閃爍著紅芒，「今天可是我的好日子，既然你們都來了，當然要為我慶祝！兩個人都不許走！去那邊的位置坐著吃飯！」

商天陽不想聽從白夢婷的話，但是身體卻不受控制地按照她的命令行動，自動走到附近的空桌處，安安靜靜就坐。

沒被控制的安希音連忙跟上了他，幸好，白夢婷的「命令」只有讓他坐下用餐，沒有控制後續情況，所以在商天陽點完餐點後，身體就恢復了自由。

「我的直覺沒錯！那個女人竟然就是白夢婷？真是長得完全不一樣了，根本認不出來！」商天陽低聲嘀咕，立刻拿出手機向林百福他們傳訊求救。

他沒有安希音的聽心音天賦，沒能在第一時間察覺到白夢婷的身分，但是因為白夢婷的外型實在是太奇怪了，再加上富二代同學一臉木木愣愣的，完全不符合他原本善於社交的表現，讓商天陽察覺出端倪。

後來被白夢婷控制行動後，商天陽就進一步確定了答案。

「她那是什麼審美啊？不覺得弄成那樣很像外星人嗎？」商天陽傳完訊息後，忍不住跟安希音低聲吐槽。

安希音則是想，真正的外星人明明就長得像夏佐和尤朵拉那樣，好看多了！

「以前把自己裝扮成小公主也就算了，蘿莉塔的風格確實很多人喜歡，可是把自己整容成二次元人物，那就很糟糕了。」

眾所皆知，二次元的人物比例要是放到現實中，那是絕對不符合人體結構的！

「行了，別再說了。」安希音抓起一塊麵包塞入商天陽嘴裡，「她跟我們可是有仇的，你以為她不會報復嗎？要是被她聽見你的批評，說不定她就當場把你宰了！」

「……不會吧？」商天陽吃掉嘴裡的麵包，突然覺得背脊發寒，「這裡這麼多人，眾目睽睽之下……」

「呵，你覺得她剛才的態度，像是害怕被人發現嗎？」安希音冷笑。

她可是當著她「男朋友」的面，操控商天陽的行動，周圍還有其他人看著呢！

想到先前聽到的心音，以及她從白夢婷身上感受到的強烈惡意，安希音煩躁地壓低聲音。

「她都殺過人了，你覺得她還會顧忌什麼嗎？」

最基本的道德底限都被她破除了！她還會在乎法律和常人的規矩嗎？

「……」商天陽沉默了。

他默默喝了一口湯壓壓驚，而後又看了一眼手機上的時間。

「往好的地方想，我們還沒吃完晚餐，救兵就會出現了。」

確實，林百福和池丹錦在收到訊息後，立刻驅車趕來，他們抵達餐酒館時，這場聚會才進行到一半，客人們還在用餐聊天。

兩人進入餐酒館後，直接走向白夢婷。

「白小姐妳好，警局有一樁案件需要妳協助配合調查。」林百福冒充值勤員警，拿出證件在她面前晃了晃。

白夢婷的神情恍惚了一瞬，乖乖地站起身，準備跟隨林百福離開。

只是她才走了兩步，手提袋中突然湧出大量黑霧，黑霧纏繞到白夢婷身上，讓她很快就恢復神智。

一直盯著她的池丹錦，立刻朝白夢婷舉起手，像是在虛空作畫一樣，雙手的大拇指和食指在空中框出一個方框。

隨著這個動作完成，一面金色方框框住了白夢婷，限制住她的行動。林百福緊隨其後，朝白夢婷潑灑淨水，打算削弱她的力量。

「啊啊啊……」

白夢婷發出高分貝的慘叫，雙手在臉上和身上抓撓，將皮肉都抓了下來。

恐怖的異變嚇傻了現場眾人，賓客們發出驚恐的叫聲，倉皇失措地往外逃。就連先前被白夢婷控制住的富二代也恢復清明，隨著人潮逃竄。

「沒想到這個無趣的世界還有這樣的手段，是我小看了你們……」

白夢婷粗喘著氣，發出嘶啞低沉的音調。

她的眼睛發出紅光，血肉糢糊的肌膚底下冒出如同蚯蚓一樣的黑色紋路，這些黑色蟲子填補了被淨水消除的血肉，讓白夢婷的身軀變成斑斑點點的黑白色，看起來相當詭異。

「妳就別掙扎了，乖乖跟我們回去。」林百福語氣平靜地說道。

「你們弄壞了我塑造的軀殼，毀了我收集的能量……這樣就以為自己很厲害了？」

白夢婷咧嘴笑了。

——是真的咧開嘴，嘴巴裂開到耳朵位置的笑，模樣相當驚悚。

「喔，能量這麼豐沛的靈魂？很好，我損失的能量，就用你們來補吧！」

黑霧突然大量湧現，擠爆了困住白夢婷的金色框架，黑霧凝成像繩索一樣的觸手，攻擊著林百福和池丹錦，就連躲在一旁的商天陽和安希音也沒被放過。

安希音拉著商天陽俐落地閃躲，躲不開的時候就噴淨水逼退黑霧觸鬚。

就算是這樣，兩人還是在躲閃的時候受了傷。商天陽的手被打傷，安希音則是被劃傷腿，導致行動變得緩慢。

「小心！」

觸鬚再度攻擊安希音時，商天陽推開了她，導致自己被觸鬚捆住，被觸鬚拎上半空。

「天陽！」安希音著急地將噴霧罐打開，把裡頭的淨水全部潑向觸鬚，又用淨魔棍不斷擊打觸鬚，卻沒能將商天陽救下。

「碰、碰、碰、碰……」

另一邊正在跟主體戰鬥的林百福，揮舞著拳頭，一拳又一拳地攻擊著白夢婷和黑霧。

池丹錦站在後方輔佐戰鬥，一邊用金色方框將觸鬚切割並消除，一邊伺機攻擊裝著寶書的包包，希望能夠傷害寶書本體。

不管他們現在打得多麼兇猛，只要包包裡的「寶書」沒有受創，他們的攻擊或許都不會對它造成太大傷害。

安希音聽到池丹錦跟林百福的心音後，心一橫，決定以自身當誘餌，協助他們結束這場戰鬥，救下商天陽！

知道寶書在他們世界殺了人後，尤朵拉送給她一個可以重創寶書的淨化水晶，只是這個法器只能使用一次，她必須慎重才行！

「能量，我需要能量！」

林百福他們的攻擊還是有成果的，安希音聽到寶書焦急的聲音，它需要進食補充能量，與此同時，被觸鬚抓住的商天陽被送向白夢婷附近。

寶書想要吃掉商天陽補充能量！

察覺到這一點，安希音連忙裝成要救人的模樣，跑向了白夢婷，並在觸鬚又一次朝她捲來時，裝作無法抵抗，同樣被觸鬚捆住。

「希音！」商天陽憤怒掙扎，卻徒勞無功。

安希音顯然是比商天陽更好的食物，寶書抓到她以後，決定先吃掉安希音。但她拿在手上的淨魔棍，以及身上配戴的防禦水晶卻散發出寶書討厭的氣息，讓它的動作稍微變得遲緩。

安希音抓住這個機會，在靠近白夢婷時，伸手奪過她的手提包，將淨化水晶按在寶書上頭！

強烈的金光乍現，驅散了黑霧，並讓寶書籠罩在金色火焰之中。

「啊啊啊啊啊……該死！該死！」

安希音被白夢婷掐住了脖子，舉到半空中。安希音在她手上掙扎著，還不忘催促池丹錦他們進行攻擊。

「快！趁現在！」

池丹錦立刻又放出幾個金框將寶書牢牢困住，林百福直接扭斷白夢婷的手，把安希音救下。

「可惡！等我回去，你們之後都得死！」

寶書發動了最後的力量，震開了金框和想要捕捉它的異管局成員。

安希音發現寶書要逃了，下意識伸手抓住了它。一陣空間擠壓和扭曲感襲來，安希音竟然跟著寶書進入憑空出現的暗紅色黑洞之中。

「希音！」

商天陽想去拉人，卻還是慢了一步，黑洞已消失在空中。

在絕望之時，商天陽忽然瞥見安希音掉在地上的手機。

「對了！尤朵拉！」商天陽連忙將手機撿起，準備打電話，將這裡的事情告知尤朵拉。「尤朵拉，希音她……」

可在他接通電話時，卻不小心按下拍攝按鍵，將自己的臉照了進去。而後，螢幕上出現「是否要傳送物品」的訊息提醒。

商天陽愣了一下，頓時靈光一閃，按下了「是」的按鈕！

在那一瞬間，商天陽在原地消失無蹤，手機啪地一聲掉在地上，就像是從未有異狀在這裡發生過一樣。

「這是怎麼回事？」

「他們被傳到哪裡去了？」

林百福跟池丹錦茫然地看著已經消失的黑洞位置，決定回去異管局求援。

商天陽：希望希音沒事，不然我……

章八　大小姐只願因你而在

一段時日後，已調查過龍穴無數次的塔特總部，終於將尤朵拉及夏佐喚回仙獸森林。兩人將希格留在辦公室，便前往龍穴與總部的調查人員會合。

在龍脈被「邪惡體」破壞後，龍穴外的結界已經不復存在，也因此調查人員能夠自由進出龍穴，不必經由尤朵拉和夏佐的允許。可尤朵拉擔心的是，萬一夏佐之後又出現靈魂互斥的現象，那該去哪裡復原？

但夏佐本人似乎沒在擔心這事，他一到龍穴便立馬找上調查人員，要他們說清楚真相

原來，在仙獸森林被毀後不久，塔特星上的各處便陸續傳出一些類似「邪惡體」作怪的消息，但當時夏佐年幼，涉案之人又涉及總部，因此高層封鎖了所有消息，甚至等到夏佐成年並成為特戰部上級隊員後，也沒有告訴他和尤朵拉的打算。

根據總部的說法，他們是擔心夏佐因情感而影響自己判斷，因此不打算讓他和尤朵拉涉入仙獸森林的事太深。

自從那年到現在，任職於總部的其他特戰隊員陸續從世界各地找到邪惡體的碎片，並利用各種方法摧毀了它，就像夏佐和尤朵拉在炎海海洞消滅的那一個一樣。

不過，高層一直深信如此強大的邪靈必然還活著，畢竟他們找到的邪惡體都只是「碎片」，以當初在森林中見到的規模量級來看，數量和能量皆遠遠不足。

只是，他們萬萬沒想到——邪靈的本體竟然就在龍穴中！

「我記得勒斯哥哥……在做了那樣的決定後，我就把昏迷的你帶到了龍穴。難道，邪靈也跟了進來，從此潛伏在這裡？」

尤朵拉這話說得艱難，儘管已經是很久以前的事了，當時的痛苦仍歷歷在目。

「……我記得那時候龍穴外是有結界的。」夏佐淡淡地說。

「嗯，但很難說。勒斯哥哥在死去的那一刻，結界之力變得比較薄弱。一直到你醒來，龍魂的力量和龍脈產生共鳴後，結界才又變強。說不定邪靈就是趁那時候混進來的！」

也就是說，當時的結界並沒有辦法好好保護他們，但多數的魔物已經被勒斯炸死，因此兩人才得以撐到總部的救援。

「為什麼我們一直沒有想到呢……」尤朵拉有點懊惱。

夏佐伸手拍了拍她的頭，像是在安慰她。「連『調查縝密』的總部都沒發現了，妳又何必責怪自己。」

尤朵拉看了一下他，夏佐的神情明顯不滿。她知道夏佐沒有原諒他們，但有些事她還是想說出來。

「夏佐，我覺得總部隱瞞得也有一點道理，他們肯定是怕我們這兩個僅剩下來的四靈血脈再次被邪靈吸收，何況我們現在也需要他們的助力，只有兩個人是打不過那壞東西的！」

夏佐嗤笑一聲，「妳果然很天真。多半是因為涉案人員是『穿著總部制服的塔特人』，他們才不肯讓我深入調查。萬一當初的那些人並沒有被邪靈控制，而是出自於自己的貪婪呢？他們的名譽不就蒙羞了？」

「也對啦……可是，我們還是需要跟他們合作……」

望著尤朵拉為難的表情，夏佐嘆了口氣，眼神變得柔和。「我又沒說不合作，但我一樣不打算諒解他們。」

「好吧。」尤朵拉也不想勉強他，更何況她自己也並不是很喜歡總部的人。

「……回去吧。」

夏佐已經聽完調查人員的說法，眼下這裡也查不出什麼東西了，他打算回去辦公室一趟，看那隻最近變得有一點用的狐狸還能不能打聽出什麼情報來。

在氣場特殊的仙獸森林附近，塔特人是無法使用綠晶石開啟傳送法陣的。因此夏佐在腳下凝聚出一道疾風，準備將尤朵拉帶上天空。但尤朵拉制止了他，還伸手拉住他的衣角。

「夏佐，我們用走的吧，我想要在森林裡面晃晃。」

「這裡一片狼藉，妳看了不會心情不好？」話雖這麼說，但夏佐也開始往前走，看起來打算陪她散散步。

「是很不好，但我想把森林的模樣記住。」尤朵拉抿緊了唇，「這樣我會更有決心去消滅那隻邪靈。」

「呵，我們現在連它在哪都不知道，安希音上次也說在地球的『寶書』突然失蹤了，連個影子都沒有。」

「不要吐槽我啦！」尤朵拉本來想嚴正抗議，但她一轉頭，便見到夏佐的眼底都是蜜。她愣了一下，有點不習慣這麼溫柔的夏佐。

「幹嘛？」夏佐發現她的異樣。

「沒、沒事！說起來，你最近幹嘛開口閉口都是安希音？還有上次那個奧莉薇雅到底是誰啦？」

她本來早就忘了「奧莉薇雅」這回事，但她現在新仇舊恨都一起在腦中出現了。

夏佐有趣地看著她，「妳吃醋了嗎？尤朵拉？」

「我才沒有吃醋！我才……」她氣得握緊雙拳，白皙的臉頰氣鼓鼓的，好一會兒才擠出下一句話：「吃醋又怎樣！我快氣死了！我一直在身邊陪你長大，你丟下我跑去旅行我也不吵不鬧，現在我們都長大了，你卻一口一句安希音，還憑空出現一個莫名其妙的奧莉……」

夏佐沒料到她今天如此直率，許久未見漣漪的心房忽地一顫。他下意識伸手把尤朵拉攬進懷裡，但當她的香氣縈繞鼻尖，他竟也不知道該說什麼才好。

他一向從容、雲淡風輕，對周遭的人毫不在意。

但尤朵拉總是攪得他一團混亂，遠行是為了她，歸來也總是為了她。

「幹嘛抱我！不准抱我！」尤朵拉明明臉已經紅成一顆紅莓果，但還是嘴硬地哇哇大叫。

夏佐放開了她的身體，卻沒放開她的手。他盯著她泛紅的臉看，忍不住笑了。「……奧莉薇雅是我妹妹的名字。」

「咦？我……」

尤朵拉從來沒聽他提起過家人，因而有點震驚。但她立刻意識到自己亂吃飛醋，這明明對夏佐來說是很悲傷的事……

「尤朵拉，我只在意妳。」夏佐見尤朵拉的表情變得小心翼翼，連忙出聲阻斷她的思考。

尤朵拉慌忙地抬起眼，對上那雙青藍色的眸子。他像風一樣捉摸不定，卻始終會返回她的身邊。

他既然都那麼說了，那她何必再介意那些有的沒的？

夏佐漸漸靠近她的臉，而她在急如風火的心跳中緩慢地閉上了眼。她能感受到他那像風一樣的清新氣息，卻和那位故人完全不同。

她早知道她真正愛上的人，是夏佐。

他不知道沒關係，她還有很多時間讓他明白——

「啊啊啊啊啊啊啊啊！」

就在兩人的雙唇即將相觸之時，天上憑空掉下了一個人！

夏佐和尤朵拉嚇得彈開，那人就這樣落在尤朵拉的腳邊，摔得四腳朝天！

「什、什麼東西？」尤朵拉大驚失色。

那人吃痛地揉了揉屁股，才剛坐正，便指著他們大聲驚呼。可惜，那傢伙嘴裡的語言她一個字也聽不懂。

尤朵拉這才看清楚他的臉。天啊！這不是商天陽嗎？安、安希音的男朋友？

不對，好像不是男朋友……

不對！地球人為什麼會出現在這裡啊！

「商天陽，你為什麼會在這裡？安希音呢？對了，覓蹤書卷……」

尤朵拉連忙在空間飾環中翻找，才剛找到，商天陽就站起身來，慌慌張張地叫嚷。但她還是聽不懂，只好從空間飾環中翻出另一個淡橘色的三角狀法器，將它拋上天空後，那東西在三人附近環繞，不久後便隱身在空氣中。

那是希格給她的，有了這個，只要待在附近，在場的人就能自動從腦中翻譯任何語言！

「希音她不見了，她被寶書帶走了！寶書在空中開了一個黑洞，說要殺光我們，接著就抓著希音逃跑了！尤朵拉，妳一定有辦法救回她吧？她現在人在哪裡？」

「等等，你慢慢說！」聽懂商天陽在說什麼之後，尤朵拉要他先冷靜下來，「你說寶書開了一個黑洞？它有說要去哪裡嗎？是不是我們這裡？」

「它被我們那裡的特殊組織打傷後，有說『等我回去，你們之後都得死』，我想它應該是回到……」說到一半，商天陽才驚覺自己竟然身處在一座從來沒看過的恐怖森林！

這裡的植物比人類還要高出數百倍，葉子的形狀各式各樣，竟然還有像藤蔓一樣纏繞在樹幹上的！重點是，這些植物全都是黑色的，跟自己腳下踩的草地一樣，黑得讓人發毛！

「靠，這裡果然是外星球……」他恍然大悟。

「呃，原來安希音沒跟你說嗎？這裡是塔特星，一個充滿法術能量的星球，用你們那裡的說法就是『魔法世界』。算了，這不是重點，我先用覓蹤書卷追蹤一下安希音的所在地……」

尤朵拉本來想開啟通訊，卻發現覓蹤書卷一點反應都沒有。她又嘗試讓書卷顯示出安希音的所在地，卻仍舊毫無效果。

「奇怪，書卷壞掉了嗎？夏佐，你看……」

尤朵拉和商天陽一同轉頭望向一言不發的夏佐，卻在那瞬間被那張極度陰沉的臉嚇到魂都飛了！他的眼底裝滿了地獄之火，手掌更是隱約有風刃在凝聚！

「夏佐！冷靜啊！」尤朵拉驚叫，「他只是一個地球人，隨便打一下就死了！」

「他、他幹嘛？我做錯了什麼嗎？」商天陽一連後退好幾步。

「我想，你真的有做錯什麼……」尤朵拉想起剛才被破壞的「好事」，尷尬地抓抓臉。

夏佐臉很臭地拿走覓蹤書卷，看了幾秒便說：「你啟動了傳送功能。從那一刻起，書卷就會失效。」

「傳送功能？但是平常希音也跟你們交易了很多東西……」

「你傳送的是『生命體』。只能傳送一次，成功的話，書卷上的法力就會耗盡。」

看來夏佐也跟希格一樣，非常了解覓蹤書卷的使用方法。尤朵拉又不死心地翻看了一下書卷，這才發現上面有來自地球的留言。

「尤朵拉，希音她……咦？原來你剛才有聯絡我們，但我沒有注意到。」尤朵拉慢慢地念出了商天陽的留言。

「對，你們剛才很忙嗎？我真的快急死了。」商天陽還是很擔心安希音。

「呃……」尤朵拉的臉一紅。她看了一下夏佐，對方似乎又要暴怒了，於是她連忙轉移話題：「說起來，傳送生命體到不同世界的法陣通常是會失敗的，你為什麼能成功穿越過來啊？算了，先想辦法找出安希音在那裡好了。夏佐，你有想法嗎？」

夏佐費力地平息了怒氣，不冷不熱地說：「藏在龍穴的邪靈已經現世，如果『寶書』在地球被打傷，急著想回來塔特星的話，很有可能是要回來尋找本體，與它進行融合。之前我們都猜錯了，邪靈的本體其實一直都藏在龍穴中，而意識體則是跑去了地球。」

尤朵拉聽著便起了冷顫。她安靜地思考了幾秒，便說：「夏佐，那我們只要請總部調查一下，最近塔特星上哪個地方出現了大量的能量波動就好！要是它是憑空出現在塔特星的話，波動一定會很明顯。」

夏佐點了點頭，卻又進一步說：「聰明。但是寶書更狡猾，我想它一定會選擇一個能量波動本來就非常大的地方，這樣才能避開總部的耳目，安全地進行融合。」

「能量波動很大的地方……」尤朵拉苦思。

商天陽雖然聽不是很懂，但也十分專注地聽兩人討論。安希音的命，就靠他們了！

忽然，尤朵拉大力地拍了一下掌心。此時，夏佐也篤定地望向了她的臉——

「特殊監獄！」

夏佐：人救出來後，我就把那男人打回地球去，哼。

＊＊＊

兩人先把商天陽帶回了辦公室，便立馬和總部聯絡。把事情的來龍去脈告訴他們之後，他們便提議讓鎮守在特殊監獄的特戰員及守備員在周圍進行搜尋，而夏佐和尤朵拉則趁這段時間前往塔特星上的「荒雪原」看看。

因為，在兩人和總部聯絡的前幾個小時，荒雪原那裡出現了巨大的能量波動！

但目前總部的人手不足，因此他們希望夏佐和尤朵拉能先過去調查。

夏佐同意了，他也想到，或許寶書在慌忙穿越到塔特星的情況下，無法那麼準確地瞄準特殊監獄降落。或許，荒雪原那裡會有什麼線索也說不定。

而特殊監獄那邊，有那麼多特戰員和守備員，說實話整體的戰力也比尤朵拉和他自己還高。畢竟他們只有兩個人……哼，勉強再算上一隻狐狸，和一個弱不禁風的地球人。

整個總部進入了緊急狀態，因此希格也不用留下來守著辦公室。在希格的口水攻勢下，夏佐勉為其難地讓尤朵拉帶上希格一起走。

畢竟荒雪原很冷，尤朵拉很需要希格身上的火。

可是那個地球人是怎麼回事？那麼柔弱，還硬要跟上來。

一直到一行人靠著綠晶石的傳送法陣來到荒雪原後，夏佐還瞪著商天陽不放。而商天陽也不知道在好奇什麼，一直看著夏佐的臉，嘴裡念念有詞。

「仔細看，氣質還真有一點像……」

夏佐愣了一下，而尤朵拉疑惑地問：「商天陽，你在說什麼？」

「沒事……啊！好冷。」他打了個噴嚏。

希格連忙點起了尾巴上的火，「大老闆，快過來取暖！」

希格知道商天陽是何等人物，年紀輕輕就把事業經營得有聲有色，可謂前輩！他可要好好把握和對方相處的機會，以便以後和地球人做更大的生意！

商天陽正要過去，尤朵拉卻先出現在他的尾巴旁邊，她伸手取暖，高興地說：「這裡這麼冷，你哪來的能量點火啊？真溫暖。」

「雖然這裡很冷，但空氣中還是有一點點『火能』的……哇啊！」

夏佐忽然出現在他們面前，嚇了希格一跳。但這回夏佐沒打他，而是伸手把尤朵拉包進自己的外套裡。兩個人一起披著夏佐從戒指中掏出的特製毛皮外套，看起來也很暖，只不過……

「我好像聞到戀愛的酸臭味。」希格嗤之以鼻。

商天陽則是認命地靠過來取暖，但嘴裡一直念著安希音的名字。希格看了那三人一眼，忍不住感嘆自己為什麼還是單身。

「喂！別一直那麼吵。」夏佐忽然回頭對商天陽喊了一聲。

商天陽則是感到有點奇怪，自己應該沒有很大聲啊？

「你們看！終於有長得比較不一樣的地方了。」尤朵拉伸手往前指。

自從來到荒雪原，映入眼簾的一直都是雪地和高聳的樹木，連一個塔特人都沒看見。也對，這裡並不適合居住，連她這個身上有長毛的仙獸都覺得冷了。

這麼貧脊又無聊的地方，走到哪裡都一模一樣。唯一比較特別的，便是尤朵拉剛才看到的某處——

「那是什麼？骨頭嗎？」商天陽驚訝地停下腳步。

只見荒涼的冰原上，一具灰白色的巨型仙獸骨骸遺落在一處空地，大概有勒斯仙體的一半高。附近的樹木特別稀疏，即使遠遠地看，也能感受到那股震撼。

「看來也是一位逝去的大人……」希格對仙獸的祖先向來崇敬，對著骨骸的方向先行了一個狐族禮。

「過去看看吧。」夏佐冷靜地說。

四人慢慢地靠近了那具仙獸的骨骸，這才發現在骨骸的腳下竟有一處放滿火把的祭壇。那些火把皆是功能型法器，能在天寒地凍的惡劣環境中不斷維持火光，永不熄滅。

「看來這裡有塔特人來過，或許是在祭拜這隻仙獸。」夏佐猜測道。

「你們這裡的動物都這麼大嗎？但我看希格先生的體型就還滿親民的。」商天陽好奇地問。

尤朵拉搶話道：「我以前也跟這隻仙獸差不多大！在我們這裡，體型愈大的仙獸通常愈強。」

「大小姐，妳是在影射我很弱嗎？」希格不滿地說。

「她不是在影射，她是直接說你很弱。」夏佐漫不經心地回答他。

「夏佐大人！怎麼連你也……」

「安靜，那裡有打鬥的痕跡。」夏佐忽然指向前方，「過去看看。」

聽見此話，毫無戰鬥能力的商天陽竟然跑第一個，只見他閃過、跳過了無數根巨大的骸骨，最終停在一處樹木傾倒的雪地上。

其他三人也飛快跟上，這時才驚見地上居然有血跡！

雖然只有幾滴，但暗紅色的血跡在雪地上顯得特別突兀，商天陽一眼就看見了。一瞬間，他的表情變得凝重，甚至跪在雪地上動也不動。

「這幾滴血死不了人，別那麼沉悶。」夏佐似乎是在用彆扭的方式安慰他。

「是啊，安希音一定還很安全！寶書如果要完整吸取生命力，肯定要先將她的血榨乾，只有這麼幾滴不合理。而且這附近也沒有被吸乾的屍體，你可以放心！」尤朵拉附和道。

「大、大小姐！這裡有屍體！」希格忽然在左後方大叫。

尤朵拉震驚地往後看，只見希格指著某棵被削去一半的巨樹，一具乾巴巴的「人型物」就躺在樹洞內！

「希音？不，不可能！」商天陽似乎受了嚴重的打擊，但仍快速地衝了過去。

夏佐比他更快，先對樹洞內的屍體進行了檢查。不久後，便回頭告知眾人。

「不是她。」夏佐搖搖頭，「她身上有奇怪的手提包，看樣子應該是白夢婷。」

「白夢婷死了？」尤朵拉驚訝地說。

她雖然也看過不少魔物屍體，比這更慘烈的都有，但還是不想靠過去看。可商天陽為了要仔細確認那不是安希音，還是走過去了。

「……幸好不是。」商天陽確認過後，呼出了一口氣。不過，當初那個滿懷貴婦夢想的小女生，如今變成這副模樣，也真是唏噓。

「那是她自作自受。」夏佐忽然鄙夷地說。

「也是。」商天陽點了點頭。

「對了，我剛才確認了她的手提包，裡面空無一物。根據你們之前的說法，寶書無法控制安希音，所以它應該是化成其他的型態離開這裡了。畢竟，塔特星上能量充沛，它要變成什麼都可以。」夏佐離開了樹洞，往剛才發現血跡的地方走。「至於安希音在哪裡……把這幾滴血帶回去總部檢測吧。順利的話，可以用新的覓蹤書卷找到她的位置。」

「那會不會是白夢婷的血？」尤朵拉擔心地問。

「樹洞內已經有血跡了，照理說不可能噴那麼遠。」

商天陽也說：「對！希音在地球和寶書打鬥時，腳有被劃傷，這可能是她流的血。」

夏佐挑了挑眉，「這時候思緒就清晰起來了？」

「畢竟他確認那位不是安希音小姐了嘛！」

「那我們快走吧！再晚一點，希音可能會更危險。」商天陽擔憂地說。

夏佐也不多說，往空中丟了顆綠晶石後，便將眾人傳送回總部的辦公室。

希格：看到白小姐變成那樣好恐怖啊，我可不想變成狐狸乾。

＊＊＊

很小的時候，他記得自己擁有過一串色彩繽紛的花環。

那是奧莉薇雅親手編給他的，儘管那時候的她只有四歲，但已經是一個具備不錯美感的小女孩。

奧莉薇雅生性活潑、聰明，也很體貼，總在爸媽帶他們到處冒險時擔任開心果的角色。而自己雖然沒那麼愛笑，但也非常享受家人之間的氣氛。

他一直很後悔，那天沒能阻止爸媽帶他們前往仙獸森林探險。

他知道那不是自己的錯，但他真的很後悔。

那串花環，也早就枯萎了。如同十歲過後，他再也沒見過爸媽和奧莉薇雅。

夏佐在凌亂的床上醒來，卻發現尤朵拉不在身邊。他有點焦急，目前總部進入了緊急狀態，特戰部不需要批改公文，那她人去哪裡了？

他連忙從床上起身，門一開便走向辦公室。希格和商天陽坐在會客區喝茶，兩人聊得起勁，談的都是一些生意經，但沒多久商天陽又把話題轉到安希音上，似乎還是非常擔心她的安危。

可目前他們都還在等待基因檢測的結果，特殊監獄那邊也暫時搜尋無果，因此先回來備戰休整才是最佳的選擇。

安希音身上還有一些尤朵拉送給她的高等法器，在寶書和邪靈本體融合之前，它應該無法輕易地吸收她的生命。而融合需要時間，這一點夏佐之前恰巧在文獻上研究過。

他一邊想著這些事，一邊走到希格和商天陽附近。當兩人望向他時，他便直接了當地問商天陽。

「尤朵拉在哪？」

「喔，我剛才好像看到她……」

商天陽的話都還沒說完，夏佐便乘著一道風從窗戶飛出去了。商天陽訝異地看了希格一眼，呢喃道：「我臉上有寫『在屋頂』三個字嗎？」

希格聳聳肩，「不知道，但夏佐大人的直覺一向很準。」

「奇怪，我總覺得他給人的感覺和希音很像……」

「很像？長相嗎？」希格歪著頭想一下，「也就只有頭髮的顏色像吧。啊，是也都長得很標緻啦。但我說一個大男人標緻，怪噁的。」

「長相是有一點，但我總覺得他和希音好像都對我瞭若指掌。希音是我的秘書，能猜到我在想什麼還算合理，但夏佐……」

「哈！你想太多了啦，大老闆。我對大小姐一點非分之想都沒有，但夏佐大人卻總是看不出來呢。他只是直覺準而已，沒有對大家都瞭若指掌啦！」

「……是嗎？」商天陽皺著眉看了眼窗戶的方向。

總部辦公室的屋頂上，尤朵拉坐在那裡仰望天空。

夏佐很快地找到她，在她的身邊俐落地坐下。尤朵拉對夏佐扯了一個笑容，看起來和平時不一樣。

「你來了啊。」這句話，夏佐以前也對她說過。那是一種溫柔的信任。

「嗯，在想什麼？」

尤朵拉搖搖頭，「我只是有點不安。以前連希爾達姐姐、巴頓爺爺，還有勒斯哥哥……都打不贏那傢伙，現在僅有我們再加上總部的人，真的有辦法打倒那個壞東西嗎？」

「我聽妳說過那兩隻神獸的事，但我覺得當初是因為他們沒有防備，所以才會讓邪惡體有機可趁。還有，那時候的妳也是，在還沒戰鬥之前就被吸走了大部分靈力，當然沒辦法跟它抗衡。」

夏佐拍了拍她的頭髮，有條有理地分析。

「雖然現在我們只剩兩個人，但不得不承認，這幾年總部的特戰隊員實力大增，以人海戰術總有辦法擊退它。更何況，邪惡體的力量也早就大不如前，不然它怎麼還需要逃去地球，寄生在一個弱不禁風的白夢婷身上？在龍穴裡的那個本體也是被我們逼走的，我認為它根本還沒有吸收足夠的力量。」

尤朵拉邊聽邊點頭，「你說得有道理。」

「不過，目前要擔心的是，萬一他真的吃掉安希音的靈魂，恐怕實力會大增。」

「咦？為什麼？」

「安希音的心靈強度非常高，這也是寶書無法控制她的原因。不過，心靈強度高也意味著，她的靈魂擁有非常充沛的能量。」夏佐擔憂地說。

「天啊！那我們真的要快點找到她才行……」

望著尤朵拉義憤填膺的樣子，夏佐忍不住勾起嘴角，「這次不吃醋了嗎？」

尤朵拉愣了一下，惱羞成怒，「喂！夏佐，你又捉弄我！」

但當兩人的目光對上，似乎又有點不自在。在心意相通之後，很多事都不一樣了。

比如此時的微妙情愫，比如，被灼熱視線鼓動的心跳……

「那你為什麼會知道她心靈強度高？」尤朵拉只好隨便吃個醋了。

「喔，因為……」

夏佐正要回答，但樓下的窗戶卻忽然傳來希格的大喊聲。

「兩位大人！基因檢測結果出來啦！是安希音小姐沒錯！」

兩人對看一眼，隨即回到辦公室內，尤朵拉更是一把搶走希格手上的檢測報告書卷。

「我看看……咦？這上面的字我都看不懂，你怎麼知道是安希音？」

「因為總部已經順便啟用新的覓蹤書卷給我們使用了！我剛才看過安希音小姐的影像，她還在昏迷中，完全看不出來人在哪裡。不過，書卷上的位置是顯示在特殊監獄那一塊沒錯……」

「希音？讓我看看！」商天陽又一把搶走希格手上的覓蹤書卷。

覓蹤書卷發著金色的光，似乎和尤朵拉之前使用的有一點不同，但她又說不出是哪裡不同。

希格連忙搶回書卷，阻止商天陽亂來，「先別和安希音小姐說話，反正她昏迷了也聽不到！我們不清楚寶書的能耐在哪，要是讓它發現就不好了。」

「好……」雖然不能跟安希音說話有點可惜，但商天陽也稍微安心了。

「對了，為了避免我們傳過去後寶書就逃跑，所以總部不建議我們使用傳送功能，畢竟安希音小姐上次流下的血也就只夠啟用一次書卷，要是沒了就追蹤不到她了。我們就一邊觀察她的安危，一邊往監獄那邊搜索吧！」

夏佐聽了希格的話，便說：「嗯，整理一下就出發吧。」

夏佐正要轉頭叫尤朵拉，卻發現她一臉凝重地望著手上的檢測報告。

「……尤朵拉？」

尤朵拉聽見夏佐的叫喚，才緩緩地抬起眼。她的手有點顫抖，手上的檢測報告也搖搖晃晃的。

「夏佐，這上面寫了一行字……」

夏佐察覺到她的不對勁，連忙將檢測報告拿過來看。看了一會兒，他手上的報告竟在下一秒掉落地面，青藍色的瞳孔閃爍著如燭火般搖曳不定的光。

「怎、怎麼了？」商天陽緊張地問。

在眾人不安的目光中，尤朵拉終於出聲——

「安希音的基因，竟、竟然和夏佐的高度相似！」

商天陽：這是什麼意思？希音和夏佐……是親人的關係？

＊＊＊

抵達特殊監獄附近後，總部也與夏佐聯絡了，他安靜地站在原地，像是在用通訊法術與對方通話。

其他人也不敢隨意打擾他，畢竟剛才……

過了一會兒，夏佐才抬起頭來，環視了盯著他的人一圈，最後把目光停在商天陽身上。

「想問就問，不要在那邊磨磨蹭蹭的。」

「為、為什麼是我？」商天陽感到莫名其妙。尤朵拉和希格也盯著他看啊！

夏佐看起來很不耐煩，「你心裡想的鬼話我都聽見了。什麼『希音是他的妹妹還是姐姐』、『我要追求希音的話是不是要先跟夏佐建立良好關係』、『希音知道這件事之後打擊會不會很大？』、『希音……』」

「夠了！夠了！」商天陽面紅耳赤地制止他，「你、你為什麼會知道我在想什麼？」

尤朵拉激動地拉住夏佐的手臂，「夏佐，難道你能……」

「我一直都跟妳說我會讀心術。」夏佐睨了她一眼，「是妳不把這件事放在心上。」

尤朵拉呆愣了幾秒，忽然驚恐地大叫：「啊啊啊啊啊啊啊啊啊啊！」

怎麼辦！她多年以來對夏佐的心意，還有那些說不出口的肉麻告白……全都被夏佐聽見了？

這怎麼可以！她不只常常在心裡想念夏佐，還曾經幻想過一些有的沒的，要是夏佐一直都默默聽在耳裡，那她該有多丟臉！

不、不對，現在她在這裡胡思亂想，也都會被夏佐聽到的！

不能再想了！停下來啊，尤朵拉！

尤朵拉的臉一陣青一陣白，夏佐無言地看了她幾秒，才默默地說：「尤朵拉，我聽不見妳在想什麼。」

「夏佐，你不要再偷聽了！你這樣是侵犯隱私……嗯？」尤朵拉呆住了，「你聽不見我想什麼？」

「嗯，仙獸和塔特人的靈魂本質不同，我聽不到妳和臭狐狸在想什麼。」說完，夏佐有點不爽，「妳到底是隱瞞了我什麼事情，需要反應這麼大？」

尤朵拉很心虛，「呃，我才沒有……」

「想也知道大小姐的心裡全都是一些噁心的告白。還有，我才不臭。」希格默默地說。

他倒是很快就接受了這件事，畢竟知識淵博的他早就聽說過某幾支血脈的塔特人擁有讀心術的天賦，只是這種血脈很稀少，所以很少人知道。

他沒想到夏佐大人的家族就是其中之一。

商天陽本來還在看戲，但夏佐忽然轉向他，冷冷地說：「我妹妹也會讀心術。」

「喔！這樣啊，難怪我總覺得希音的直覺很準，簡直就像是小仙……啊啊啊啊啊啊啊啊！」

商天陽爆出比尤朵拉更驚恐的叫聲！

「那、那希音不就發現我對她的心意了？我都還沒告白，怎麼可以就這樣栽在讀心術上面！為什麼地球人會讀心術？不對，希音不是地球人吧！」

「怎麼辦？下次見面，我該怎麼辦……」

「那是重點嗎？重點是趕快把奧莉薇雅救回來吧！」聽了商天陽的心音後，夏佐受不了地瞪他一眼。

奧莉薇雅？啊，這就是安希音原本的名字。

「但是為什麼安希音會在地球長大？她的爸媽應該……」尤朵拉疑惑地思考著。

商天陽小心翼翼地看了夏佐一眼，才說：「我曾聽希音說過，她從小在育幼院長大。她也不知道自己的親生爸媽是誰，還說自己是五歲的時候在荒郊野外被人發現的。」

「五歲……」就是他妹妹在仙獸森林被魔物抓走的年紀！

夏佐沉思了一會兒，在眾人的目光中，緩緩地說出自己的推測：「其實我也沒親眼見過奧莉薇雅死去。那年她在仙獸森林被魔物抓走，從此和我失散，我也以為她已經……看來，她是被寶書一起抓去了地球，後來不知道為什麼沒被寶書傷害，獨自在地球倖存了下來。」

「安希音小姐也很辛苦呢……」希格小聲地說：「遇到那麼大的事，年紀又這麼小，當時的記憶也都喪失了吧。」

「忘記是好事，那麼悲慘的事我一個人記得就好了。」夏佐忽然說。他堅定地抬起頭，望向在場所有人。「這次，我一定要把奧莉薇雅救回來。」

尤朵拉抓住他的手，目光真摯，「嗯！我們一起救她！」

「夏佐，既然你會讀心術，那要不要在經過特殊監獄的守備人員時，也順便從他們的腦中蒐集資訊？我想這樣可能會更快一點！」商天陽立馬提供了更有效率的方法。

夏佐搖了搖頭，「我不是每個塔特人的心都能讀，有些人在高等學院受過心理防禦的教育，那種人的心智通常比較堅強；也有些人與生俱來就擁有能阻斷讀心術的心靈強度，我無法突破他們腦子裡的防線。但既然這裡都是總部的人，我們直接開口問便是。」

「這樣的話，你應該可以讀每個地球人的心？」畢竟地球可沒有什麼心理防禦課程。

「嗯，目前看來是。」夏佐頓了一下，「所以當初我沒辦法透過書卷讀奧莉薇雅的心，就有點起了疑心。但後來我也只當是她的心靈強度高，誰知道原因竟然是『她是我的親妹妹』。」

他和家人之間是無法互相讀心的，因為彼此都擁有相同的能力。而且擁有此等天賦的塔特人，心靈強度的確非常高。

「從小我們就長得不是很像，沒想到竟然用這麼迂迴的方式認出對方……」

尤朵拉感覺出夏佐的痛苦，輕輕捏了捏他的掌心。

「那，夏佐你怎麼會知道那裡是地球？我記得我沒有告訴過你。」尤朵拉還記得這件事。

夏佐倒是望向了商天陽，「我們和奧莉薇雅通話的時候，有幾個地球人經過，其中有個人正在籌備和『地球起源』有關的影片題材……我不知道那是什麼，反正我聽見了。」

「啊，是艾力克斯啊，我們工作室的地球科學類直播主……」商天陽恍然大悟。

眾人的話題到此的時候，腳下也剛好踏上了特殊監獄主樓外的土地——

接到總部的命令後，監獄的守備人員已將此地的裡裡外外搜尋了數遍，卻絲毫沒有找到「寶書」和安希音的蹤跡。

尤朵拉一行人也加入了搜索的行列，由於監獄所在的地理位置特殊，地勢也很複雜，眾人花了一段時間才將附近所有可能藏匿的地點檢查過一遍，卻仍舊一無所獲。

最後，夏佐拿到了特殊許可，直接帶其他人進入了主樓。

才剛進去沒多久，尤朵拉就拉了拉夏佐的衣角，低聲問：「夏佐，我剛才聽外面的人說，監獄的牢房他們幾乎都搜遍了，我們要不要出去往下坡一點的地方找看看？或者是找找湖裡面，說不定寶書潛入水底了。」

特殊監獄由一座湖環繞，周圍禁止飛行類法術，要進入主樓得先經過一道黑橋。但尤朵拉懷疑橋下也有寶書可藏匿的地點，而且放眼望去根本沒人在搜。

「大小姐，水底不可能的。這座湖是為了防止罪犯逃脫而設計，只要有任何生命碰到湖裡的水，就會啟動湖底那排匯聚『火能』及『地能』的法器，到那時，整個湖水都會變成熔岩！很可怕的！」

「熔岩？你是說會有一堆岩漿從湖底噴出來嗎？」商天陽簡直無法想像。

「差不多是那樣。」希格雖然不怕火，但那種程度的熔岩還是能把他直接燒得連灰都不剩！

商天陽抖了抖肩膀，看了老神在在的夏佐和尤朵拉一眼，「那我出去的時候可得好好走路……」

「我們是該好好走路。」希格嘆道。那兩位大人倒是不用，畢竟禁飛行法術對他們沒有效果。

夏佐帶著他們拐過一個走廊，身邊還有許多守備人員正在搜索牢房，看樣子是沒有什麼新發現。

後來，他又拿出覓蹤書卷確認安希音的狀況，對方依舊在沉睡中，上半身看起來沒有明顯的外傷。或許是擔心她呼救，寶書才對她下了催眠法術。

「可惡，書卷的畫面又不能拉遠一點，不然就能猜到她在哪裡了。」尤朵拉抱怨道。

「大小姐，這裡到處都灰灰的一片，就算能看到背景，也不一定知道她在哪裡啦……」

「說不定比較資深的守備員會知道……啊！那不是上次那個人嗎？」

聽見尤朵拉的聲音，夏佐立刻抬眼往前看。一個有點熟悉的身影走在他們的前面，他看了一陣子，便上前攀談。

「我是上級特戰隊員夏佐，你也在找代號『寶書』的邪靈嗎？」夏佐直接了當地問。

那人聽見這句話，便回過頭來看他們。尤朵拉一看，確定他就是那天帶他們偷渡進特殊監獄的資深管理人。

太好了！把安希音的影像拿給他看，說不定就能找到她！

「是，總部下了命令，要我們全體人員盡快找到寶書的蹤影，以及他身邊的一名人質。」資深管理人點了點頭。

夏佐正想說話，但尤朵拉先出了聲，伸手指著覓蹤書卷的影像問：「你能不能幫忙看看這個？啊，還沒問過你的名字……」

管理人看了她一眼便說：「沒關係，我先看看。」

尤朵拉連忙說：「那名人質的追蹤影像就在上面！但我們看不出來她在哪裡，你能想辦法找看看嗎？」

「嗯……」管理人艱難地看了一陣子，皺著眉頭說：「在我們這裡，牢房幾乎都長一樣，而且她所在的地方背景灰暗，也看不出來是不是在牢房中，說不定是在主樓附近的山洞……」

「我認為她就在某間牢房中，總之，至少是在主樓裡。」夏佐搖了搖頭，說出自己的看法：「那些山洞早就被翻遍了，待在外面的話，要是有什麼動靜會很明顯。但主樓中到處都是小型結界，構造和路徑又很複雜，只要寶書能成功控制某個區域，就能有效利用結界躲避大部分人的追查。」

「這裡不會有監視室之類的地方嗎？」商天陽發問。

「有，但區區一個障眼法對寶書來說不難。而且……我想應該有一些區域是監視室看不到的吧？」夏佐意味深長地望向管理人。

管理人接收到夏佐質疑的目光，為難地笑說：「這我也不清楚，以我的權限來說，我能找的地方都找了。」

這時，尤朵拉悄悄地丟了個通訊法術給夏佐。

『夏佐，你讀了他的心嗎？』

『讀不到，這個人有很強大的心理防禦。』

也對，當初在監獄第一次見到他的時候，尤朵拉就覺得這個人不簡單。

「也就是說有更高權限的區域嗎？」夏佐接著問。

「有，但我也不清楚在哪裡，主樓內無法外傳通訊法術，你可能要出去外面詢問一下總部高層，以我的權限是無法得知確切位置的。」他解釋道。

夏佐似乎思考了一下，在眾人面露難色的時刻，他緩緩地說：「這樣吧，你先帶我去監視室，我大致看一下情況再跟總部回報。」

「那倒行。」管理人點了點頭。

說完，他便帶著眾人前往監視室所在的樓層。途中，希格和商天陽面面相覷，對監獄內部不了解的他們也無法給出什麼意見。

尤朵拉則一直望著夏佐的背影，似乎在擔心什麼。

「這裡就是監視室。」管理人在一扇鐵灰色大門前停了下來，笑著說：「我已經開通這扇門的權限，你們可以隨時進入調查。」

「好，對了。」夏佐忽然露出凝重的表情，指向自己的斜後方，「剛才我們經過那間牢房的時候，我看到有人躺在地上。」

「囚犯躺在地上休息是滿常有的情況。」管理人不明白他的意思。

「我剛才也以為是囚犯在休息，但現在想想，他的身形好像有點乾癟，你們有確認過他的狀況嗎？」

「真、真的嗎？該不會是寶書又吸了血……」商天陽毛骨悚然地說。

「……好，我去確認一下，你們先忙吧。」管理人謹慎地點了點頭。

說完這句話，管理人急匆匆地掠過他們，往剛才夏佐所指的牢房走去。尤朵拉本來還站在原地觀察狀況，卻發現夏佐悄悄地以一道疾風讓自己的腳離了地，安靜地從管理人的身後跟了上去。

當管理人走入牢房的瞬間，夏佐也以極快的速度鑽入房中。下一秒，牢房傳來打鬥的聲音！

「夏佐！」尤朵拉慌張地衝了過去。

才剛踏進房門，尤朵拉便見到那位管理人已經被夏佐壓制在牆上。他的手中凝聚著極其銳利的風刃，抵著對方的頸部。管理人的神情驚慌，似乎不明白為什麼夏佐要這樣對他。

「你、你要幹什麼？」

「別裝了，你不是他吧。」夏佐的嗓音極其冷漠。

「誰？你在說誰？你們是不是誤會了什麼？別動手啊，饒我一命！」管理人仍是一副快哭出來的樣子。

不，不對……她總覺得哪裡不對勁！

尤朵拉仔細回想了下第一次來到特殊監獄的狀況。當時，雖然和那位管理人接觸不多，但她記得……

那時候的他，態度根本超級高傲！

眼前這個畏畏縮縮的人是誰啊？還有，剛才他在回答他們的問題時，也太有禮貌了！

「不承認是吧？那也沒關係。」夏佐冷笑了下，銳利的風刃在他的頸部上劃出一小道血痕，「但你知道嗎？總部稍早就已開通所有守備員的權限了，就是要在今天讓所有人地毯式搜索出寶書的行蹤！你以為我們不知道，想拿權限當作拖延時間的藉口吧？等我們從這裡出去，你就會想辦法轉移你的本體到別處去！」

「那、那是因為我沒收到總部的通知啊！」管理人驚慌地辯駁。

「你以為我會相信嗎？身為資深管理人會不知道這件事？還有，看你剛才急著去收拾屍體的反應，恐怕你早就已經襲擊不少落單的守備員或囚犯，作為你融合成真正形體的糧食……」

「噗！」

忽然，原本情緒還很驚慌的管理人竟嗤笑了一聲。尤朵拉愣了一下，不自覺地後退一步。

「你知道嗎？你就和那隻該死的龍一樣讓人生厭。」

他的嗓音就和白夢婷一樣，變得既粗啞又令人發毛！下一秒，管理人的雙眼發出紅芒，咧開了嘴大笑。

就在夏佐準備進一步制伏他之際，管理人的嘴中忽然竄出一道混濁的黑氣，並以極快的速度沒入身後的磚牆中！

「它跑了！夏佐大人！」希格激動地大吼。

眾人正打算往相同的方向追，但此時，癱在地上的管理人卻接連發出幾聲咳嗽，虛弱地出了聲：

「該死的狗東西，竟敢附我的身……我還不把你老巢掀了……」

尤朵拉睜大了眼睛看他，忽然不知道該說什麼。

哇，真、真的是本人回來了呢！

尤朵拉：該死的龍？它才是讓人倒盡胃口的一本該死的破書！

＊＊＊

「喂，你還行吧？」

夏佐蹲下身來關心半坐在地上的管理人，正想扶他起身，但對方的表情陰鬱，似乎仍對剛才被附身的事感到非常憤怒。

尤朵拉走了過去，打算灌輸治癒之力給他，讓他多少恢復一點精力，但他揮手拒絕了。

「別浪費時間了，你們不是在抓那傢伙嗎？」他靠自己的力量，搖搖晃晃地站起身。

「我知道它在哪裡，要是再晚一點，它或許又要帶著那女人逃走了。」

「那女人？是希音對嗎？」商天陽一聽見關鍵字，立刻激動地詢問。

「我怎麼知道她叫什麼名字，反正就是被剛才那該死的邪靈藏起來的女人。」

管理人指向牢房外，示意大家跟著他走。

「我收到總部指令，在搜索的途中發現死去的守備員，還沒來得及求援就被附身了。那屍體真的很噁心，乾巴巴一片，也就只有那個叫『寶書』的怪物才幹得出這麼喪盡天良的事。」

「那它到底藏在哪裡？」希格緊張地問。

「在發現屍體前，我先找到的是那女人，她被藏在一間結界還在修復的空牢房中。它還施加了障眼法，讓較低階的守備員無法察覺異狀。我猜，那該死的東西一定是穿梭在各個落單的守備員裡面，不斷附身、轉移，並將看到的人滅口。」

「總之，我找到那女人的位置後，發現寶書不在附近，就往隔壁的牢房搜索，沒想到正好撞見它在吸血的樣子，接著就被附身了。」管理人嘖了一聲，「真不知道它拿我的身體都幹了些什麼事……」

「它吸收生命的速度那麼快嗎？那安希音……」尤朵拉露出擔憂的表情。

「不會的！希音她非常強悍，她還參加過跆拳道比賽，拿到全國冠軍！」商天陽說這話時雖然是想安慰自己，但嗓音卻隱隱顫抖。

他想，他真的太害怕失去她了。

「什麼跆拳道？」他一臉嫌棄地皺眉。

「我猜是近身戰鬥的一種類別。奧莉薇雅小時候對法術能量的領悟力較低，卻對身體力量的掌握非常有天賦，沒想到她長大後也是一樣。」夏佐沒特別解釋商天陽的地球人身分，只有提起安希音小時候的狀況。

在塔特星，純粹學習近身戰鬥技巧的人比較少，大部分的塔特人還是會依靠法術能量和其他人對戰。

可假如奧莉薇雅能妥善操控靈力進行近身戰鬥，雖然過程辛苦了點，但也未必會輸給其他人。

只可惜當時的她才五歲，並還沒有到入學的年紀。

「我發現她的時候，感覺到她身上的靈力波動非常低，看起來沒有經過訓練。」管理人睨了商天陽一眼，「你可別妄想她能打贏那狗東西。」

說完這句話，他便帶領眾人往地下樓層前進，沒過多久，便停在一間不起眼的牢房前。

雖說它很「不起眼」，但這一層的牢房卻明顯比上層那些還要大。

「這裡關押的是一些仙獸囚犯，體型較大。」

管理人瞥了尤朵拉一眼。他也知道她是神獸，多看這一眼已經算是尊敬了。

「我剛才已經傳通訊法術聯絡了所有內部的守備員，外面的特戰員也很快就會趕到，但我想……那女人剩下的時間應該不多。」

「什麼意思？時間不多？」商天陽焦急地追問。

「……融合的時刻即將到來。」夏佐走上前，在掌心匯聚了雄厚的靈力。這一次，他絕對要救回他的親人！

步。

管理人看了他一眼，也不多說，以手腕上的識別證將牢房大門開啟後，便往後退了一步。

「雖然我很想踢那怪物幾腳，但我也知道自己進去只是送死。」他瞥了商天陽和希格一眼，「你們兩個……趁還有機會回頭，我可以帶你們出去向其他特戰員求援。」

他一眼就看得出來這兩人最弱，跟著進去也只是拖油瓶，但商天陽和希格卻在聽了這句話後一致搖頭。

「我要一起去救希音！就算我派不上用場，至少也可以當誘餌！」

「我也不可能丟下大小姐！何況夏佐大人要是人沒了，我們辦公室就沒人可以賺大錢了！」

「你才應該擔心自己人沒了。」夏佐回頭瞪了希格一眼。

「哼，那就祝你們好運。」

他丟下這句話，便以極快的步伐離去。尤朵拉正要跟上前方的夏佐，夏佐便伸出一隻手示意她別走太快。

「妳跟在我後面。」他低沉地說。

「我不會離你太遠！出發前我還從總部的寶庫那弄來了一顆淨化水晶，關鍵時刻我可以幫忙你。」

可惜淨化水晶很稀缺，不然總部肯定會送來一大堆給他們。

「嗯。」夏佐這次選擇相信她。說完，他變了臉色叮嚀其他人：「你們兩個給我跟好，小命丟了可別怪我沒警告你們。」

「沒問題！夏佐大人！」希格大聲回應道。

「咦？為什麼是空的？」商天陽惦記著安希音，一時沒把夏佐的話聽進去，見到偌大的牢房竟是空蕩蕩的，便邁開了腳步往前跑去。「希音，妳在哪裡？希音！」

「喂！等等！」

眾人連忙跟了上去，深怕他遇到危險。幸好周遭並沒有出現異狀，這裡的狀況就如同商天陽所說——雖然很大，頭上還有一個非常高的天花板，但眼見之處全是空盪盪的。

尤朵拉環顧了下四周，隱約感覺到有一股能量在流動。她看了夏佐一眼，對方也點了點頭。

夏佐往後退了幾步，將自己的右掌心朝上，凝聚出比平時更純淨的靈力。而後一道道淡青色的光束自他每一根指尖中竄出，接觸到前方某部分的空氣時，竟硬生生地轉了彎，像是被某道屏障阻隔，改變了前進的路線。

幾秒後，青色光束在空中的另一端匯聚，形成了一個球狀物。夏佐凝神發力，將那道隱形的屏障連同青色球狀物一起震成了碎片！

「是障眼法！」希格知道夏佐在特戰部的內訓中學習過結界相關的法術，卻沒想到連障眼法也能解。

「希、希音！」

商天陽的叫喊，將眾人的視線聚焦至躺在屏障內沉睡的那個人——

「唔……」屏障破碎之時，催眠法術也跟著失效。安希音緩緩地睜開眼，映入眼簾的，是商天陽極其擔心的面容。「天、天陽？」

不知道從什麼時候開始，安希音已用「天陽」來稱呼他。兩人的距離早就在一次次的危機之中拉近，就連現在，也只想緊緊抱住對方。

幾乎是同時，安希音和商天陽伸手緊抱彼此，各自露出安心的笑容之後，才慢慢地放開手。

「希音，我很擔心妳，寶書有沒有害妳哪裡受傷？」商天陽擔憂地將她上下打量一遍。

「除了腿上那個舊傷外，其他都沒有，放心吧！」安希音腳上的傷口已經癒合，她雖然感到身體很疲倦，但並沒有再受到更多的傷害。

她還記得自己被白夢婷的那本寶書拉進一個莫名其妙的黑洞，出來後便降落在一片很冷的雪地上。她在那裡和白夢婷纏鬥了一陣子，就忽然失去意識了。現在想起來，一定是寶書催眠了她！

不過，為什麼寶書不馬上吃了自己？

安希音還在思考寶書的目的，卻隱約感受到一道複雜的視線正盯著自己看。她連忙抬頭，將目光越過商天陽，停在他身後的一群人身上。

尤朵拉？啊，她來到地球了嗎？不對，這裡應該不是地球。

希格？哇，他本人比她在手機螢幕上看到的還要……矮一點？

還有……夏佐？

唔，夏佐為什麼要用那種眼神看她？

安希音愣了幾秒，發現那道複雜的視線正是來自夏佐。雖然自覺有點不禮貌，但她試圖讀取夏佐的心音，卻一無所獲。

很久之前，她嘗試過讀取尤朵拉的心，聽到的卻是一片空白。看來夏佐和尤朵拉一樣，都沒辦法被自己讀心。也就是說，讀心的天賦對外星人是沒有效用的……對吧？

「……夏佐，你不跟安希音說嗎？」尤朵拉壓低了聲音問。或許是因為周遭太安靜，安希音一字不漏地聽進了耳裡。

「說什麼？」安希音疑惑地問。

尤朵拉尷尬地看了她一眼。眾人身處危險，這的確不是個很好的認親時機。但她知道夏佐的心情一定很煎熬，便忍不住想替他說出真相。

「之後再說吧。」夏佐終於出聲，卻是比想像中更平淡的語氣。「目前寶書下落不明，危機還沒有解除，而且奧莉薇雅她……咳，安希音她才剛穿越過來，腦子一定很混亂。」

奧莉薇雅？

儘管夏佐馬上就意識到自己說錯話，安希音還是聽到了那個名字。

奇怪，總覺得有點熟悉……

見氣氛尷尬，希格連忙插話：「咳！各位大人，我們趕緊找出寶書的下落吧！在找到它之前，也可以先把安希音小姐和大老闆安置在安全的地方，他們才不會有危險！」

「說、說得對！夏佐，我們趕快先出……」

「小心！」夏佐忽然大吼。

夏佐攬著尤朵拉的腰，迅速地往另一個方向閃避！尤朵拉也在閃過攻擊的瞬間，見到「某個人」就站在牢房的門口，手掌處已經化成了黑霧，從中伸出的是由黑霧凝成的詭異觸鬚！

「那是寶書！它附身在守備員身上了！」希格認出那個人身上的制服，驚慌地大喊。

被附身的守備員眼露紅芒，發出陣陣的嘶吼聲。原本眾人以為「它」還想出手攻擊，連忙採取防禦姿態，但守備員卻在此時收回了觸鬚，並用另一隻正常的手高高舉起長矛。

長矛周圍散發出詭異的黑霧，不祥的感覺縈繞在眾人的心上。

下一秒，守備員忽然將長矛反轉，狠狠地插進了自己的心口！

「啊！」殘忍的畫面，讓安希音忍不住叫出聲。

商天陽則是出手牽住了她，儘管他自己的身子也在發抖。

「……它就在那根長矛上面！」

說完，夏佐立刻揚手射出風刃，試圖阻斷「它」吸取守備員的血。但一切已經來不及，洶湧的血泉不斷從守備員的心口噴出，而那根「長矛」竟在短短幾秒內將血水全部吸收，變成了腥紅色的模樣。

那名可憐的守備員，也在眾目睽睽之下成了一具乾屍！

「夏佐！快毀了那根長矛！」尤朵拉焦急地大喊。

「寶書」的本質乃是一種至邪的法器，無論化作什麼模樣，都必須是一種「物品」才行。只有依附在物品上，它才有餘裕去控制附近的生命。

尤朵拉雖然不清楚它一路走來都化成了什麼東西，但現在打爆那根長矛準沒錯！

夏佐當然也懂這個道理，在尤朵拉出聲提醒他之前，他就已經在體內聚集了大量的靈力風暴，準備將長矛捲上天空，就地毀滅！

「夠了，已經夠了……」

數道腥紅色的煙霧從長矛中竄出，與之前所見到的黑霧形態完全不同，看起來更加詭譎、駭人。大量的紅煙竄上天際，直衝高聳的天花板，同時，空中迴盪著粗啞低沉的聲音，雖不清楚是從哪裡來的，但眾人只覺得整個腦門都被這詭異的嗓音給貫穿！

在紅煙竄至最高點的那一刻，四周的景色忽然變了！

「滿地……滿地都是……」尤朵拉望向四周，驚懼地抓住夏佐的手。

安希音木愣愣地望著滿地狼藉，顫抖地出了聲：

「都、都是屍體！」

安希音：現在我才明白，地球的風暴只是前奏……

章九　是奇蹟，也是注定

四周的腥紅色煙霧仍不斷地竄上天際，布滿了整間牢房。滿地皆是被吸盡生命力的乾癟屍體，空氣中充滿腥臭味，如此慘況，令在場眾人怵目驚心。

就在所有人把目光放在乾巴巴的屍體上時，夏佐神色凝重地望向高聳的天花板——那裡聚集了一個巨大的暗紅色漩渦，就跟那天在龍穴看到的一樣。

不，「它」變得更強大了！

暗紅色漩渦不斷地吸收從四周竄上來的煙霧，在漩渦的中心點，甚至傳來淒厲的嚎叫聲。那是來自無數生靈的哭喊，既詭譎又瘋狂，震懾了所有人的耳膜。

忽然，滿天的煙霧逐漸淡化，懸浮在天上的漩渦卻像一顆心臟一樣，強烈地鼓動起來！

「那、那是什麼？」商天陽緊抓著安希音的手，驚懼地盯著漩渦看。

安希音深深皺住了眉，「恐怕是……寶書的真正形態……」

「希格，保護安希音和商天陽。」夏佐突然喚了那三人的名字。

他知道希格的戰鬥力不高，可他畢竟沒辦法同時護住所有人。他只能將妹妹的安危暫時先交給那隻狐狸，其餘的，等他收拾那個怪物再說！

「我會盡力！夏佐大人……大小姐就交給你了。」希格一甩平時的膽小形象，帶著其他兩人後退數十步，並慎重地在周遭張起了一個火盾，包圍住安希音和商天陽。同時，他的尾巴上還竄出了雄烈的火光，打算以無數顆炙熱的火球抵擋住邪靈的攻擊！

「還用你說？」

夏佐立即以一道青色的風牆將自己和尤朵拉團團圍住，而後以腳下的疾風飛上半空中，準備使盡全身的靈力與那怪物對抗！

這時，尤朵拉掏出了藏在身上的淨化水晶，轉身朝安希音的方向丟去。安希音靈活地將水晶接下，同時也立刻明白那是什麼東西。

「安希音！保護好自己！」尤朵拉奮力地大喊。

安希音本來想回應她，但此時懸浮在天上的漩渦忽然發出強烈的震波，讓她不禁伸手抵擋。一陣狂風褪去後，漩渦停止鼓動，緩緩地降落地面。

當暗紅色的漩渦落地之時，有個黑色的人影，從漩渦中央走了出來——

「等等！那、那是……」希格發出了驚呼。

下一秒，他遲疑地望向尤朵拉。

那個人……連他都能認出來，更何況是尤朵拉。

在尤朵拉的記憶中，那頭長髮本該柔順瀟灑，鍍著淺青色的光，此刻卻染上了混濁的暗紅色，彷彿飲盡過所有生靈的血。

那雙和夏佐相同的青藍色瞳孔，正搖曳著詭譎的紅光。蒼白的皮膚上，遍布她曾經最喜歡的龍紋。

「勒斯……哥哥？」尤朵拉愣在原地，喉嚨發出乾啞的嗓音。

從漩渦中走出來的那個人——竟有張和勒斯一模一樣的臉！

「你是誰？」擔心尤朵拉的狀況，夏佐暫且退到她身邊，並朝那人怒聲質問。

「我是誰，你不記得了？我看你身邊的小獨角獸就記得。」

「勒斯」發出了淒厲的笑聲，粗啞的聲音，和當初那位嗓音清冷的故人完全不同。

「不過，你要叫我什麼都行，反正我本來就沒有名字。」

「你……為什麼會變成『他』的樣子！」夏佐再度在掌心匯聚靈力，恨不得將那個動搖尤朵拉心智的邪靈撕碎！

「為什麼？行啊，我告訴你。」

「你不會真的以為那隻蠢龍選擇犧牲自己，是正確的決定吧？那時候他是重傷了我沒錯，但他那些破碎的靈魂，也都被我吃進身體了。」

「真不愧是神獸之首，靈魂的味道還真是美味啊。雖然還有一部分在你的身體裡，不過等一下我就會吃了你，讓那隻蠢龍在我的體內『重逢』。」

「你們說這是不是完美的計畫？喔，不對，其實還有一點小缺陷。」

「本來在那女人還是個小鬼頭的時候，我就應該吃了她。誰知道剛到那個破爛星球，那小鬼就被地球人發現了，害我來不及吃她的靈魂。她的靈魂可是上等美食啊，就跟你一樣，有璀璨的光芒。」

「但我們不必在意這點小缺陷，對吧？反正，今天你們都得死！」

「勒斯」難得一次說了這麼多話，看來力量的恢復，也有助於它的知性成長。夏佐再度望向愣在原地的尤朵拉，伸手將她緊牽在身後。

「尤朵拉！別發呆了！」

「可是，他……」尤朵拉的眼眶酸澀，幾乎要流下淚來。

「它不是勒斯！它只是吃了勒斯的靈魂，是我們的敵人！」夏佐第一次喊出勒斯的名字，就是為了要喚醒最愛的她。

尤朵拉看了一眼夏佐，緊緊地回握住他的手。

敵人……是啊，「它」是敵人。

可它為什麼偏偏要變成勒斯的樣子？是在嘲諷他們嗎？是在強調他們對那場悲劇的無

能為力嗎？

為什麼勒斯哥哥非得死？死在這種怪物的身體裡！

「夏佐大人，小心！」一直站在角落守護安希音和商天陽的希格出聲警告！

夏佐的反應極快，抱著尤朵拉閃過了來自「勒斯」的攻擊。它的手中拿著一把長刀，就跟當年勒斯慣用的武器長得一模一樣。

「躲在我背後！它的攻擊，我會擋回去。」

夏佐在掌心匯聚出比平時更雄厚的靈力，並且為了應付對方的攻擊模式，化成了兩把由「風能」凝聚而成的長刀。

可它的攻擊速度完全不能跟以前比擬，變得迅速又致命，以手握的長刀在天上和夏佐打了個五五開。就在尤朵拉打算替夏佐手臂上的傷痕治療時，「勒斯」忽然伸長另一隻手，那隻手便在瞬間化成暗紅色的巨型觸鬚，往安希音等人的方向刺去！

希格立刻以數十顆火球回擊，雖然勉強阻止了觸鬚的靠近，但「它」也只是輕輕鬆鬆地揮了幾下，就把火球全部拍飛！

「怎、怎麼變得這麼粗啊？」商天陽被嚇得驚吼出聲。他記得他們在地球和白夢婷纏鬥的時候，她身上的觸鬚可沒有這麼粗！這根本可以稱作是巨型藤蔓了！

「因為它變強了啊！可惡，有什麼辦法能幫忙夏佐？」安希音焦急地望著手中的淨化水晶。

「躲遠一點！」

夏佐對希格大喊，便再度上前，用長刀砍向那根巨型觸鬚。可惜，長刀只在觸鬚上留下了刀痕，並無法直接將它切斷。

商天陽雖然沒有任何戰鬥能力，但還是將安希音護到自己的身後。在面對空中那個可怕的怪物時，他忍不住顫抖地說：「為什麼短短時間內就變得這麼強？它又沒有吃掉我們任何一個人……」

「這裡的守備員都是菁英，身上擁有不錯的靈力，它吃了這麼多人，當然變得很強了。」

希格流下了一滴冷汗。他知道自己撐不久，要是夏佐沒辦法盡快收拾邪靈，他可能很快就會被它擊倒！

「其他特戰員大人怎麼還沒趕來？只有我們這些人是要怎麼對付它……」

「他們不會來了。」飛在空中的夏佐冷冷地說：「剛才我接到通訊，附近的魔物已經被它的力量影響，正在不斷湧進來。現在外面已經忙成一團，根本沒辦法過來救援。」

「怎、怎麼會！」

尤朵拉想起了當年被魔物圍攻的恐懼。一切都正在重演，而她卻只能站在夏佐的身後，一點忙都幫不上。

她焦急地望向希格那裡，思考了一陣子，便傳了通訊法術給安希音。

『安希音！邪靈的意識應該附在了那把長刀上面，妳能不能把淨化水晶給希格，讓他想辦法破壞那把刀？』

剛才她把水晶給安希音，是希望毫無靈力的她能好好保護自己。可眼下這是唯一的辦法，她只能把希望寄託在淨化水晶上了。

她和夏佐都在正前方吸引著邪靈的注意，手腳伶俐的希格說不定能找到機會從側面突破！

聽了尤朵拉的話之後，安希音卻將淨化水晶握在手中，並向前走了幾步。

『等等，安希音妳要幹嘛？』

安希音不會使用通訊法術，因此尤朵拉只能猜想她的目的。

她該不會是要把自己當作誘餌？

『安希音！不要衝動！妳是夏佐最重要的人……』

安希音聽不懂尤朵拉在說什麼，但她無暇再思考那麼多了。這一招她在地球使用過，也成功重創了寶書。她知道自己對寶書來說是非常吸引人的食物，因此她也只能再賭一次了！

安希音摘下之前配戴在身上的水晶項鍊，將它纏繞在手中當作簡易的武器。她趁商天陽不注意時，脫離希格的保護範圍，並朝「勒斯」的方向衝過去。

而它在擊退夏佐的一波攻勢後，立刻注意到那個從旁衝出的女人，還冷冷地笑了一聲。

「就是那東西讓我一直沒辦法吃掉妳！但現在，它對我來說已經沒用了。」

「勒斯」伸出觸鬚打傷安希音的右手，她手中的水晶項鍊也落在了地上。其他人看到這個情況，紛紛焦急地呼喊著她的名字。

夏佐更是立即趕過來救援，可此時它的背後卻伸出了更多粗壯的觸鬚，硬生生地將他與安希音隔開！

下一秒，它握住長刀砍向安希音，安希音也在那時拿起藏在左手的淨化水晶，準備將水晶按在長刀上。

但在此時，「勒斯」卻忽然收回了長刀，並側身閃過安希音的手，以另一隻手所生成的觸鬚綑綁住安希音的身體！

同時，它還伸出腳重重上踢了安希音的手腕一下，她吃痛地叫了一聲，手中的淨化水晶噴飛到了幾尺之遠。

「安、安希音！」尤朵拉驚恐地大叫。

「希音！可惡！」商天陽立刻拔腿衝向邪靈，卻被希格強制擋在原地。

「大老闆！別過去送死！」

「但是希音她……」商天陽急得眼眶發紅。

希格用力搖了搖頭，焦急勸道：「你過去也沒用啊，只是讓夏佐大人又要多救一個人！」

而「勒斯」滿意地看著亂成一團的眾人，放聲大笑。他還舉高安希音的身體，用粗啞的聲音嘲諷她。

「妳以為我會再上當第二次？未免太小看我了。現在，妳就是我最好的食物！」

說完這句話，它竟將綑綁在自己觸鬚上的安希音，一口氣扔進它身後的暗紅色漩渦裡。安希音想要從漩渦逃出，卻不斷被一股莫名的力量纏住手腳。

最後，她連臉都沒入了宛若泥沼的漩渦中！

夏佐眼睜睜地看著她被邪靈吸收，自己卻仍被眾多觸鬚擋在幾尺之外，因而憤怒地發出爆裂的狂吼——

「奧莉薇雅！」

夏佐：如果我是「他」，是不是就能阻止悲劇發生？

＊＊＊

吸收了安希音之後，「勒斯」的身上發出了一陣金光，沒多久便烙印在它那雙被染上赤紅的青色雙眸中。眾人瞬間感受到一股可怕的靈壓，明明空氣中不存在任何詭異之物，卻莫名地感到難以呼吸。

它……又變得更強了。

尤朵拉已經不敢去確認夏佐的表情，更別說站在原地沉默不語的商天陽。

她想起自己過去和安希音相處的狀況，心智那麼堅強的一個女孩，竟然就這樣被……

尤朵拉害怕就這樣深想下去，自己會意識到安希音已經不在的事實。她身處在極度壓抑的空間中，隱約地感知到夏佐的靈力正在深處翻騰。

或許，他即將要失控了！

「夏……」

尤朵拉才剛出聲，夏佐便以極快的速度衝向「勒斯」所在之處，拚了命地拿起雙刀猛攻！

可它卻應付得比剛才游刃有餘，安希音的靈魂似乎使它的速度又增快不少，甚至比擅長掌控疾風的夏佐還要快。它不斷地在夏佐身上留下傷痕，夏佐卻像是完全感受不到痛覺一樣，雙眼發紅、出手凌厲。

見狀，尤朵拉焦急地想替夏佐治療，但就在這一刻，「勒斯」精準地擋下了夏佐的一刀，並飛快地伸出觸鬚，以最末端的尖刺貫穿了夏佐的右肩！

「夏佐！」尤朵拉不敢置信地驚叫。

鮮血從夏佐的身上汩汩地流出，他被刺穿自己的觸鬚高舉在空中，痛苦地嘶吼著。此時，他右手的武器已經消失，僅剩左手仍顫抖地死握著長刀。可他什麼也沒辦法做，身體的血不斷從肩上的洞口流出，使得他的意識逐漸模糊。

恍惚中，他看見尤朵拉站在地面上哭叫，希格拚了命地發射火球攻擊觸鬚，卻徒勞無功。

這就是盡頭了嗎？

他還沒殺死「仇人」，也沒和妹妹認親，最重要的是，無法跟「她」一輩子在一起了。

「對不起，尤朵拉……」他沙啞地出聲。

尤朵拉沒有聽見他的聲音，只是伸長了手想替他治療。但那虛弱的治癒之光，完全無法對他的傷口起任何作用。

就在他的意識即將掉入深淵前，粗啞的嗓音喚回了眾人的目光。

「小獨角獸，來個交易如何？」

「妳自己過來我這裡，我就饒他一命。」

尤朵拉震驚地望向「勒斯」，不敢相信它的提議。

「當然，妳知道我有辦法直接吃了妳，但我今天很累，實在不想打了。」

說完，它還嘲諷地笑了幾聲。

「反正吃了妳之後，我就無人能敵了。那邊那隻小仙靈我不吃也罷，地球人更是毫無價值。」

「至於蠢龍的繼承人嘛……留給他一輩子的痛苦，好像更有趣一點？」

尤朵拉被他的話激怒，卻只是握緊了雙拳，抬頭望向被觸鬚懸掛在天上的夏佐。

夏佐的右肩依舊流著血，神情迷離而痛苦，卻在聽見提議的那一刻猙獰地睜大雙眼。

他在空中憤怒地晃動身體，使勁全身的力氣大喊。

「尤朵拉！別聽他的！帶著其他人快跑！」

「我怎麼可能丟下你逃跑！我……」尤朵拉罕見地動怒，眼角卻仍流著淚。她回頭望了還在保護商天陽的希格一眼，輕輕地朝他點了一下頭，但什麼話都沒有說。

希格接收到她那宛若道別的目光，焦急地大叫：「大小姐？妳不會真的要過去吧！

喂！」

尤朵拉像是沒聽見兩個男人的呼喊一樣，慢慢地越過地上的風牆，逐漸接近站在暗紅色漩渦前面的「勒斯」。

它滿意地勾起嘴角，雙眸貪婪地盯著尤朵拉，彷彿已經覬覦她的靈魂很久了。

「對，就是這樣。只要妳自己進去，我就放了他們。」

尤朵拉看了一眼宛若地獄之門的暗紅色漩渦，緊握住的雙拳忍不住顫抖。她的身後依然傳來夏佐的咆哮，他甚至用僅剩的那一把長刀拚命地往觸鬚砍，試圖脫離控制，可那樣的舉動只是讓他右肩的傷口愈來愈嚴重，變得更加血肉模糊。

當尤朵拉經過「勒斯」身邊時，她忽然停下腳步，將雙手放在胸口。

「夏佐、希格，你們要好好活下去。」

「大小姐！」

「尤朵拉！」

聽見兩人的呼喊，尤朵拉倏地轉過身，滿目淚光地望向夏佐。這時，夏佐才看見她的雙手指縫正在發出白金色的光芒。

正確來說，是從她的心口之處。

下一秒，她忽然撲向「勒斯」，死命地抱住它的身體，而它莫名其妙地眨了眨眼睛，完全不知道尤朵拉想做什麼。

尤朵拉的周遭泛起了純淨的白光，原本詭譎的氣場竟被這道白光影響，漸漸地變得溫暖、明亮。而她的心口處，正不斷湧現白金色光輝，醞釀成一股強烈的靈力風暴。

這景象，夏佐曾經見過一次。

『夏佐，我重創他之後，你帶著他們藉機逃跑。無論多少年都可以，只要你還活著……不，就算你不打敗它也可以。拜託，離這個怪物遠一點，好好活下去！』

尤朵拉以僅剩的力氣傳了通訊法術給他，便持續從她的身體深處提取所有靈力！

『尤朵拉！停下來！妳要做什麼？』

不，這句話他連問都不必問。

當年的勒斯，就是這樣以命換命，換取了所有人的周全。

而今日，虛弱的獨角仙獸，靈力早已不比初生之時。但她依舊擁有能夠無限輪迴的珍貴生命，只要以此為代價，引爆靈魂中的所有力量——

她就能為她所愛的人帶來一線生機！

『我才不信那怪物說的話！我被它吸收之後，它肯定還是會殺死你們。』

『那當然！所以妳快回來！』

『不。』

尤朵拉提取的靈力已經快到極限，被死命抱住的「勒斯」也終於明白她想做什麼。或許是當年被勒斯炸毀靈體的陰影太深，它竟在這一瞬間露出驚恐的神情！

它連忙伸出長刀及觸鬚刺向身上的尤朵拉，卻為時已晚。洶湧的靈力隔絕了它的攻擊，它甚至像是被燙到一樣，痛苦地哀叫。

『妳死了要我怎麼辦！尤朵拉，快回來！』

『夏佐，對不起。』

她明白自己回不了頭，甚至連見夏佐最後一眼都辦不到。不過，沒關係，只要他活著就好。

只要他活著。

洶湧的靈力淹沒了在場所有人，尤朵拉漸漸地失去了意識。就在她緊閉雙眼的那一刻，夏佐失控地狂吼出聲。

「——尤朵拉！」

一道青色的龍影自他的靈魂分離而出，附在他的身後，隨著他一同咆哮。忽然，周遭的一切似乎都暫停了，變得異常安靜。

尤朵拉身上即將爆裂的力量，也停止在了某一刻。

她困惑地睜開眼，發現連死命掙扎的「勒斯」都不動了。恍惚中，尤朵拉慢慢地放開那個怪物，往夏佐的方向看。

青色的龍影就在夏佐的身後，靜靜地望著她。

「勒斯哥哥！」

尤朵拉立刻忘了此時的異狀，朝龍影的方向狂奔，卻發現自己的腳步似乎有點輕……她回頭，驚見自己的身體還在原地抱著怪物！而她的靈魂竟在此時緩緩飄起，來到了靜止的夏佐身邊。

龍影在此時化作了人形。青色長髮、青藍色的目光……是他沒錯，是勒斯！

尤朵拉忍住想哭的衝動，伸出了手想碰他，卻一句話都說不出來。忽然，勒斯對她淺淺一笑，並伸手抓住她，轉身便將她拽入夏佐的軀殼裡！

天旋地轉的感受朝她襲來，可她卻莫名地不覺得恐懼，過了一陣子後，她的雙腳終於落地。她不明白自己在夏佐的身體中待了多久，只知道回過神來後，有一道溫暖的光照耀著她。

「尤朵拉，過去看看。」

青色的光芒消失，勒斯就站在她的身邊。那道清冷的嗓音是她一直非常想念的，她聽了，立刻紅了眼眶。

「勒斯哥哥，你還活著？」尤朵拉聽他的話往前走，卻忍不住回頭看他。

勒斯只是搖了搖頭，並示意她往附近看。

尤朵拉困惑地望向四周，一望無際的白色光幕竟緩緩浮現了無數影像。那都是她和夏佐相處的痕跡，有她知道的，也有她不知道的。

她看著看著，便落下一滴淚。

「為什麼哭？」勒斯平靜地問她。

「我不知道……可能是因為，我好像再也見不到他了。」尤朵拉胡亂地擦乾臉上的淚，嗓音卻乾啞又顫抖。

勒斯伸手拍了拍她的頭，「因為妳……也想引爆自己的靈魂，拯救所有人？」

尤朵拉愣了一下，悲傷地望向他。她一直都記得勒斯的決定帶給了自己多少傷害，可她卻在今天做出一樣的決定。

夏佐肯定恨死她了……

「尤朵拉，在我死後，我一直都待在這裡。偶爾望著你們的相處，我有時候感到很欣慰，有時候卻很痛苦。」勒斯的語調依舊平靜，目光卻很悲傷。「我知道我傷害了妳，我的死去也為你們之間帶來了隔閡，但我希望妳知道，那是不得不的決定。」

「勒斯哥哥……」

「但妳不是。」他冷靜地說：「妳還有機會活下去。」

「可是那傢伙太強了！它甚至還變成了你的樣子……」尤朵拉垂下雙眸，「我也很想活下去，但我不能失去夏佐。」

「他也不能失去妳。」勒斯篤定地望著她，「那時候的悲劇，不要再讓它重演一次了。」

那她該怎麼做？她沒有任何方法能幫助夏佐。

她只剩下這一條命，而她願意把這條命給他。

「我的靈魂雖然在當年已經碎成了無數片，但幾乎都在邪靈的本體裡，安靜地潛伏著。而我的意識，則是一直都待在夏佐的靈魂中。」勒斯沉穩地告訴她：「我一直在等今天，等你們重新找到『它』的那一刻。尤朵拉，我需要妳的幫忙。我要妳進到邪靈的本體中，找到希爾達和巴頓，並拿回妳失去的力量。」

「希、希爾達姐姐和巴頓爺爺？他們還活著？」尤朵拉激動地問。

勒斯點了點頭，「妳找到他們之後，我潛伏在邪靈本體中的所有力量便會為你們打開一條通道。到那個時候，就看你們的了。」

「我、我知道了！我會努力的！」尤朵拉立刻燃起了信心，她抓住勒斯的手，卻意外地發現對方的手臂逐漸變得透明。「咦？勒斯哥哥，你怎麼……」

「時間不多了，我已經用掉僅剩的力量將一切暫停，出去之後，妳務必阻止自己引爆靈魂。」勒斯伸出另一隻手，再次摸了摸她的頭。「祝妳好運，尤朵拉。」

說完，勒斯便舉起手，將她的靈魂送上天際。而她在飄浮起來的同時，望著勒斯的模樣問了一句。

「勒斯哥哥，等一切結束後，你會像希爾達姐姐他們一樣回來吧？」

而勒斯望著她，淺淺地勾起一抹笑，「尤朵拉，我很高興妳找到了更重要的人。雖然我們的緣分停了，但妳和他……會一直持續下去。」

他愛她，是親情或愛情都無妨。

他只希望尤朵拉往後比誰都幸福。

「勒斯……啊！」

尤朵拉本來想說更多話，但她又一次地感覺到天旋地轉，回過神來後，她已被勒斯的力量推回自己的身體裡。

她抬起頭來，想起勒斯最後的笑容——感謝那場相遇，感謝蘊含真心的離別。

勒斯：我已沒有來生，但願妳生生世世都能幸福。

＊＊＊

忽然，尤朵拉的身後再度傳來夏佐撕心裂肺的吼叫聲。

她立刻意識到自己不能再繼續引爆靈魂，連忙將身上正在衝撞的靈力導出，往那怪物的身後虛射了幾發白金色的光刃。

當然，那一點攻擊性都沒有。

在「勒斯」還無法反應過來的瞬間，尤朵拉朝兩人身後的暗紅色漩渦狂奔，整個人沒入了宛若泥沼的漩渦中！

在進入漩渦的瞬間，她立刻見到四周有無數根細長的觸鬚朝自己伸過來，像是要吸乾她的力量一樣。就在此時，空氣中出現了淡淡的青色光點，將她的身體包圍住，讓她不受觸鬚的侵襲。

是勒斯哥哥……

尤朵拉忍住心中的傷痛，開始在邪靈的本體中搜尋希爾達和巴頓的蹤跡。四周全是密密麻麻的觸鬚，有些還在動，有些斷裂在地上，甚至還有許多看起來像「繭」的不明物體。

不久後，她聽見一個熟悉的聲音。

「尤朵拉！我在這裡！」

「咦？那是……」

尤朵拉立刻回頭看，發現安希音竟然被一堆觸鬚綁在空中，正在奮力地呼救！

「天啊！安希音！」尤朵拉的心裡湧現強烈的喜悅，她連忙衝過去，想替安希音解圍，卻發現自己使用不了任何靈力。「不行！我們在怪物的本體中，我完全沒辦法使用自己的力量。」

「沒關係，再想想辦法……」說完，安希音關心地問：「尤朵拉，妳沒事吧？難道妳也被那怪物丟進來了嗎？」

尤朵拉搖了搖頭，「不！我故意進來，打算找人幫忙。安希音，妳沒事真的是太好了！」

她以為安希音早就被邪靈吸收了，沒想到還能在這裡找到她！

「我也很意外我沒事！剛進來的時候，我就被這幾根觸鬚纏住，而且還感覺到身上愈來愈沒力氣，幸好沒過多久就有一道奇怪的光包圍了我，我才能勉強撐下去。只不過……現在我得想辦法從天上下來……哈哈！」

原來勒斯哥哥也幫了安希音一把。

安希音的語氣輕鬆，像是在舒緩緊張的氣氛，讓尤朵拉也忍不住展開笑容。她思考了下，便說：「啊，我知道怎麼幫妳了。」

她說完，便在下一秒幻化為真身，飛到天上，以獨角獸頭上的利角切斷了細長的觸鬚，讓安希音的腳得以落地。幸好在邪靈本體中的觸鬚並不粗，不然她也沒辦法救她！

「哇，尤朵拉，原來妳真的是獨角獸……」地球上也有類似的傳聞，但安希音總認為那是編造出來的故事。

或許很久以前，曾有獨角獸穿越到地球上過也說不定？

「那當然！」尤朵拉還有一點小得意。不過，她很快就恢復了理智，變回人形後認真地說：「安希音，我怕那怪物出手傷害夏佐他們，我們必須爭取時間，找到我以前的朋友來幫忙！」

「朋友？是跟妳一樣的獨角獸嗎？」

尤朵拉搖了搖頭，開始在四周走動，「是一隻很漂亮的炎鳥，還有一隻非常大的龜仙！」

「該不會是鳳凰和神龜吧……」安希音想起了地球上的一些傳說。原來，塔特星也有一些地方和地球是相似的。

「那是什麼？算了！我們之後再好好聊天，先找到他們要緊。」

安希音點了點頭，不久後忽然注意到四周的異狀，「尤朵拉！妳看那是什麼？」

尤朵拉朝她的視線望去，發現那些保護了她們的青色光點正朝某個方向飛過去。尤朵拉連忙拉著安希音的手跟上，她相信那是勒斯哥哥給她的指引！

兩人沒走多久，就找到一處堆滿了「繭」和觸鬚的地方。但這裡空間灰暗，一眼望去沒有盡頭，尤朵拉覺得這個地方根本就和她救下安希音那裡一模一樣。要是沒有勒斯殘留力量的帶領，她絕對找不到！

「是在那裡嗎？有兩顆奇怪的東西發出了微弱的光！」眼尖的安希音指向堆在最深處的兩顆繭。其中一顆隱約透著橘色的光，另一顆則是褐色的。

其實，安希音也不知道要怎麼形容那顆繭。它的材質看起來很奇怪，既不是由觸鬚纏繞而成，也不像蟲蛹那樣的構造，而是灰灰白白的，帶有微微的透明度。

真要說的話，比較像蛋殼？

「這裡該不會堆滿了那怪物的戰利品吧……」尤朵拉感到噁心地皺起眉頭。

下一秒，她又變回獨角獸的姿態，將擋在那兩顆繭前面的「活」觸鬚都切割乾淨，並從嘴中吹出一道風，把那些噁心的斷裂觸鬚都吹到別的地方去。

後來，尤朵拉嘗試以頭上的尖角撞破那兩顆繭，但它們的表面上卻只有出現一些裂痕。正當尤朵拉想繼續努力時，安希音示意她退後一步，並側身擺出了尤朵拉從來沒見過的奇怪姿勢。

「我來試試吧！」說完，安希音以一個漂亮的旋踢往前踹，瞬間將已經有了裂痕的其中一個繭踢破！

說。

「……」尤朵拉目瞪口呆地看她輕輕鬆鬆踹破另一個繭。

「呼，幸好跆拳道沒白學。」安希音搓了搓手，「嗯？妳那是什麼表情？」

她竟然能看出獨角獸的表情？

「沒事，我只是覺得，商天陽以後絕對不能隨便亂劈腿。」尤朵拉變回人形，平靜地說。

「天、天陽？幹嘛突然提起他！」安希音的臉一紅。

但尤朵拉沒時間理會難得羞澀的安希音，她迅速地跑向其中一個破碎的繭，並在裡面找到了一個側躺著的女人。

女人的長相豔麗成熟，一頭橘紅色的波浪長髮凌亂地垂至腰部，身材玲瓏有緻。在尤朵拉擔憂的注視下，她緩緩地睜開了雙眼。

「希爾達姐姐！」她緊張地叫喊。

「……尤朵拉？」儘管已沉睡了十幾年之久，對希爾達來說也只是一瞬間而已。她很快地認出尤朵拉的臉，冷靜地問道：「妳也被抓進來了？」

「不，我是來找妳和巴頓爺爺的。」尤朵拉用力地搖了搖頭，眼眶泛紅，「時間不多，我們必須趕快出去幫忙夏佐。」

說完這句話，尤朵拉便以最簡單的方式向她說明了現在的狀況，包含勒斯去世，以及時間已經過去了十幾年之久這些事。

聞言，希爾達沉默了幾秒，便離開了那顆繭裡。一回頭，被安希音喚醒的巴頓也站在兩人身後，粗獷的臉上盡是凝重。

「希爾達，有什麼事情我們出去再問清楚吧。」巴頓沉穩地望向尤朵拉，「小尤朵拉，妳知道要怎麼出去嗎？」

「勒斯哥哥說過，他會……啊！」

尤朵拉才剛說到一半，腳下踩著的地面便開始出現強烈的晃動！那瞬間，四周忽然出現許多淡青色的光點，就像是那些力量原本就滲透在空氣中一樣，布滿了整個空間。

那些光點朝他們飛去，迅速地在腳下匯流成一道疾風，並將四人同時帶離地面。不久後，那些由光點所聚成的洪流中，甚至包含了白色、橘色以及褐色的光，在接近他們的瞬間飛快地鑽入三隻神獸的心口，為他們帶回失散已久的力量。

「好壯觀！附近全都是青色的光，很像妳之前提過的龍穴！」安希音忍不住嘆道。

「看來，那怪物吸收了太多勒斯的力量，卻反被勒斯控制……哼，他果然還是一樣聰明。」希爾達的嗓音雖冷漠，卻懷著淡淡感傷。

「那是勒斯哥哥為我們開的通道！走，一起出去！」尤朵拉激動地指向上方。

原來，不知道從什麼時候開始，從四周不斷匯聚的青色光點已經化成了一道尖銳的巨型風刃，直接將邪靈的本體空間開了個大洞！成功開啟通道後，那些光點也耗盡了能量，緩緩地消失在空中。

在腳下的疾風載著四人上去的同時，尤朵拉望向自己的胸口，除了仍不斷飛入心口的純白色光點外，青色光芒已所剩無幾。

「勒斯哥哥他……」

「他的力量耗盡了。」巴頓拍了拍尤朵拉的肩膀，像是在安慰她。

「我絕對要把『它』燒成灰。」希爾達則是露出了狠戾的目光。

「尤朵拉，別太難過。」安希音拉住尤朵拉的手臂，對她堅定一笑，「妳那位哥哥救了我們，這一定是他深思熟慮的決定。現在我們要做的，就是打爆那怪物，不讓他的用心白費！」

三人各自的決心，對尤朵拉來說起了莫大的效用。她握緊雙拳，堅定地點了點頭。

位於牢房深處的巨大暗紅色漩渦，在一片死寂後，竟忽然從上方射出數道不同色彩的強烈光芒。

異象橫生，「勒斯」似乎受到了影響，在眾目睽睽下痛苦地蹲下身子。它身上那些屬於勒斯的特徵，也緩緩地褪去了。

而原本已為尤朵拉之死感到絕望的夏佐，竟在那一瞬間感受到她的氣息——

「那、那是什麼？」

希格見漩渦上方竟然噴出了一道狂烈的火焰，嚇得連自己尾巴上的火都熄了。他也跟夏佐一樣絕望，看到這情況，差點以為是把尤朵拉吃掉的「勒斯」又變得更強了！

但沒多久，一隻色彩豔麗的橘紅色巨鳥從漩渦上的破口飛出，打消了他的疑慮！

「是希爾達大人！那、那隻能隨意把一座森林燒成灰燼的炎鳥大人！」那位同為火系的神獸一直是他的憧憬啊！

「哼，別把我不小心幹的事講得那麼大聲。」希爾達飛在空中，以不屑的語氣回應了希格。

「希爾達，把妳的火爆脾氣收著點，留些力氣噴火吧。」另一道沉穩的嗓音再次奪去眾人的目光。

一名皮膚黝黑、身形壯碩的褐髮大叔從那破口中飛了出來，在他落地後，竟瞬間化成了一隻盤據大部分地面的巨龜！

「巴、巴頓大人？」希格心想，這哪是尤朵拉口中的「巴頓爺爺」啊？明明就還很年輕！

「喂，救一下那小夥子。」巴頓忽然開口對希爾達說。

希爾達沒應聲，但從空中噴了一口火焰，瞬間將刺著夏佐右肩的巨型觸鬚燒斷。在夏佐落到地面前，巴頓在空中張開了灰褐色的巨盾，將夏佐平安地送到了地上。

夏佐踉蹌一步，焦急地望向漩渦，與此同時，那破口終於發出了白金色的光芒。粉紫色長髮的少女乘著疾風而出，她另一手緊牽著的，是棕色短髮的女子。當兩人與地面上二人四目交接之時，激昂的喊叫衝破了思念的界線……

「希音！」

「尤朵拉！」

安希音降落到地面後，立刻朝商天陽的方向奔去。而尤朵拉迅速丟出一道治癒之光籠罩住夏佐的身體，在她靠近他之前，夏佐肩上的傷口竟以肉眼可見的速度完全痊癒！

夏佐感受到她身上非常強大的靈力，因而微微愣住。但在尤朵拉撲進他的懷抱之後，他什麼都不想管了。

「夏佐，我來晚了，對不起。」尤朵拉沒有抱他太久，便抬頭嚴肅地說：「我先去殺了那混蛋！其他的以後再說！」

「等等，尤朵……」

夏佐留不住她，因她已化作獨角獸的模樣，飛上天際與那隻炎鳥並肩。她的仙體此刻已經與希爾達差不多大，不再是以前那隻虛弱的小仙獸了！

「為什麼你們會……可惡，那隻龍算計我？」

「勒斯」……不，應該說是那怪物，此刻正痛苦地挺直身子，勉強握住長刀與眾神獸應對。

「你還敢提那隻龍？我還不現在就殺了你！」希爾達憤怒地噴出無數道火焰，速度之快，幾秒內便在怪物周圍造出了一片火海！

面對火海，它知道自己打不贏他們，便使出全力逃到幾尺之遠，並在空中開啟了通往地球的通道。

雖然地球對它來說是個貧脊的星球，但只要它能順利逃走，總能在那找到一些能量豐沛的靈魂吃！

看出它的意圖，巴頓也跟著張起護盾，可這次他不是要保護任何人……而是要將那怪物牢牢地鎖在他的石牢之中！

「想跑去哪？膽敢毀了我們的家鄉，燒死你都算便宜你了。」

將怪物困在石牢裡之後，巴頓拱起背來，朝它射出數發致命的尖刺。

因瞬間失去四靈以及安希音靈魂的力量，怪物根本無法與他們抗衡。此刻的它簡直比希格還要弱小，只能被困在石牢中任憑希爾達的火焰焚燒！

「啊啊啊啊啊啊啊啊！可惡！可惡！等我復活……復活之後你們一定……」

「你不會再復活了！」尤朵拉頭上的尖角射出了一道閃耀的白金色光芒。

白金之光分作兩道，分別包圍住希爾達和巴頓，而受到純淨之力加持的兩隻神獸，自身的靈力被抬高到極限，以最致命的地獄之火和密密麻麻的堅硬石刺將怪物困在了一整片熔岩中。

「啊啊啊啊啊啊啊啊啊啊啊！」

熔岩困在石牢裡，完全沒有影響眾人半分。

可在場的人皆十分驚懼地望著怪物痛苦嘶吼，直到「它」和那把長刀一樣被燒成灰燼……

漫天火光，歸於寂靜。

多年的仇恨終於結束了。

但到了今天，尤朵拉認為那已經不是仇恨了。

算是……給她，以及她所有重要的人，這些年來的一個交代吧。

怪物的意識體消失，身為本體的暗紅色漩渦也很快地被戰鬥力旺盛的希爾達擊毀。塵埃落定後，希爾達以極快的速度飛出牢房，並沒有交代她要去哪裡。而巴頓則化回了人形，匆忙地丟下一句話，便跟著她衝出了牢房。

「外面有很多魔物，我們先去收拾。小尤朵拉，妳照顧一下大家。」

「好！」尤朵拉也跟著變回人形，匆匆地點頭。

萬惡之源終於被殺死，在場的人恍若隔世，紛紛奔向了思念的人。尤朵拉回到夏佐身邊之後，竟然見到他的眼中滿是淚光。

夏佐似乎想隱瞞自己哭了的事實，並沒有正眼看她。但他伸手將尤朵拉深深擁進了懷裡，以沙啞的嗓音在她耳邊說道：「……這次，我真的要氣妳一整年。」

「對不起，但我真的不想失去你。」尤朵拉貪戀地感受夏佐身上的氣息，目光含笑：「現在我回來了，你永遠都不會失去我。」

兩人放開彼此，正想說更多的話時，尤朵拉忽然注意到空中那正在逐漸縮小的黑洞。她想起那是通往地球的通道，連忙焦急地和夏佐一起奔向安希音。

安希音也正在應對商天陽對她擅自跑去當誘餌的溫柔責怪，見到尤朵拉和夏佐向她跑來，便也出聲關心他們幾句。

可夏佐卻依然用之前那種複雜眼神望著她，看得她有點不知所措。商天陽明白夏佐的顧慮，倒是稍微幫了一把。

「那個……希音，妳還記得五歲之前的事嗎？」商天陽小心翼翼地問。

「我之前有跟你說過，我不記……」

「各位，沒時間讓你們慢慢聊了！去地球的通道快要消失了，你們再不走就回不去了！」尤朵拉一把拉過安希音的手，焦急地說完夏佐應該要早點說的事：「還有，安希音，夏佐是妳的親哥哥！妳多年前被寶書挾持，穿越到地球，所以忘了妳在塔特星上生活過五年的記憶！」

親哥哥？夏佐是……她的親人？

安希音還來不及反應，尤朵拉便一把將她拉到夏佐面前。夏佐在時間有限的狀況下，終於有勇氣與妹妹相認：「奧莉薇雅……不，我還是叫妳希音吧。」

畢竟她在地球長大，現在已經是地球人了。他就算希望妹妹能留在塔特星，他也不想說出口。

身為哥哥，那年他並沒有保護好她。現在，他也不願意阻斷安希音以後的幸福。

「夏佐，你真的是我的哥哥？你知道我五歲之前的事嗎？」安希音有些無措地問。

「嗯，那些事情之後再慢慢說吧。妳……得快點回去。」夏佐抬頭望了一下地球的通道，擔憂地說。

商天陽也拉住她的手，「希音，我們得走了。」

安希音遲疑地點了點頭，並和商天陽一起走向黑洞的方向，此時夏佐也驅動了疾風的力量，準備將兩人送上位於空中的黑洞。

不過，安希音卻在這時忽然朝夏佐跑了過來，並輕輕地抱了一下夏佐。夏佐愣了愣，望著安希音有些羞澀的尷尬神情。

「抱歉，雖然我還是想不起來，但我怕之後會後悔。畢竟，我應該沒有機會再到外星球了⋯⋯」

夏佐看了她幾秒，露出柔和的笑，「沒關係，我們還有『手機』能聯絡。」

「嗯！」安希音回以燦爛的笑容。

疾風之力將兩人載至空中，在走進黑洞前，安希音回頭對尤朵拉、夏佐和希格揮了揮手。而商天陽也溫柔地牽住了安希音的手，點頭向眾人致意——

思念之人得以重逢，便是最好的結局。

尤朵拉：安希音離開了，「他」也消失了。但只要我還記得他，他就會一直存在吧？

＊＊＊

空間傳送是什麼感覺？

之前情況緊急，安希音和商天陽沒能好好體會，返回地球時，兩人仔細地感受了一下。

先是一陣如同極光一樣的彩色光幕在眼前飄動，而後身體一輕，彷彿飄了起來，腦袋恍恍惚惚、像是喝酒後的微醺感，又有點像是輕度暈車的暈眩感……

過了幾秒鐘後，輕飄飄的身體會慢慢變沉，而後雙腳會有踩在實地的感覺。

美麗的光幕漸漸消失，眼前的景象轉換。

「這裡是……餐酒館？」商天陽有些恍惚地看著面前的環境。「我們回來了？」

「回來了。」安希音露出一個輕鬆的笑意，心底泛起外出遠行的遊子回到家鄉的放鬆和喜悅。

「我們真的回來了！」情緒激動的商天陽，高興地抱住安希音。「太好了，終於結束了！」

「嗯！」安希音也笑著回抱住他，緊繃多時的情緒突然鬆懈以後，她忍不住鼻頭一酸，掉下眼淚。

「咦？妳怎麼了？是不是哪裡不舒服？妳、妳別哭啊！乖喔……」商天陽被她嚇了一跳，急忙安撫。

口頭上的安慰沒辦法讓安希音停止哭泣，商天陽只能將她抱在懷裡。

「沒事了、沒事了，怪物都被殺死了，我們安全了。」

「要是被妳哥看見妳哭了，會不會以為是我欺負妳？他會不會衝破手機螢幕打爆我？」

「……妳要不要喝杯水休息一下再哭？應該口渴了吧？」

「噗哧——」也不知道是哪句話戳中安希音笑點，她終於破涕為笑。她離開商天陽的懷抱，胡亂抹去臉上的淚水。

「這樣才對嘛！笑著多好，我就喜歡看妳的笑容！」商天陽笑著捏捏她的臉頰，親暱地調侃道。

「……」安希音羞惱地瞪他一眼，眼底沒多少怒意。「走啦！回去了。」

她說著就要往外走，手卻被商天陽一把拉住。

「嗯？」她困惑地停下腳步，回頭看著商天陽。

「那個……希音，我……那個……」原本能言善道的商天陽，突然間變得笨口拙舌。

「怎麼了？」

「我、我……」商天陽握住安希音的雙手，兩人的體溫隨著皮膚接觸交融在一起。雖然他的心意安希音或許已經知道了，但他還是想慎重地告訴她一次。「妳覺得我怎麼樣？」

經過這場大戰，商天陽終於了解自己對安希音的感情比想像中多很多，就算自己在另一個世界沒有能力保護她，他也恨不得受傷的人是自己！

現在，他們終於回來地球了。從今以後，他想盡一切所能保護她，不讓她受到傷害。

但在那之前，他必須完完整整地告訴她……

「啊？」

「我是說，我們都認識那麼久了，對彼此也都有一定程度的了解，我、我覺得妳很好……」

對上商天陽真摯又情緒流露的目光，安希音意識到他想說些什麼，心也跟著砰砰跳。

「妳的性格很好，開朗、自信、樂觀、勤勞、體貼、細心……優點多得說不完！」

商天陽劈哩啪啦地說著話，舉出的例子有些前言不搭後語，只是一再強調兩人「很好」、「很合適」、「很相配」，緊張得掌心微溼。

看著如同正在向廠商做企劃報告的商天陽，安希音有些不合時宜地覺得好笑，心口泛著一股暖暖的甜意。

等到商天陽說得口乾舌燥，覺得已經再無遺漏時，他才說出最重要的那句話。

「妳、妳願意成為我的女朋友嗎？」

「好。」或許是因為現場氣氛太好，安希音沒有遲疑，沒有猶豫地答應了。

「咦？」愣了一下之後，商天陽才意識到對方答應了。他高興地勾起嘴角，忍不住笑了許久，還抱起她在原地轉圈圈。

若是忽略周圍一片狼藉、因為之前的戰鬥而破壞的桌椅、燈飾、地面，這場景還挺唯美的。轉了幾圈後，商天陽將安希音穩穩地放下，拉著她的手還想說些什麼時，旁邊傳來的聲響打斷了他。

「咳！不好意思，打擾兩位一下……」

林百福、池丹錦以及幾位他們不認識的人出現餐廳門口處，或許是他們站的位置過於隱密，商天陽他們之前才會沒有看見他們。

「你、你們什麼時候來的？」剛剛出爐的小情侶臉皮還很薄，一想到剛才兩人的舉動都被看見了，兩人就害羞得恨不得挖個地洞躲進去！

「我們一直在這裡。」林百福很不會看氣氛地回道。

池丹錦將林百福推到一邊去，微笑說道：「歡迎你們平安歸來！你們被傳送離開後，我們回異管局求援，找了熟悉空間穿越的專業人士過來，只是我們沒有及時地偵測到你們的下落，真的很抱歉。總之，你們能夠平安回來真是太好了！」

「謝謝。請問我們離開多久了？」

「你們失蹤了兩天。」

聽到沒有經過太久，商天陽和安希音這才鬆了口氣。

「因為你們是意外被傳送離開，我們也不知道你們之後有沒有發生什麼事，為了安全起見，需要請你們到異管局做筆錄和身體檢查。」

「主要是要確認你們的身體沒有問題，筆錄隨便說說就行了。」林百福補充說道。

知道異管局著重於身體檢查後，安希音和商天陽雖然還是有顧慮，但是現場都是異管局的人，他們也沒辦法拒絕。

拒絕不就代表他們心虛了嗎？他們只是想要隱瞞夏佐他們的存在，又沒有被邪靈附身！

想通了這一點，安希音和商天陽也坦然不少。

在異管局做了一系列的檢測後，商天陽和安希音平安地回去了。回到家後，商天陽打電話跟家人聊了一會兒，之後開始處理這幾天堆積的工作，而安希音則是連通了跟哥哥夏佐的通訊，向對方報平安。

「哥，我到家了。我們都沒事，這裡只過了兩天而已。」

儘管夏佐在安希音過往的記憶中仍有些模糊，但她還是以「哥」來稱呼他。她相信夏佐和尤朵拉他們都不會說謊，更何況她的確對「奧莉薇雅」這名字感到非常熟悉。

剩下的，就用時間來證明吧！

『只有兩天？應該是兩個世界的時間流速不同。』

「你……還好嗎？」

『嗯，這裡的事情處理得差不多了，不用擔心。』

簡單說了幾句話後，剛認親不久的兄妹倆相對無言，氣氛有些僵硬。他們都在意著唯一的家人，但是又近鄉情怯，不知道該怎麼把握相處的距離。遠了不行，近了又怕對方會不適應。

「尤朵拉她不在你身邊嗎？」

『她在旁邊吃東西。妳之前給她的漢堡，她很喜歡。』

想起尤朵拉暴飲暴食的模樣，安希音忍不住嘴角上揚，和夏佐之間的氣氛也緩和了些。

「那我等一下再去多買幾個漢堡送給她。」

『對了，商天陽他……』

「哥找我？我在這裡！」商天陽突然從旁邊冒出來，熱情地向夏佐打招呼。

『誰是你哥？』夏佐黑了臉色，原先溫和平靜的態度瞬間變了。

「不喊哥要喊什麼啊？難道要叫你大舅子？」商天陽的表情有些羞澀，但還是迫不及待地將好消息告訴夏佐。「哥，我跟希音在一起了，她答應當我女朋友了！」

『女朋……咳，希音，妳要不要再想想？』

夏佐果然改叫她「希音」了。但她沒想到，才剛回來地球，居然就要跟哥哥聊這麼尷尬的話題！

「呃，哥……」安希音有些遲疑地喊了一聲。

「哥，你怎麼這麼說？」商天陽委屈巴巴地嚷嚷。「我雖然沒有你長得帥、沒有你能打，但是在我們這邊，我也是一個勤奮、努力、上進、小有資產的優質男！跟希音絕對相配！」

其實他這麼說是客氣了，他根本不只是「小有資產」的等級。在其他條件上，也贏過大部分的地球人！

『咦？你們不是住在一起嗎？原來你們真的現在才開始交往啊！』

尤朵拉也冒出來加入這場談話，嘴角還沾了一點麵包屑。她之前就推測這兩人可能還沒交往，沒想到猜中了。

不過也對，她和夏佐從小就住在一起，也是到最近才向彼此坦白心意的。

『住在一起！？希音，這是怎麼回事？』

以往夏佐跟他們通話時，他都以為他們所在的地方是辦公室，他還真不知道兩個人已經住一起了！

「這、這件事說來話長……」

『喔？沒關係，我時間多，可以聽妳慢慢說。』夏佐的語氣急轉直下，難得展露出了哥哥的威嚴。安希音臉上一僵，乾脆將手機扔給商天陽。

「我突然肚子有點痛！我去上廁所！你跟我哥解釋！掰！」安希音施展出「廁所遁」，動作敏捷地溜得不見蹤影。

「哥，你聽我狡辯！呃，錯了，你聽我解釋……」

商天陽：贏得希音的心之後，接下來要努力收服大舅子的心了！

尾聲

在那場浩劫結束之後，總部的元氣大傷，派去特殊監獄支援的守備員及特戰員出現了不少死傷，幸虧消失多年的神獸希爾達和巴頓及時出手相救，才沒有釀成更嚴重的悲劇。

邪惡體澈底死去，當初它從尤朵拉身上奪走的靈力也回到了她身上。她動用自己強大的治癒能力，在接下來幾周幫助了不少受傷的總部人員，並協助淨化了被魔物屍體汙染的特殊監獄。

當然，尤朵拉也回到了仙獸森林。

她施展靈力，將多年前被摧毀殆盡的森林悉數淨化。仙靈的聖地獲得重生，腐敗的草地紛紛長出新芽，離去多年的炎鳥和龜仙也回到此地居住。許多小仙靈聽聞了消息，自塔特星上的各處返回了森林，才過不久，聖地便再次蔓延生機。

但不管今後這裡將會變得多麼繁榮，都沒有任何一個生命會忘記「他」的存在——

「夏佐！你剛才在和安希音聊天嗎？」

特戰部辦公室中，尤朵拉小心翼翼地開門進入套房。夏佐正好收起了覓蹤書卷，在床上伸手招她過去。

最近，她總覺得夏佐莫名地多了很多心事，卻又不主動跟她說。明明總部為了感謝他們，特地放了他們和希格一個長假，心情應該要更輕鬆才對吧？

還是……夏佐正在想辦法和安希音拉近更多距離？

尤朵拉才剛走到床邊，夏佐便把她拉向自己的懷中，不屑地說：「嗯，但才說到一半，商天陽那傢伙就拉著希音去開會。地球人為什麼總是在開會？」

尤朵拉忍不住笑了笑，「那，安希音想起以前的事了嗎？」

自從夏佐和安希音認親後，也已經過去了幾個月的時間。這段時間，大家幾乎絕口不提那場大戰的細節，或許是因為每個人都仍心有餘悸的關係。

不過，夏佐和安希音幾乎每兩三天就會聯絡一次，雖說都是閒聊，但兩人之間也拉近了不少距離。可比起「兄妹」，他們在一起的氛圍更像是朋友。

剛開始的時候，夏佐還動過去地球見妹妹的念頭，畢竟當初商天陽毫髮無傷地透過「手機」穿越到塔特星，表示覓蹤書卷不僅能根據世界的特性，化作適合的聯絡裝置，更有機會可以突破傳送生命體的限制，將夏佐傳送到地球。

但經過無數次的研究及希格的猜測，再加上尤朵拉使用書卷時的觀察心得，眾人得出了一個可能的結論。

當初，第一次使用覓蹤書卷時，尤朵拉選擇的媒介是「夏佐的血」。而夏佐的血液中含有純粹的龍魂力量，這也使得書卷的功能變得強大，突破了傳送生命體的限制。

至於為什麼會誤打誤撞地聯絡到遠在地球的安希音？這件事還真沒有人知道原因。但尤朵拉猜想，大概是因為那兩人有血緣關係，書卷在浸染龍魂血液的狀況下變得既強大又不穩定，這才出了意外吧？

雖然不清楚真相是不是她想的那樣，但，尤朵拉很感謝這個意外。

話又說回來，夏佐到底有沒有辦法利用覓蹤書卷傳送去地球？說也奇怪，在兄妹認親後，夏佐使用了自己的血，測試過幾個新的覓蹤書卷，卻沒有一次能連上安希音。

也就是說，去地球的計畫目前是不可行的。而夏佐和安希音，現在就只能靠之前使用「安希音的血」啟用的覓蹤書卷來聯絡彼此了。它的力量並不像之前的書卷一樣強大，能傳送的物品數量少了很多，但地球那邊已經沒有像寶書一樣的壞東西，尤朵拉並不需要傳送法器和防禦物品給安希音防身。

總之，現在她們還能交換一些日常物資，就已經很足夠了。

「沒有，小時候的記憶本來就很模糊，何況希音又被魔物攻擊，受到很大的驚嚇。」

夏佐把下巴靠在尤朵拉的肩上，「想不起來也沒關係，偶爾聯絡就好。」

「這哪算偶爾？以前你都沒這麼常聯絡我！」尤朵拉忍不住抱怨。

夏佐輕鬆地笑了，「幹嘛？妳又吃醋？」

「我才不會吃你妹妹的醋。」

「呵，妳真是一隻心胸寬大的獨角獸。」

尤朵拉得意地回頭看他一眼，「那當然！哪像你，吃希格的醋也就算了，竟然還吃勒斯哥哥的醋，他都已經……」

尤朵拉本來只是想開開玩笑，現在的夏佐好像也不怎麼介意她提起勒斯了，但說到這件事，不免還是有點感傷。尤朵拉沉默了幾秒，感覺到夏佐從後方抱緊了自己。正當她想說點話緩和氣氛時，夏佐忽然問了她一句話。

「尤朵拉，妳不覺得我做什麼事都是徒勞無功嗎？」

尤朵拉愣了一下，「什麼意思？」

夏佐發出一聲帶著笑意的嘆息，緩緩地說：「當年我和妳相遇的時候，是他犧牲生命救了我們；這次，我們再度遇上那個怪物，我卻怎麼努力都沒辦法殺了它，甚至還差點失去妳。最後……竟然又是已死去的他救了我們。」

「明明我發誓過要保護妳，但在關鍵時刻，我好像什麼都做不了？」

夏佐的自白並不是忌妒，而是對自己的無能為力感到沮喪。一開始，他是很忌妒勒斯，但他也明白要不是有勒斯的存在，他和尤朵拉根本不會相遇。更何況，勒斯賭上了性命拯救所有人，卻換來無法重生的結果……

換作是他，他能做到嗎？

「夏佐……」

原來這段時間，他都把這件事放在心上嗎？

本來應該要心疼他才對，但聽見此話的尤朵拉，卻莫名地有點生氣。她再度轉頭看他，出言反駁：「你才沒有什麼都做不了！在我失去所有家人、無依無靠的時候，是你一直陪著我。那時候你明明不像現在一樣強大，卻還是努力地在法術學院修練，想盡辦法保護我！要不是你，我根本撐不到打敗『它』的那一天。」

「雖然這次又是勒斯哥哥救了大家，但他已經不會再回來了。」尤朵拉抿了抿唇，紫眸中滿是堅定的目光，「從今以後，我想珍惜他守護我們的心意，跟你一起好好活下去。當然，他的心意只是親情……」

她的話都還沒說完，夏佐便湊上去吻了她的唇。他的指尖放在尤朵拉柔軟的臉頰上，親暱地摸了幾下。

「嗯，我知道妳的心意了。」放開她後，夏佐狡黠地眨了眨眼。

「……」奇怪，她怎麼有種被拐了的感覺？

不久後，夏佐再度拿出覓蹤書卷，開啟了留言功能。尤朵拉好奇他在做什麼，便出聲問了他。

「聽商天陽那傢伙說，今天是希音的生日。雖然我知道『奧莉薇雅』真正的生日是哪天，但既然希音選擇了她進入育幼院的那一天作為生日，那我們就在這一天祝福她吧。」

「祝福？你要留言給她嗎？」尤朵拉興奮地說：「等等我們送給她一些禮物吧！啊，要快一點喔，時間流速不是很穩定，說不定一小時後她的生日就過了。」

夏佐點了點頭，而後又望向她：「妳也留個言給她？」

要跟安希音說什麼才好？

尤朵拉想起這段時間和安希音的奇妙緣分，不禁嘴角上揚。誰知道，她竟然能陰錯陽差地聯繫上一個外星人，甚至還替夏佐尋回親人？

這一切，都太像奇蹟了。

凝神思考了一下，尤朵拉在夏佐留完言後，緩緩地將覓蹤書卷拿到手上。她望著那道神秘的金色光輝，心中充滿那場奇遇的回憶，在清脆的嗓音被烙印進書卷的同時，為遠方之人帶來最真心的祝福。

『安希音，生日快樂！除此之外，我還想告訴妳一個故事。』

『以前，夏佐不斷地在世界各地旅行，我非常想念他，一直等待著他。』

『我從來不明白他旅行的意義，直到妳的出現。我們的友誼讓悲劇出現轉機，讓我終於明白夏佐的用心，也讓妳找回了最重要的親人。』

『當然，妳也讓我最親愛的人展露了笑容。』

『謝謝妳，安希音！』

——我很幸運，在世界之外遇上了妳。

——比起意外，我更想認定這是奇蹟。

【全文完】

章外　初吻藏在細節裡

成為情侶關係後，生活會有什麼改變？

安希音覺得，大概就是商天陽變得更黏人了！以往行事果決、做事獨立的商天陽，現在非要自家女友陪在身邊一起跑行程。吃飯要在一起，工作要在一起，跑行程要一起……就差上廁所的時候沒有跟她手牽著手一起去了！原來男人談戀愛後，就變成黏人精了嗎？

不只是這樣，商天陽不知道是從哪裡學習「戀人相處模式」的，竟然會在私底下向她撒嬌！第一次被他撒嬌時，安希音真是震驚了！

媽呀！看起來很直男的商天陽竟然會撒嬌耶！

雖然不習慣，不過能夠見到商天陽的另一面，而且這副模樣還是為自己展現的，安希音覺得很高興。

適應了撒嬌又黏人的男朋友後，最近商天陽又在古古怪怪，總是看著她面露糾結。安希音也懶得猜測，既然雙方已經是男女朋友關係，那就正大光明聽心音囉！

「一般情侶都是交往多久才接吻？網路上的攻略怎麼那麼亂，都沒個確定時間嗎？」

「我跟希音已經交往快兩個月了，牽手牽過了，也有親臉頰……接下來應該可以再進一步了？」

「搜尋其他人的情況看看……」

商天陽十指飛快地在鍵盤上敲敲打打，目光專注、表情正經，要是安希音沒有聽他的心音，肯定會以為他是在工作！

「兩性專家指出，認識一百天後才可以牽手，牽手後至少一個月才可以擁抱？擁抱後三個月才可以接吻？真的假的？那我跟希音的時間和步驟不就錯了嗎？這專家肯定是假的！」

商天陽氣呼呼地切換網頁，轉換到大學生論壇區，觀看現在年輕人的討論。

「交往第一天就接吻？哇喔……」

商天陽看著其中一則留言，面露羨慕。

「還沒交往就親了？這個，嗯……」

商天陽假想了一下，要是他這麼做了……會被安希音打扁吧？

「啄一下的那種算親嗎？還是要喇舌那種才算？要喇舌的話，我是交往一個月……」

「交往五個多月，男朋友只親我臉頰，我下定決心主動親他的時候，他竟然避開了！」

「啊咧？這個男人是怎麼回事？要是希音親我，我絕對不躲！」

「……」偷聽到這個想法的安希音，默默地翻了個白眼。

主動什麼啊！不可能主動！別想讓我主動！若是忽略那發紅的耳朵的話，會覺得這話還挺有氣勢的。

「對有些人來說，初吻相當神聖，需要心情醞釀好以後才能親，所以不管等多久都很正常，躲開也很常見。」

「有口臭的話，對方會想要避開也很正常。」

看見「口臭」的評論，商天陽雖然確定自己沒有口臭，卻還是在螢幕的遮掩中，躲躲藏藏地對著手掌哈氣，再度確認自己的口氣。

「……」透過眼角餘光看見商天陽動作的安希音，壓抑住也跟著檢測口氣的衝動。她拿起水杯喝了一口，在放下水杯之前，還是忍不住小小地哈了口氣，確認自己沒有口臭！

嗯，很好。

她滿意地點頭，而後又為自己的反應一僵。

媽呀！我到底在做什麼？

安希音恨不得把腦袋往辦公桌上磕幾下，把腦中的想法全都敲沒了！

不知道自家女友同樣為了初吻而糾結的商天陽，正在尋找初吻攻略！

「初吻最好在環境好、氣氛佳的地方進行，給雙方留下美好的回憶。」

「雖然到氣氛好的餐廳吃飯很浪漫，但是吃過飯後接吻，不覺得很……」

吃完飯後嘴巴肯定留有食物的氣味和殘渣，在這種情況下親吻，想想都覺得是災難！

看著網友們分享的初吻場地，商天陽摸著下巴，開始盤算應該去哪裡約會比較好，完全忘了安希音會讀心術這件事。安希音就這樣「聽」著他挑了一個又一個場地，耗掉了這天的工作時間。

「希音，我們晚上去看夜景吧！」下班前，商天陽興沖沖地對她說道。

「你晚上要去錄影，忘記了嗎？」安希音笑嘻嘻地詢問。

「咦？有嗎？」

「有喔！」安希音調出手機上的行事曆，讓商天陽觀看他晚上的工作行程。

「……」發現確實有工作安排，商天陽沮喪得眼睛都黯淡下來。

「乖啊，認真工作。」安希音站起身，笑著拍了拍他的腦袋。

商天陽順勢抱住安希音，鬱悶地撒嬌。「我不想工作，只想去看夜景。這個景點我找了好久，網路上的評價很好，是情侶約會的十大聖地……」

「那也沒辦法呀！又不能臨時取消工作，只能下次再去囉！」安希音揉了揉他的頭髮安撫。

「……人為什麼要工作呢？」商天陽抱著安希音埋怨。

「為了生活、為了夢想，為了以後能夠自由自在地去看夜景。」安希音拍了拍他的肩膀，笑著調侃道。

「我現在心情很不好，要女朋友親親抱抱才會高興。」商天陽嘴上這麼說，其實他也只是想要獲得一個臉頰吻，沒有奢求其他。

「耍賴呀你！」安希音捏了捏他的臉頰，湊上前親了一口。「好了，親過了，要努力工作啊！」

安希音拿起水杯，滿臉通紅卻裝作若無其事地溜到茶水間。

商天陽一臉恍惚地摸著嘴唇，笑得傻嘻嘻的——看來，出其不意才是浪漫的初吻啊！

章外　那才不是初吻

在失去重要之人後，他們幾乎一直在一起。

那顆無人到訪的繭裡，只有他和她的存在。

「尤朵拉，除了剛才送來的那些，妳還需要什麼嗎？」

來自總部的總管人員站在門口親切地詢問。即使這扇時常深鎖的大門只從裡面露出了半顆腦袋，她還是保持專業素養，耐心地站著等待。

她知道這扇門裡住的「人」來頭不小，那位大人雖然很怕生，但地位高貴，長相也非常可愛，任誰一眼看了都喜歡。

更何況，「她」才剛經歷過一段悲傷的故事。那段故事幾經封鎖，除了前往事發地支援的人員外，總部裡知道的人不多，但只要是知道的人，皆無不替「她」感到心疼。

站在房內的粉紫色長髮女孩將門敞開了一點點，輕輕眨了眨臉上的那雙紫眸，以微弱的嗓音出了聲。

「不用了，謝謝。」

「好，如果有需要幫忙的地方，妳儘管用通訊法術聯絡我。」

「那個……等等。」

總管人員離開前，尤朵拉叫住了她。她轉頭微笑，正想傾聽尤朵拉的需要，卻在那一瞬從門縫中窺見那名安靜地看著窗外的男孩。

那是「夏佐」。

並無天賦異稟，卻因龍魂附身而變得特別不一樣的孩子。可她想，若他能選擇，他肯定不想要那股力量。

變強的代價太大了。

「是，還有什麼需要嗎？」總管人員不動聲色地問。

尤朵拉乖巧地搖了搖頭，那雙紫色眸子卻帶著異樣的疏離，「下次送物資來的時候，直接傳進我的空間飾環就可以了。我們有什麼需要的話，也會用通訊法術聯絡妳。謝謝，再麻煩了。」

以前，她曾從資深一點的特戰隊員口中聽說，那隻自小生長在仙獸森林的「獨角獸」大人並不是這麼恬靜的性子。可她自從擔任照料兩人的總管後，就沒見過尤朵拉笑。

或許，尤朵拉只有待在房門另一邊時，才會對重要之人露出笑容吧。

她也理解，尤朵拉似乎非常不信任塔特人。不過沒關係，她知道總部上下對倖存的兩人絲毫沒有惡意，那就夠了。

「好。」總管人員笑著點頭。「對了，夏佐下個月要去法術學院就讀的用品已經準備好了，其中也包含了一些能事先預習的書卷，全部都整理在剛才給妳的物資包內，你們空閒時再看看。」

說完這句話，她便先行離去。尤朵拉也站在門口看了好一陣子，確定走廊上都沒人後才關上門。

才剛轉身，尤朵拉便換上與剛才截然不同的笑容。

「夏佐，總管帶來了蜜莓果，你要吃嗎？咦，你已經在預習了？」

小小的尤朵拉才剛走到夏佐身邊，便見到他已離開窗前，手中拿著一張發出淡黃色光芒的書卷。

夏佐看了她一眼，「我只是先看看這些東西程度到哪裡。」

下個月，他就要去專門訓練塔特人的法術學院就讀了。以他十二歲的年紀是早了一點，但他自從被勒斯賦予青龍之力後，實力比一般的塔特人還強勁不少，總部似乎也有意培養他成為特戰隊員，便使用了公費將他提前送去法術學院就讀。

夏佐並不排斥這安排，只是他依舊警戒著其他塔特人，如同尤朵拉一樣。

「有研究出什麼嗎？」身為遠古仙獸，尤朵拉並不需要特別訓練，就能自由操控法術能量。但此時的她已經散盡大部分的靈力，也無法給夏佐什麼幫助。

「就是一些基本的靈力鍛鍊法。」說完，夏佐便把書卷扔到桌上。

「喔……那來吃點東西吧，這莓果看起來不錯。」尤朵拉率先啃了一口琥珀色的蜜莓果，些微汁液掛在她的嘴邊，看起來傻呼呼的。

夏佐望了她一會兒，想起方才站在門口的女人。他知道那位是負責照顧他們的總管，他也讀過她的心幾次，那人表裡如一，非常善良。但他還是不喜歡跟塔特人有所接觸，就連尤朵拉也不喜歡。

儘管他自己就是塔特人。

但在兩年前，他的人生被一群圖謀不軌的塔特人給摧毀殆盡。他在森林中失去了父母和妹妹，尤朵拉也一樣失去了家人。

他不得不恨。

夏佐看了一下自己的掌心，上頭的紋路隱約泛出淡青色光芒。那是青龍勒斯的力量，他在死去之前賦予他的。

生命之力，如此沉重。

他除了天生擁有家傳的讀心術外，資質和一般的塔特人差不了多少。他的人生本該平凡，卻因一場悲劇走上了截然不同的道路。

現在的夏佐很強，人生正待發光。可他卻寧願一生平庸，只要父母和妹妹能活過來……

「夏佐？」尤朵拉吃完幾顆莓果，發現他正在發呆，便好奇地歪著頭看他。

「嗯？」夏佐回過神來看她。

尤朵拉把一顆莓果塞到他嘴邊，換上和莓果一樣甜的笑容。「快吃！吃飽了才能鍛鍊。」

「我又不需要鍛鍊……」夏佐正想吐槽這些書卷上記載的法術太過基礎，但見到她的笑容，又把話吞了回去。

他是喜歡尤朵拉的。

在那個年紀，一切都還很懵懂。他也知道尤朵拉掛念著勒斯，但剛失去家人的他並不想思考那麼複雜的事。更何況，勒斯還救了他的命。

所以，他活下來的意義便是守護尤朵拉。

只不過……

「要是勒斯哥哥還在就好了。有他在，你根本不需要去法術學院，他會教你所有的……」說到一半，尤朵拉沉默了下來。在勒斯離開後的那兩年，她的嘴邊仍不斷提起那位故人。

因此，夏佐偶爾會忌妒他。忌妒那個，已死去的「他」。

在夏佐就讀法術學院的那幾年，藉由龍魂之力以及自身的聰明頭腦，技壓了不少人。他沒有寄宿在學院，每天下課都會回到與尤朵拉一起居住的總部套房中。尤朵拉和夏佐都不喜歡出門，畢竟只要出門就會遇到滿街的塔特人。

雖然同樣警戒塔特人，但他倆並不排斥接觸仙獸。不過能適應塔特人生活的仙獸不多，因此尤朵拉的身旁沒有其他同伴。

夏佐在學院也沒有同伴。他很受其他學生歡迎，可他就是不喜歡那些懷著各種心思的塔特人，總是遠離人群，自己一個人上下課。

尤朵拉也去過幾次學院，都是為了找他。但夏佐發現那些傢伙都很喜歡尤朵拉，只要見她一眼，心裡就會冒出各種思慕的心情。

讀了那些心思後，他又更討厭塔特人了。

在繼承了龍魂之力後，夏佐以為尤朵拉在自己的保護下，一直都會很安全。可就在他十八歲生日即將到來之前，尤朵拉瞞著他出門，一個人到城外的黑市尋找夏佐適用的珍貴法寶。

尤朵拉想送他一個特別不一樣的生日禮物，卻意外捲入了黑市的爭鬥。

在那裡，沒有塔特人知道她是貴為四靈的獨角仙獸。

但一隻冒險進入黑市做買賣的小狐狸知道。

當尤朵拉見到那隻火紅色的瘦小狐狸被盤據在黑市的地頭蛇打成重傷時，她立刻就站了出來保護他。在主城附近，仙獸是相當稀少的。她身為仙獸之首，總是對這些小仙靈抱有憐憫之心。

可失去大部分靈力的尤朵拉依舊能力有限，在勉強靠「疾行」抓著那隻小狐狸逃脫後，兩隻仙獸筋疲力盡地倒在了總部的樓下。

夏佐一聞訊就趕來了。那日下著雨，時間已經接近傍晚，夏佐才剛從學院下課就接到總部的消息，立即用他生平最快的速度趕回總部。

望著傷痕累累的尤朵拉，他體內的靈力爆發，幾乎要毀了整個房子。幸好他們居住的套房外設有強力結界，損害不算太大。

那隻突然冒出來的狐狸是誰？雖然夏佐很在意，但他更在意的是自己竟然沒有保護好尤朵拉。

在那之後，夏佐以數倍的努力在法術學院修練。兩年後，成年的夏佐以第一名畢業於學院，並前往特戰部任職。

一成為了特戰部隊員，夏佐便在總部附近設下強大的結界。那結界經過特殊處理，只關得住尤朵拉。

他希望尤朵拉能一世安好。儘管手段激烈了點，但慶幸的是尤朵拉並沒有太大的反彈。

這樣就好。

在他找到方法讓尤朵拉回復靈力之前，他必須這樣保護她才行。

可惜的是，夏佐在特戰部奔波了幾年，藉由各種管道打聽當年仙獸森林的事，卻仍一無所獲。某日，他終於死了心——

在尤朵拉不諒解他的情況下，獨自踏上了無數次的旅行。

「辛苦了，今天就訓練到這裡吧。」

「謝謝。」

夏佐拿下頭上的心靈訓練法器後，便向開設此堂課的總部特聘導師點了點頭。

他走出總部，在回去找尤朵拉的路上隨意尋了隻小仙獸，聆聽他的心音幾秒後，滿意地勾起了嘴角。

那場大戰過後，夏佐主動接受了心靈訓練的課程，為的就是能更方便地突破塔特人腦中的心理防禦，成功讀取每個塔特人的心思。驚喜的是，當他訓練到一定程度的時候，竟然連某些能力較弱小的仙獸的心也能讀！

當然，他第一個實驗對象就找了希格。可惜那傢伙弱歸弱，倒還沒有到非常弱。沒關係，他總有一天要聽聽那傢伙心裡對尤朵拉到底是怎麼想的，哼。

至於，他為什麼要接受這種課程？

尤朵拉找回了失去的靈力，變得那麼強大，他不好好訓練自己可不行。接受課程時，因為訓練法器必須激化大腦，所以夏佐總是在過程中想起一些情緒較強烈的回憶，比如他和尤朵拉的相遇，以及一路相處過來的點點滴滴。在他心中，果然沒有什麼能比尤朵拉重要。

「尤朵拉！」

夏佐回到位於主城某處的工作室，一進門就開始尋找尤朵拉的人影。

——在殺死邪惡體的一年後，夏佐辭去了特戰部的工作，與尤朵拉一起在主城開了個小小的賞金獵人工作室，專門接一些總部及貴族發出的賞金任務。當然，「工作室」這個名詞是安希音告訴他的。

平息邪惡體的混亂後，夏佐和尤朵拉的名號自然是傳遍了整個塔特星，大大小小的獵捕工作、各種報酬豐厚的艱鉅任務如雪片般飛來，兩人比在特戰部的時候有錢多了。夏佐不再需要搜索邪惡體的蹤跡，因此也多出了很多時間工作。更何況，他每次都會帶著尤朵拉一起去，美其名是工作，實際上根本就是約會！

以上是身為工作室財務長的希格之感想。

但好處是，希格再也不用為錢煩惱了。

「我在房間！」尤朵拉的聲音從房門內傳了出來。

夏佐進了門，本想好好抱一抱她，卻發現尤朵拉正在和安希音通訊。這一年來，她們的關係是愈來愈好了。

「啊，換你和安希音說！希格剛才說我有包裹，我去門口確認一下。」尤朵拉把覓蹤書卷遞給他，便蹦蹦跳跳地走出去。

夏佐望著她的背影，直到安希音的聲音從書卷中傳出來。

『哥，尤朵拉為什麼不用身上的百寶袋收包裹啊？上次我聽她說，在你們的世界如果想寄東西給別人，只需要把東西傳到百寶袋就可以了。』

「百寶袋？妳是說空間飾環嗎？」安希音會用一些地球的用語來稱呼塔特星上的東西，不過夏佐也不介意，「喔，因為尤朵拉的空間飾環已經關掉了接收東西的功能。」

『為什麼要關掉？』

想到這個，夏佐就來氣。他變了臉色，不爽地向安希音解釋：「我想不通那些臭塔特人和臭仙獸幹嘛一直把尤朵拉當成偶像？自從我帶她去各地做賞金任務後，她的粉絲就愈來愈多了！不久前，她的空間飾環才剛被禮物塞爆，現在可好了，空間飾環送不進去，這些人就改丟工作室的門口，我們到底是要怎麼好好走路？」

『呵呵，哥，你聽起來像在吃醋耶。』

夏佐沉默幾秒，輕輕哼了一聲。「那妳呢？妳和商天陽那傢伙怎麼樣？」

『呃……我們還不錯啦，但工作也愈來愈忙了。』

「那小子會因為工作忽略妳？」

『也不能這麼說，應該說我們兩個都很熱衷於工作吧。哥，你別擔心，我們過得很好。』

他一點也不擔心商天陽好嗎？但夏佐也不想說太多，免得安希音覺得他在阻礙妹妹的愛情。

『對了，其他人不知道哥和尤朵拉的關係嗎？我覺得如果大家都知道的話，就不會有那麼多人追著尤朵拉跑了。』

那當然是知道了。

……應該知道吧？

「我們一直都形影不離，就算還沒結契，那些臭塔特人和臭仙獸也應該要看得出來吧？又不是瞎了眼。」夏佐愈說愈生氣，還讓安希音好生安撫了他幾句。這一年來，夏佐會跟妹妹分享的事情愈來愈多了，尤其是尤朵拉的事，根本三句不離。

也可以說，他完全把妹妹當成了戀愛方面的軍師。畢竟在塔特星上，他也沒幾個人能說。

『結契？啊，是結婚對吧？哥，你也該找個時間……啊。』

安希音的聲音忽然停了。夏佐驚覺不對勁，連忙回頭，果然見到尤朵拉正站在自己的背後看。

和妹妹討論要與尤朵拉結契的事……竟然被她本人聽見了。即使是夏佐，也不好意思地紅了耳朵。

他刻意避開尤朵拉的目光，並將通訊掛斷。正當他想隨便找個話題敷衍過去時，尤朵拉忽然撲向他的懷裡，還在他臉頰上親了一口。

「夏佐，你太可愛了！」這一年膽子變大不少的尤朵拉，抱著他呵呵笑。

「……」

夏佐有點不爽，他伸手把那隻掛在自己身上的獨角獸扯下來，並用雙手捧住她的臉，纏綿地吻了上去。尤朵拉熱烈地回應他，還勾住了夏佐的脖子。

可惜，當兩人親得正甜蜜的時候，剛把包裹從外面全部搬進來的希格卻誤闖了禁地──

「呃，不好意思，你們繼續。」不小心打開房門的希格，額上流了無數冷汗。

靠，他的眼睛要瞎了。

「臭狐狸……你過來跟我談談。」夏佐的眼裡充滿了地獄之火，舉起的雙手看起來正準備戳向他的眼睛。

靠！他真的會瞎！

那天晚上是龜仙巴頓的生日，夏佐和尤朵拉一起回到仙獸森林，準備在眾多小仙靈所舉辦的聚會中替巴頓慶生。

但在慶生會上，巴頓就像父親一樣，不斷地關心尤朵拉和夏佐的感情狀況；希爾達甚至板著一張臉，像嚴厲的母親似地問了夏佐一大堆事情，只差沒把他的祖宗十八代問出來。

然而在經歷這些夏佐並不喜歡的社交行為後，他還是成功地挺了下來。尤朵拉開心地拉著他到龍穴中，與他肩並著肩談天。

邪惡體死去後，龍脈並沒有恢復如初。但自從那場大戰後，夏佐的靈魂也不會再和龍魂出現互斥的狀況了。

或許是因為勒斯的意識已經完全消失了吧。

尤朵拉想起一些過去的回憶，將它們放在心裡後，便好好地望向了「現在」。

可她的「現在」，卻不知道為什麼從空間飾環中掏出了一個黑色的方型盒子。

「夏佐，那是什麼？」她好奇地問。

夏佐沒多說什麼，只是安靜地將方形盒子打開，露出裡面的一枚銀色戒指。戒指上頭鑲著銀白色的晶石，材質不像是塔特星上能見到的，比較像是……

「希音告訴過我，我必須先問過妳的意見，才能和妳結契。聽說，這在地球上叫做『求婚』。」說完，他撈起尤朵拉的手，直接將那枚戒指套在她的指尖上。「但我不想問妳了，因為妳本來就是我的。」

「咦？」尤朵拉呆愣地望著手上的戒指。夏佐現在，是想要和她結契嗎？

「希音說這叫鑽戒，在地球上結契的伴侶都會戴上這個。一雙一對，生生世世。」夏佐輕鬆地笑了笑，伸手捏她的臉頰，「怎麼？妳喜歡嗎？尤朵拉。」

「我……」尤朵拉的雙眸隱含淚光，卻笑得很幸福，「我最喜歡你，夏佐。」

「幹嘛趁機告白？算了，妳過來。」

夏佐朝她伸手，將她抱了個滿懷。不久，他發現尤朵拉竟然哭了起來，忍不住笑著問她幹嘛哭。

「以前你都不理我！現在你竟然這麼主動，還說要跟我結契，嗚嗚……」她的嗓音全部黏在一起，聽在他耳裡只有可愛能形容，「我們從小就生活在一起，居然到了現在才……嗚嗚，連初吻都是在打爆那噁心的怪物之後才有的……」

「啊？那才不是初吻。」夏佐忽然說。

「嗯？」尤朵拉滿臉淚痕地抬頭。

「每次我出門旅行之前，都會去床上親妳一下，不知道嗎？」說完，夏佐勾起一抹笑，看起來是多麼理所當然，「當然是親嘴。」

「……」

五雷轟頂，砸死一隻獨角獸。

「夏佐，你……你……」

快把她那個不知道什麼時候就已經失去的初吻還來啊啊啊啊啊啊！

【章外完】

後記

嗨，我是凝微，很高興可以在台灣角川和大家見面！

這次的新書《世界之外，有妳存在》是以比較特別的方式寫作——和貓邏老師一起接力完成！這是我第一次嘗試的寫作形式，在平衡兩者風格的考量下做出了一些微調，希望大家看得開心！

同時，《世界之外，有妳存在》也是我第一本輕小說，雖然加入了本身擅長的戀愛元素（笑），但幻想的成分還是比以往的作品還多。不知道大家覺得如何呢？雖然對大家的回饋有點忐忑（？），但我還是希望以後有更多機會挑戰輕小說作品！我會繼續努力吸收奇幻養分的！

寫奇幻故事要注意的地方比想像中多，常常來回修BUG，多花了很多時間和篇幅，這也是和現代愛情小說特別不一樣的地方。透過這次的合作，我獲得了許多寶貴的經驗，真的十分感謝貓貓，以及支持這本書出版的齊安編輯和台灣角川出版社！

最後也要感謝繪製超美封面的白露老師，以及友情加盟，幫忙繪製首刷贈品的深雪老

師！看著你們的香香圖，我覺得自己可以幫夏佐和尤朵拉再寫十萬字！（咦）

那麼，我們就下一本書再見囉！

凝微 2023.01.03

《世界之外，有妳存在》是我跟凝微合寫的作品，也是第一部完成的合寫文。

以前也有跟人合寫過，不過因為雙方都忙，經常寫著寫著就被生活的各種事務干擾，加上時間拖久了就失去寫文動力，最後就放棄了，哈哈……

當初聽到凝微提議要合寫時，覺得有些訝異，因為我們兩個的寫作方向並不一樣，她是寫現代愛情的，我是寫奇幻類的，感覺湊不到一塊呀！

不過也因為這樣，感覺要是合作寫文應該會很有趣，所以就答應啦！

在構思設定時，我們兩個打算互相挑戰一下不擅長的領域，所以凝微寫了奇幻世界、我寫現代愛情，哈哈，也算是一種學習啦！

只是寫著寫著，感覺都是在走劇情，愛情線好淡，所以我們又補充了番外篇，增加一些甜蜜度，希望大家會喜歡啦！

劇情後半段出現的「異管局」，以及池丹錦跟林百福，是我下一部小說的主角。

因為我跟凝微與同一位喬齊安主編有數次合作經驗，加上小說的背景都是現代，所以編輯提議可以讓他們客串演出，讓現代篇的安希音和商天陽能有個「助力」，幫助他們對抗邪靈。

因為不想有打廣告的嫌疑，而且新作也還沒確定出版時間，我就不說書名啦！要是看完小說，有什麼感想的話，也歡迎到我和凝微的粉絲團留言分享喔！

貓邏 2023.01.03

定價
NT$360
HK$120

浮世百願：昔日心願

笨蛋工作室／原作・監製　**冰糖優花**／作者　**張季雅**／插畫

荒廢古宅「蓬萊樓」，百年前擁有神奇魔力，
各種願望，都能於此地舉辦的「浮世宴」實現——

霍宇祥的外婆曾住在「蓬萊樓」，最後卻慘遭滅門僅外婆生還。為了找回外婆遺落的木盒，他決定與廢墟探險社的社員一起進入這棟荒廢古樓，並尋找傳説的「魔力」彌補外婆的遺憾。闖入古樓的一行人遇到了無法解釋的現象，就彷彿是來自某個亡魂的考驗……

國家圖書館出版品預行編目資料

世界之外，有妳存在 / 凝微，貓邏作．-- 初版．--
臺北市：臺灣角川股份有限公司，2023.02
面；　公分
ISBN 978-626-352-280-0(平裝)

863.57　　111020904

世界之外，有妳存在

作者・凝微、貓邏
插畫・白露

2023年2月23日 初版第1刷發行

發行人・岩崎剛人
總監・呂慧君
編輯・喬齊安
美術設計・李曼庭
印務・李明修（主任）、張加恩（主任）、張凱棋

台灣角川

發行所・台灣角川股份有限公司
地址・104台北市中山區松江路223號3樓
電話・（02）2515-3000
傳真・（02）2515-0033
網址・www.kadokawa.com.tw
劃撥帳戶・台灣角川股份有限公司
劃撥帳號・19487412
法律顧問・有澤法律事務所
製版・尚騰印刷事業有限公司
ＩＳＢＮ・978-626-352-280-0